BAISERS TÉNÉBREUX

PLATINUM SECURITY

KELLY MYERS

1

EASTON

J'appuie sur play et réécoute le message : *Bonjour, Easton. Je te surveille.*

La voix modulée n'est pas familière, masquée par une application de changement de voix qui la rend profonde et graveleuse, presque mécanique, et extrêmement effrayante. Le deuxième message s'enchaîne : *Pourquoi ne réponds-tu pas à mes appels, Easton ?* Et le troisième : *Où Easton peut-il être un mardi soir ?*

Je frissonne, je m'arrête et je regarde mon assistante personnelle, Olivia Williams. Elle fronce les sourcils.

— Combien maintenant ? demande-t-elle en inclinant sa tête blonde vers le combiné.

Nous nous tenons devant le bureau, le regardant comme une créature vicieuse sur le point de montrer ses dents acérées.

— Plus de 30, dis-je. J'en ai tous les jours maintenant.

— Je pense qu'il est temps d'appeler la police.

Je soupire et passe une main dans mes cheveux corbeau parfaitement coiffés. Je ne voulais pas en arriver là, mais je pense que Liv a raison.

— Je veux que ce soit le plus discret possible, lui dis-je. Si les journaux à scandale l'apprennent, je n'entendrai jamais la fin de l'histoire.

Elle acquiesce.

— Je vais appeler et voir ce qu'on peut faire. Peut-être obtenir une ordonnance restrictive ?

— Contre qui ? dis-je, ressentant une vague de frustration. Je n'ai aucune idée de qui appelle. Et, soyons réalistes, je suis Easton Ross, une actrice célèbre, aimée par certains et détestée par d'autres. Ça pourrait être n'importe qui.

— C'est le travail de la police. Ils trouveront la solution et mettront un terme à tout cela.

— J'espère bien.

Ma vie est un tourbillon de réunions, de voyages, de fêtes et de travail sans fin. Je n'ai pas le temps de m'occuper d'un harceleur en plus de tout le reste.

— Détends-toi, je m'en occupe, promet Liv. Tu voudrais pas un petit thé à la camomille ?

— Merci, Liv, mais plutôt du champagne. Tu es la meilleure.

Et elle l'est vraiment. Liv me permet de garder la tête froide et de mettre de l'ordre dans ma vie trépidante. Elle s'occupe de tout, de mon emploi du temps chargé à mes apparitions en passant par mon ménage. Elle est compétente et est ce qui se rapproche le plus d'une amie.

Quelle tristesse !

La petite Liv sort du bureau et je me laisse tomber, m'enfonçant dans mon canapé en peau de mouton de Old Hickory Tannery. Il est chaud, moelleux et possède un charme vintage que je me devais d'acheter. J'aime tout ce qui a un aspect ou une sensation vintage, des meubles aux vêtements en passant par les voitures.

Même mon image reflète le vieil Hollywood. On m'a comparée à l'incomparable Hedy Lamarr. C'était une actrice remarquable qui s'est fait connaître dans les années 1940 et qui était connue pour sa beauté et son intelligence. Cette Américaine d'origine autrichienne a fait scandale lorsqu'elle est apparue nue et a joué une scène de sexe dans *Ecstasy* . Elle a ensuite joué dans de nombreux films, dont *Samson et Dalil* de Cecil B. DeMille. Bien entendu, j'ai regardé toutes ses œuvres majeures et aujourd'hui, sa performance osée dans *Ecstasy* serait probablement classée interdit au moins de seize ans.

Mais, à mes yeux, la chose la plus étonnante est qu'elle a inventé un système de saut de fréquence pour contrôler à distance les torpilles pendant la Seconde Guerre mondiale. L'invention a été brevetée et Hedy n'a jamais reçu un centime. Aujourd'hui, son invention est utilisée pour le WiFi, le Bluetooth et les satellites de défense militaire et vaut plus de 30 milliards de dollars. La pauvre Hedy est morte sans le sou et seule.

Je sais ce que c'est que d'être seule. C'est une ombre qui m'a suivi toute ma vie. Le fait d'être une célébrité entraîne une forme de solitude à part. Bien que je sois entourée en permanence d'une foule de gens, personne ne me connaît vraiment. Mon vrai nom n'est même pas Easton Ross.

Mais je ne l'ai jamais dit à personne. Et je ne le ferai jamais.

La célébrité est une chose étrange et être une star, c'est posséder le monde et tous les gens qui le composent. Mais en même temps, c'est la chose la plus isolante que j'aie jamais connue. Les gens me coiffent et me maquillent ; ils m'habillent et me pomponnent ; ils me disent quoi dire et comment agir ; ils façonnent ma carrière et prennent les décisions à ma place.

Et j'en ai vraiment marre.

Ne vous méprenez pas. J'aime les choses les plus raffinées que l'argent permet. Je suis féminine et j'aime avoir une coiffure parfaite et un maquillage impeccable. Je n'ai ni le talent ni la capacité de créer ces looks magiques que font les maquilleurs et les coiffeurs. Et comme je ne quitterais jamais ma chambre le matin sans être apprêtée, j'ai besoin d'eux.

Est-ce que cela fait de moi une femme vaniteuse ?

Probablement, mais j'ai une image à préserver.

Easton Ross évoque certaines choses : des cheveux noir de jais, des yeux verts charbonneux et un corps avec des courbes alléchantes. Je travaille très dur pour répondre aux attentes des gens. Je m'entraîne régulièrement, je mange sainement (la plupart du temps) et je me fais dorloter avec des massages, des soins du visage et tous les traitements connus pour réduire les rides, la cellulite et ralentir le processus de vieillissement.

Parfois, c'est épuisant. D'autres fois, c'est physiquement douloureux, surtout s'il s'agit d'aiguilles ou d'acide. Mais dans quelques semaines, j'aurai trente ans. Mes yeux se ferment et j'appréhende ce moment. Cela fait presque dix ans que je suis dans le monde du cinéma et bientôt, j'aurai dépassé la fleur de l'âge. J'ai l'impression d'être sur le point d'expirer.

Je serai l'actrice qui *était* jolie.

J'ai laissé échapper une longue et basse respiration.

Presque trente ans et qu'ai-je accompli ? C'est une question que je me pose souvent ces derniers temps. Bien sûr, j'ai une carrière d'enfer, mais je me demande...

Est-ce que j'aime vraiment la comédie ?

Je veux dire, c'est bien. Il y a des avantages, mais je ne me suis jamais considérée comme une actrice sérieuse comme Meryl Streep. Honnêtement, je suis un peu tombée dedans par hasard et j'ai eu de la chance. J'ai commencé à faire du mannequinat, puis une chose en entraînant une autre, mon agent m'a fait passer des auditions. J'ai décroché les rôles et le reste a suivi naturellement.

Mais si tout s'arrêtait demain, que me resterait-il ? Comment les gens se souviendront-ils de moi ?

Oh, mon Dieu, je crois que je fais une crise de la trentaine.

Sérieusement, toutes ces questions m'empêchent de dormir et aucun thé à la camomille, CBD ou huile de lavande ne pourrait m'aider.

Je me lève et me dirige vers le miroir doré accroché au mur. Je tourne mon visage vers la gauche, puis vers la droite. Je plisse les yeux, à la recherche de lignes, de rides, de tout signe indiquant que je suis à l'aube de ma troisième décennie.

Je pense que toutes les actrices manquent de confiance en elles. Nous sommes observées à la loupe, examinées et décortiquées. Mais je ne veux pas être obsédée par des choses aussi insignifiantes. C'est une perte de temps.

Je devrais peut-être suivre les traces de Cameron Diaz et prendre ma retraite pendant que je suis au sommet. Mais elle avait quelque chose qui l'attendait. *Quelqu'un.*

Je n'ai personne.

J'entends des pas et je jette un coup d'œil vers le miroir. Liv revient dans la pièce et me tend une coupe de champagne. Je ne bois que du Blanc de Blancs Comtes de Champagne de Taittinger, la cuvée la plus exclusive et la plus haut de gamme de la maison de champagne française. Elle est élaborée uniquement à partir de raisins Chardonnay provenant des Grands Crus de la région de la Côte des Blancs.

Je bois une gorgée, savourant le goût acidulé. Un bouquet complexe d'huile d'agrumes et de fruits du verger croquants, il est corsé et je me souviens toujours de l'un des films de James Bond où il disait que c'était le meilleur champagne du monde.

Je suis d'accord.

— Merci, dis-je.

Elle hoche la tête et sort son téléphone.

— Je vais appeler la police. Voir ce qu'ils peuvent faire.

Je ne veux pas être dérangée, alors je me retourne, je fais un signe de la main et je sors. C'est pour ça que Liv est si géniale. La dernière chose que je veux faire, c'est parler à un flic de mon harceleur taré. Ce sera sûrement un homme d'âge moyen, blasé, qui a des choses plus importantes à gérer. Il acquiescera, prendra quelques notes et enverra quelqu'un passer devant chez moi dans un jour ou deux.

Inutile.

Pendant ce temps, je recevrai encore 20 appels téléphoniques effrayants.

Au moins, il ne passe que par le téléphone fixe. Et, bien que ce soit un peu effrayant, aucun message n'a été menaçant. Je n'ai pas l'impression que ma vie est en danger. Il s'agit probablement d'un admirateur trop zélé qui a mis la main sur mon numéro après avoir fait une recherche approfondie sur internet ou quelque chose comme ça. Je crois sincèrement que tout cela s'arrêtera tôt ou tard, lorsque ce taré décidera de porter son attention sur quelqu'un d'autre.

Sur une autre actrice parce que, soyons réalistes, il y a toujours une nouvelle actrice plus belle, plus talentueuse et plus jeune.

C'est Hollywood, bébé.

Je bois une nouvelle gorgée de champagne et je sors sur ma terrasse arrière. La vue est à couper le souffle et c'est l'une des raisons pour lesquelles j'ai acheté cette maison. Nichée sur le flanc de la colline, je peux voir jusqu'à l'océan Pacifique par temps clair. La nuit, c'est encore plus féerique et j'aime m'asseoir ici et réfléchir avec les étoiles qui scintillent au-dessus de moi et littéralement tout autour de moi.

J'ai pour voisins Leonardo DiCaprio, Keanu Reeves, Jodie Foster, Herbie Hancock et une vingtaine d'autres acteurs, producteurs et magnats.

J'habite dans les collines d'Hollywood, au-dessus du Sunset Strip, dans un quartier connu sous le nom de « rues des oiseaux ». De Thrasher à Oriole en passant par Nightingale, les routes étroites et sinueuses ont toutes un thème aviaire et se situent dans l'une des enclaves les plus exclusives et les plus recherchées de Los Angeles.

Ma maison se trouve sur l'emblématique Blue Jay Way, une rue escarpée longue d'un demi-mile. C'est un endroit chic où il fait bon vivre et je profite pleinement de l'intimité et de la vue imprenable (10 sur 10).

Je m'appuie sur la paroi de verre et mon regard porte vers la colline couverte de broussailles, puis remonte et se dirige vers l'océan au loin. J'ai beau aimer cette vue panoramique, je sens qu'il lui manque quelque chose.

Ces derniers temps, plus que jamais, je me sens... incomplète.

Je ne sais pas si c'est parce que mon anniversaire approche ou parce que je suis malheureuse dans ma relation actuelle ou parce que je ne suis plus aussi enthousiaste pour aller au travail. Mais quelque chose ne va pas dans ma vie.

Je pense à Daniel Rogers, que je fréquente depuis quelques mois. Il a 32 ans et c'est un producteur qui parle vite. Avec ses cheveux blond cendré et son bronzage californien, il est l'exemple typique du surfeur. Mais je ne pense pas que Daniel ait un jour été du genre à faire quoi que ce soit de physique ou de sportif. Ni en extérieur d'ailleurs. Il est très bronzé, mais c'est grâce à sa cabine UV personnelle.

Je découvre que sa réputation est à la limite du sordide, ce que j'ignorais lorsque nous avons commencé à sortir ensemble. Il commence également à montrer son vrai visage maintenant qu'il se sent à l'aise avec moi. Et je ne suis pas particulièrement attirée par les hommes qui sont égocentriques et désespérés de réussir dans un domaine qui mâche les gens et les recrache tous les jours.

Hmm. C'est peut-être ça. Je devrais sortir avec quelqu'un qui n'est pas dans l'industrie du divertissement.

C'est ça, me dis-je, et je soupire. Je vis dans une bulle de célébrité, entourée d'agents, de managers, d'acteurs, de producteurs et de réalisateurs. Il est impossible de rencontrer quelqu'un de normal. Et même si c'était le cas, je n'ai jamais pris les relations ou les rendez-vous trop au sérieux parce que j'ai toujours eu des choses plus importantes à faire.

Au moment où je suis sur le point de décider d'arrêter le cinéma et de devenir ermite, Liv arrive sur la terrasse.

— Je viens de parler à un inspecteur de police.

Elle soulève un petit carnet où elle prend toujours des notes.

— Il m'a dit que la Californie définit le harcèlement comme le fait de suivre ou de harceler quelqu'un de manière délibérée, malveillante et répétée, et de proférer des menaces crédibles dans l'intention de faire craindre pour sa sécurité.

— Menace crédible ?

Je ne dirais pas que je me sens menacée. Juste un peu effrayée.

— Si la situation empire, nous pourrons demander une ordonnance restrictive.

J'agite la main en l'air. Comme je m'y attendais, l'intervention de la police n'aboutira à rien.

— Ça a l'air d'être beaucoup de travail. Je me débrouillerai. Je suis sûre que ce n'est qu'une question de temps avant qu'il se lasse et passe à quelqu'un d'autre.

Le téléphone de la maison se mit à sonner.

— Il m'a aussi dit de ne rien effacer, messages, textes, lettres, tout ce que tu reçois. Garde-les comme preuves. Juste au cas où.

Personne ne répond au téléphone et j'entends le répondeur se mettre en marche. Après le bip, cette étrange voix métallique et graveleuse parle :

— Je suis très intéressé par le fait d'être proche de toi, Easton.

Clic. Il raccroche et mon cœur bat la chamade. Je regarde Liv et je sens un frisson me parcourir l'échine.

— Il a mentionné la possibilité d'engager un détective privé, car ils font ce genre de choses plus souvent. Je peux lui demander une recommandation.

J'acquiesce et déglutis difficilement.

— C'est peut-être une bonne idée, admets-je en me frottant les bras.

2

JAX

Je suis assis dans mon bureau et je feuillette une pile de factures en retard. Étrangement, elle a grossi. Avec un soupir, je repousse la pile, pose mes coudes sur le bord de mon bureau et me masse les tempes. J'attrape mon paquet de Marlboro, j'en sort une cigarette et je l'allume.

Putain.

J'ai ouvert Platinum Security il y a un mois et nous n'avons eu aucun client. Pas un seul. Aucun. Zéro. À ce rythme, il faut que j'en trouve, sinon je suis foutu. J'ai embarqué deux de mes amis dans cette petite aventure et je ne peux pas les laisser tomber. Ils ont eu leur part de problèmes, comme moi, et je veux leur donner une chance. Une seconde chance d'améliorer les choses.

Comme moi, Griff et Ryker ont des compétences qui leur permettent de faire des choses que d'autres personnes honnêtes pourraient trouver... déplaisantes. Nous, par contre ? On n'en a rien à foutre. Je tire une longue bouffée de ma cigarette et passe une main dans mes cheveux noirs indisciplinés. Ils sont trop longs sur le dessus et me tombent toujours dans les yeux, mais qu'est-ce que ça peut me faire ?

Pour être honnête, je ne m'intéresse pas à grand-chose.

Sauf de maintenir l'entreprise à flot.

Mais je n'ai aucune idée de la manière dont je vais m'y prendre.

Et, à ce moment précis, les lumières vacillent et s'éteignent.

— Putain de merde.

Je suppose que la facture d'électricité fait partie des factures en retard. Je repousse ma chaise rafistolée, expire une bouffée de fumée et espère que mon vice me tuera.

De préférence avant vendredi, car c'est à cette date que le loyer de ce taudis de merde que j'appelle mon bureau doit être payé. Comme je ne peux pas travailler dans l'obscurité et que je n'ai pas de clients, je ferme à clé et je descends sur le trottoir.

East Hollywood est mieux qu'avant, mais je suis sûr que les touristes le considèrent comme un peu louche. Niché entre les quartiers animés de Los Feliz, Silver Lake, Hollywood et Koreatown, East Hollywood est culturellement diversifié et constitue un endroit plus abordable et éclectique, artistique et plein de restaurants familiaux. Mais entre l'augmentation de la population des sans-abri et l'atmosphère glauque de Hollywood et Vine, ce n'est pas l'endroit idéal, mais peu importe. Un peu de saleté, d'ordures et de pollution n'a jamais fait de mal à personne.

Et personne n'est assez stupide pour venir me déranger.

En tant qu'ancien flic, je sais que je donne l'impression d'aller me faire foutre et que je botterai le cul de n'importe qui. Le fait d'être grand aide, je crois. Il y a beaucoup d'hommes de petite taille dans cette ville et je mesure un peu plus d'un mètre quatre-vingt-dix.

Porter une arme à feu est également utile.

J'ai travaillé pour la police de Los Angeles pendant un peu plus de dix ans. Ma carrière s'est terminée en un clin d'œil l'année dernière. Mais je ne veux pas y penser maintenant. Ni jamais. Mon passé est rempli de démons aux dents très acérées et si je m'y attarde trop longtemps, je risque de me faire mordre.

Après une dernière inhalation, je jette le reste de ma cigarette dans le caniveau et j'entre dans un bar clandestin. Il est temps de noyer mon chagrin. Si j'ai de la chance, l'inspiration viendra et je trouverai un moyen de sortir de ce gouffre financier.

Parce que je suis un spécialiste de la débrouillardise. J'anticipe les problèmes et je trouve le moyen de les résoudre. Malheureusement, l'année dernière, je n'ai pas été dans un état d'esprit propice à la résolution des problèmes. Depuis que j'ai perdu l'une des choses les plus précieuses de ma vie...

— Wilder, dit une voix grave.

Je sors de ma rêverie et regarde Logan Sharpe au bout du bar. Nous avons été diplômés en même temps de l'école de police et, en tant que recrues, nous sommes devenus amis. J'ai toujours apprécié son attitude simple et ses manières directes. Son regard brun et direct croise le mien et il me fait signe de m'approcher. Je ne peux m'empêcher de remarquer les cernes qui lui donnent un air plus âgé et fatigué.

— Sharpe, dis-je, et nous nous serrons la main. Qu'est-ce que tu fous là ?

Il hausse les épaules et prend sa bière.

— Bud ? demande-t-il.

Quand j'acquiesce, il lève la main et commande une autre Budweiser.

— Merci, dis-je quand le barman ouvre la bouteille et la fait glisser vers moi. Rétrogradé ? Je demande à Logan.

— Non, dit-il en buvant une gorgée. C'est tout le contraire, malheureusement.

Je lève un sourcil.

— Détective ?

— C'est ce que j'ai toujours voulu, mais putain, si j'avais su qu'accepter cette promotion signifiait la fin de ma vie personnelle, j'aurais peut-être réfléchi à deux fois.

Il est modeste.

— Non, j'en doute, dis-je.

Il parlait toujours de travailler au bureau des détectives et je savais que c'était son rêve.

—Félicitations, dis-je en levant ma bouteille pour porter un toast.

— Comment ça va ? demande-t-il, d'une voix soigneusement neutre.

Comment ça va ? Plutôt mal, je crois. Tu pensais que ma vie était un putain de désastre il y a un an ? Eh bien, tu devrais voir ça maintenant. Je soupire et ma bouche se soulève en un demi-sourire.

— Tu ne veux pas savoir, dis-je.

Après une longue gorgée, Logan me lance un regard inquiet.

— Jax, si je peux faire quoi que ce soit... dis-le moi.

Je dois avoir l'air vraiment pathétique pour qu'il dise ça.

— Je pourrais avoir besoin de quelques clients pour ma nouvelle entreprise, dis-je en plaisantant à moitié.

Il lève un sourcil curieux.

— Quel genre d'entreprise ?

— J'ai créé Platinum Security il y a un mois. J'ai quelques gars, anciens militaires et anciens de la CIA, qui y travaillent aussi. Nous enquêtons, nous dépannons, nous localisons, nous assurons la sécurité. Tout ce que tu veux, je peux le faire.

Le regard de Logan se rétrécit et il reste silencieux pendant un moment.

— J'ai peut-être quelque chose pour toi, dit-il.

Je relève la tête.

— Sérieusement ?

Je ne veux pas paraître désespéré, mais si je peux faire entrer un client, j'aurai plus de temps pour régler mes affaires et mes factures.

— Il y a une femme qui a besoin de sécurité.

— Sécurité contre quoi ?

— Un harceleur. Tu sais que la police ne gère pas très bien ce genre de choses. C'est plutôt l'affaire d'un détective privé ou d'un spécialiste de la sécurité comme toi.

J'acquiesce, le cœur serré. Une affaire de harcèlement. *C'est parfait.* J'installerai un système de sécurité, je ferai office de garde du corps et, surtout, j'encaisserai un gros chèque.

— Voilà le truc, dit-il. C'est pour Easton Ross.

Je cligne des yeux stupidement. Suis-je censé connaître ce nom ? Je commence à me creuser la tête quand Logan se met à rire.

— Tu ne sais pas qui c'est, n'est-ce pas ?

— Je devrais ?

Un autre gloussement.

— C'est une actrice célèbre.

Je dois toujours avoir un air con parce qu'il continue à expliquer.

— C'est la brune sexy qui est sortie avec Lincoln Knight il y a quelques années ?

— Tu me demandes ça à moi ? Parce que j'ai aucune putain d'idée de qui tu parles.

— Sérieusement ?

Je hausse les épaules.

— Allez, mec ! Tu te fous de moi, n'est-ce pas ?

— Mec, cette nana pourrait entrer ici maintenant, se mettre à genoux et me sucer et je n'aurais toujours aucune idée de qui elle est. Je n'ai pas le temps pour ces conneries hollywoodiennes.

— Tu ne regardes pas de films ?

— Pas vraiment. Je veux dire à part mes préférés quand ils passent à la télé.

— Dirty Dancing ?

— Va te faire foutre.

Nous rions et ça fait du bien. J'ai toujours considéré Logan comme un bon ami et je réalise maintenant à quel point il m'a manqué cette année. La camaraderie et l'amitié qui nous ont permis de passer dix ans à voir le pire de l'humanité dans les rues de Los Angeles sont toujours là.

Mais après avoir été licencié pour mauvaise conduite, nous sommes partis chacun de notre côté. Je ne voulais pas l'entraîner dans ma chute. Il avait consacré trop de temps et d'efforts, et je savais qu'il serait bientôt promu. On dirait que j'avais raison.

— Dirty Dancing, dis-je en finissant ma bière. Plutôt The Expendables un, deux et trois. Un peu de John Wick peut-être. Et...

— Top Gun , disons-nous tous les deux en même temps.

— Je me souviens avoir regardé ce film chez toi, dit Logan en commandant une autre tournée. Tu as failli être un Flyboy toi-même, alors c'est logique.

— Oui, dis-je. J'aurais dû m'engager dans l'armée de l'air, mais à la dernière minute, j'ai décidé d'être flic. On ne sait jamais vraiment ce qu'on fait, n'est-ce pas ?

Logan acquiesce, gratte l'étiquette mouillée de sa bière.

— Ce n'était pas pareil sans toi, tu sais. Et la façon dont tout a été géré... ça m'a laissé un mauvais goût dans la bouche. J'ai pensé à rendre mon badge plus d'une fois après ton départ.

Je frotte une main sur les poils sombres de ma mâchoire.

— J'apprécie, mec, mais si tu avais rendu ton badge, je t'aurais botté le cul.

— Je te crois, dit-il en riant. Il regarde mon bras gauche exposé et examine le dessin. Nouveau tatouage.

Je fais pivoter mon avant-bras, révélant les différents motifs.

— Oui, exact. Dès que j'ai quitté la police, je me suis dit pourquoi pas, puis j'ai découvert que les tatouages sont sacrément addictifs.

Mon tatouage est le fruit d'innombrables heures de travail d'un artiste local extrêmement talentueux. Il commence à mon poignet, remonte le long de mon bras, s'étend sur le côté gauche de ma poitrine et effleure le côté de mon cou. Il est gros et j'aime ça. Quand je décide de faire quelque chose, je ne fais pas les choses à moitié. Je vais jusqu'au bout.

Le problème, c'est qu'il m'arrive d'aller trop loin et de me retrouver en difficulté.

Comme l'année dernière, quand j'ai décidé de jouer les justiciers et de poursuivre un gang de racailles. Mais, c'est ce qui arrive quand on blesse quelqu'un que j'aime. Je le détruirai. Même si cela signifie me détruire moi-même dans le processus.

— Quand je serai prêt à me faire tatouer, il faudra que tu me donnes le nom de ton gars, dit Logan.

J'acquiesce.

— Entendu. Maintenant, parle-moi de ton nouveau boulot.

Plus tard dans la soirée, je suis assis dans mon confortable fauteuil inclinable, tandis qu'un film d'action passe à la télévision. Mais mon attention est ailleurs. Pendant une minute, je me concentre sur Easton Ross et j'espère qu'elle m'appellera. L'idée de devoir fermer Platinum Security me stresse et j'attrape une cigarette. En l'allumant, je sais que je ne peux pas laisser tomber Griff et Ryker. Ils ont déjà trop perdu.

Comme nous tous.

Avoir ouvert l'entreprise a été comme une bouée de sauvetage pour ces gars-là. Ils ont vu beaucoup de merde et la noirceur et la douleur qui en découlent peuvent être débilitantes. Comme moi, ils ont perdu des gens qu'ils aimaient et auxquels ils tenaient plus que tout dans ce monde de merde.

Je sens les ténèbres m'envahir et je déteste ça. Mais parfois, ça vient vite et fort et tout ce que je peux faire, c'est y céder. Un peu comme lorsqu'un junkie a un picotement et qu'il doit satisfaire son besoin.

J'ouvre une autre bouteille de Bud et j'en bois une longue gorgée.

Madison.

Son nom me frappe comme un train à toute vitesse et mes yeux se ferment. Je passe automatiquement la main à l'intérieur de ma chemise pour toucher la médaille de Saint-Michel qui est accrochée à une chaîne autour de mon cou. C'est un cadeau qu'elle m'a offert le jour où je suis entré dans la police.

— Qu'est-ce que c'est ? ai-je demandé en sortant le collier d'une boîte en velours.

— C'est Saint Michel, répond Maddy. Il symbolise la protection, le courage et la victoire du bien sur le mal. Si tu avais été attentif au catéchisme, tu l'aurais su, Jax.

Je me souviens avoir ri.

— Il est aussi le saint patron des policiers. Il te gardera en sécurité, grand frère.

Mon Dieu, ma sœur me manque.

Je tourne mon bras et étudie la lettre cursive « M » tatouée sur l'extérieur de mon poignet droit. Après la mort de Maddy, c'est le premier que je me suis fait tatouer. Je me suis aussi fait tatouer Saint-Michel, sur mon épaule, au-dessus de Satan qui gît, impuissant, sous son épée.

Ensuite, j'ai aussi un éventail d'autres pièces sombres : un crâne, une croix, un poignard, des chaînes.

Des choses amusantes comme ça.

Ce sera juste une soirée sans, me dis-je. Une de ces longues soirées, solitaires et sombres, et je peux soit m'en sortir, soit me faire sauter la cervelle. Mon regard se pose sur mon arme de poing posée sur la table à côté de moi.

Un Glock 22 de calibre 40. Il est agressif, frappe fort et droit. Et je ne recommande pas de se faire toucher par une (ou trois) de ses balles. Ça fait très mal.

La culpabilité pèse lourd sur mon esprit et mon cœur. À un moment donné, je m'y noyais tellement que l'idée d'abandonner et de mourir en même temps que Maddy m'avait semblé la meilleure option.

Mais je suis un battant et un survivant. Je l'ai toujours été. Il y a vingt ans, mes parents ont été percutés de plein fouet par un chauffard ivre et sont morts sur le coup. J'avais 15 ans à l'époque. Moi, Maddy et mon jeune frère Sebastian avons été envoyés chez ma tante Rita. *Pauvre dame*. Elle ne savait pas comment s'occuper d'une bande de sauvages comme nous.

La bonne vieille tante Rita a fait de son mieux pour s'occuper de nous et nous inculquer un peu de religion, mais je pense que c'est surtout tombé dans l'oreille d'un sourd. En tout cas, c'était le cas pour Bastian et moi. Nous manquions le catéchisme, nous nous endormions pendant la messe et nous sommes devenus un duo de païens. Mais Maddy était une bonne fille.

Malheureusement, elle est tombée amoureuse d'un mauvais garçon. Un très, très mauvais garçon.

Je fume la cigarette jusqu'au filtre et la laisse tomber dans la bouteille de bière vide. Elle atterrit avec un grésillement et j'en allume une autre. Les démons mordent ce soir et j'ai besoin d'anesthésier la douleur.

3

EASTON

Il est 8 heures passées de quelques minutes et je finis de m'habiller. J'ai déjà fait du sport pendant une heure, je me suis douchée, je suis coiffée et maquillée. Je me dirige vers la cuisine où Jacques a laissé un bol de fruits frais dans le réfrigérateur pour moi. Mon chef personnel vient tous les jours pour préparer le déjeuner et le dîner, mais le petit-déjeuner est toujours quelque chose de rapide et de léger qu'il prépare la veille.

Tout en avalant une fraise, je regarde le numéro de téléphone écrit sur un bout de papier par Liv. L'inspecteur de police à qui elle a parlé hier lui a donné le nom d'une personne qui s'occupe de sécurité privée et qui est spécialisée dans les harceleurs.

Jaxon Wilder.

Quel nom. On dirait le nom d'un acteur. Normalement, je devrais appeler Liv pour fixer un rendez-vous, mais je me sens indépendante ce matin. Et un peu curieuse à propos de l'homme qui porte le nom de Jaxon.

Je tape son numéro dans mon téléphone portable et ça se met à sonner. Ça sonne encore et encore. *Hmm. Quelle est la fiabilité d'un spécialiste de la sécurité qui ne répond pas à son...*

— Allô ?

La voix est profonde et rauque.

— Bonjour, M. Wilder ?

— Oui.

Aucun point pour la politesse. Son ton brusque laisse beaucoup à désirer, je pense, pour moi en tant que cliente potentielle. Il a également l'air à moitié endormi. Comme si je venais de le réveiller et qu'il n'appréciait pas le dérangement.

— C'est Easton Ross, l'inspecteur Sharpe vous a recommandé.

J'entends un bruissement et je pense que le téléphone tombe. Un juron étouffé. Encore des grésillements.

— Désolé, dit-il. Merci d'avoir appelé. J'ai entendu dire que vous aviez un problème de sécurité ?

— Est-ce que c'est la façon politiquement correcte de dire harceleur de nos jours ?

Il s'étouffe et rit à moitié.

— De manière un peu moins effrayante.

— Si vous êtes disponible, j'aimerais vous rencontrer et discuter d'un plan d'action.

— Oui, ce serait parfait.

— Très bien. Prévoyons de nous retrouver dans une heure. Je vous envoie mon adresse par texto.

— Euh, bien sûr.

— A bientôt, M. Wilder.

Je raccroche et lui envoie immédiatement mon adresse. J'espère qu'il a le temps de prendre une douche, parce qu'on dirait que je viens de le réveiller avec la pire gueule de bois du monde.

Je termine mon fruit et me dirige vers mon bureau où je mets du jazz classique et m'assois sur le canapé de velours incurvé devant la grande baie vitrée. J'ai une pile de scripts que mon agent m'a envoyés pour que je les lise, avec des offres de rôles principaux pour chacun d'entre eux. Il faudrait vraiment que j'en choisisse un, sinon je n'obtiendrai aucun rôle. Je suppose que nous verrons ce qui éveillera mon intérêt.

Si l'un d'entre eux le fait. Une fois de plus, l'idée de me retirer du métier d'actrice me traverse l'esprit. Ces derniers temps, cette possibilité semble de plus en plus envisageable.

Comme quelque chose que je veux vraiment.

Mon téléphone portable sonne et je jette un coup d'œil à l'appelant qui indique Daniel.

Je respire profondément et me demande si je dois répondre ou non. Je ne lui ai pas parlé depuis quelques jours, alors je suppose que la politesse veut que je prenne son appel.

— Bonjour, Daniel, dis-je.

— Easton, bébé, me salue-t-il de façon typique. Je viens de terminer le scénario le plus incroyable que j'aie jamais lu et tu es la seule à pouvoir jouer ce rôle. Le personnage principal a de la classe, elle est fougueuse et elle fuit pour échapper à un fou qui veut la tuer, elle et toute sa famille. C'est comme si 'Taken' rencontrait 'Salt' et 'Le Fugitif'.

Je roule des yeux et me demande quelle est la meilleure façon de rompre avec Daniel parce qu'il n'est pas ce que j'attendais. Pas du tout. Lorsque nous nous sommes rencontrés, j'ai apprécié son enthousiasme débordant et sa volonté de réussir dans cette ville. Mais maintenant, il me semble juste désespéré et arrogant.

J'ai également entendu des rumeurs qui ne m'ont pas plu. Les gens disent qu'il ne sort avec moi que pour me convaincre de jouer dans l'un de ses films. Il pense ainsi qu'il lancera enfin sa carrière.

Daniel a grandi à Beverly Hills, entouré par l'industrie du cinéma, car son père est un producteur à succès. Daniel, lui, est loin d'avoir la même chance, puisqu'il n'a tourné qu'une série de films indépendants à petit budget qui ont fait des flops. Mais il a soif de ce succès insaisissable et est prêt à tout pour y parvenir.

— Hmm, dis-je en feuilletant les pages d'un scénario.

— Je vais demander à un coursier de l'apporter, promet-il. Je le ferais bien moi-même, mais mon emploi du temps est chargé aujourd'hui.

— Ça me va, dis-je.

Pour être honnête, je n'ai de toute façon pas envie de le voir. Puis, je ne sais pas trop pourquoi, j'ajoute :

— J'ai rendez-vous ce matin avec quelqu'un d'une société de sécurité privée.

Un silence. Puis :

— Ah oui ?

Je secoue la tête et mes boucles sombres rebondissent sur le haut de mes épaules. *Sérieusement ?* Il a complètement oublié le harceleur et les appels effrayants qui me parviennent à chaque heure de la journée.

— A propos du harceleur.

— Ah oui, c'est vrai. Tu es sûre que c'est une bonne idée ? Amener un type au hasard dans ta maison ? Je veux dire, et si c'était lui ton harceleur ?

Oh, mon Dieu.

— Putain de merde, Easton, bébé. Ça ne ferait pas un film fantastique ça ? L'homme qui doit la protéger est en réalité celui qui essaie de la tuer.

Je peux entendre ses méninges tourner.

— Personne n'essaie de me tuer, Daniel.

Pas que je sache, en tout cas.

— Je pense que je vais réfléchir à cette idée. Ne t'inquiète pas, E, je veillerai à ce que tu obtiennes le crédit de l'histoire.

Je déteste quand il m'appelle « E » . Ça sonne comme quelque chose qu'un mec appellerait son pote. Comme « bro ». Et, si c'est comme ça que Daniel me voit, comme un de ses potes, alors c'est une raison de plus pour rompre avec lui.

— Je dois y aller, dis-je. M. Wilder devrait bientôt arriver.

— D'accord, cool. Bon et lis ce script dès que tu l'auras. D'accord, bébé ?

— Bye, Daniel.

Je raccroche et relâche un souffle de frustration. Si ce n'était pas clair avant, ça l'est maintenant. Daniel Rogers ne s'intéresse à moi que parce qu'il pense que je peux aider sa carrière. Pas parce qu'il se soucie de moi.

— Bonjour, Easton, dit Liv en entrant dans la pièce.

— Bonjour, Liv.

— Alors, il y a un motard hyper sexy qui vient de se garer devant avec sa moto.

— Quoi ?

— Je ne sais pas qui c'est, mais OMG, dit-elle en s'éventant d'une main. Je n'arrive pas à savoir s'il sort tout droit de GQ ou de la prison.

Mes yeux s'écarquillent un peu. Je regarde la fine montre Gucci à mon poignet et me demande si l'homme mystérieux pourrait être M. Jaxon Wilder.

4

JAX

Dès que mon téléphone a sonné, une heure plus tôt, j'ai voulu le jeter par la fenêtre. Qui peut bien appeler à 8 heures du matin un samedi ?

Apparemment, Miss Easton Ross, star de cinéma extraordinaire.

Je suis sorti du lit, encore à moitié endormi, encore à moitié ivre, et j'ai décidé qu'une douche n'était pas négociable. Rencontrer la princesse Easton en sentant le joint et l'alcool ne serait probablement pas très bien vu. Elle habite dans les Hills, près de Sunset Boulevard, et j'ai juste le temps de me laver, d'enfiler mon jean, mon t-shirt et ma veste en cuir.

Une heure plus tard, je m'arrête devant une énorme maison sur Blue Jay Way. Je vérifie l'adresse qu'elle m'a envoyée par texto et la compare à celle qui figure sur le trottoir.

Bon sang de bonsoir. Cet endroit a l'air incroyable, extravagant et un parfait gâchis de 10 millions de dollars.

J'éteins ma Norton Commando 1973, j'enlève mon casque et mes gants, puis j'abaisse la béquille. J'aperçois une fille aux cheveux blonds qui s'engage dans une entrée latérale, mais pas avant d'avoir regardé à deux fois. Je passe une main gênée dans mes cheveux humides et balayés par le vent, puis je descends de moto.

Je me dirige vers la porte d'entrée en glissant mes lunettes de soleil et mes gants dans une poche de ma veste, le casque sous le bras. Puis je sonne à la porte. Quelques instants plus tard, une femme d'un certain âge ouvre la porte. Je suppose qu'il s'agit de la gouvernante, car quiconque peut se permettre de vivre dans une maison aussi luxueuse doit avoir une horde de domestiques à sa disposition.

— Je suis Jaxon Wilder. J'ai rendez-vous à 9 heures avec Mlle Ross.

— Bien sûr. Entrez et je lui ferai savoir que vous êtes là.

Putain, cet endroit est incroyable. J'essaie de garder la bouche fermée, mais je n'ai jamais été dans une maison comme celle-ci. D'après ce que je peux voir, il y a plusieurs niveaux faits de béton et d'acier avec des fenêtres en verre du sol au plafond. C'est un tour de force d'architecture moderne, mais la décoration intérieure a un côté rétro, presque vintage. Comme si le vieil Hollywood rencontrait le Nouvel Hollywood.

Soudain, la petite blonde que j'ai aperçue à l'extérieur revient.

— M. Wilder ?

— Mlle Ross ?

Elle rit.

— Oh, non. Je suis son assistante, Olivia. Suivez-moi et elle vous rejoindra.

Olivia me guide à travers de grandes pièces ouvertes et aérées, puis monte un escalier. En haut, je m'arrête pour admirer la vue panoramique. *Incroyable, putain.* Je crois que je peux voir jusqu'à l'île de Catalina. Elle me guide jusqu'à un loft qui donne sur le patio arrière parsemé de meubles, de foyers, de palmiers en pot et d'une piscine d'au moins vingt mètres. Je me dis que cet endroit doit faire au moins 7 000 mètres carrés, puis je sens une bouffée de jasmin.

Je me retourne et vois une beauté aux cheveux noir de jais s'approcher et la première chose que je remarque, ce sont ses lèvres rouge vif et pulpeuses. Je lève mon regard et me retrouve face à une étonnante paire d'yeux verts. Brillants comme des émeraudes. Elle arrive, glamour et féminine, et je dois me forcer à respirer.

— M. Wilder ? demande-t-elle.

Je tombe immédiatement amoureux de sa voix. Elle a ce côté luxuriant et sulfureux qui fait faire des choses étranges à mes entrailles. *Ok, Jax, elle est sexy. Putain, ressaisis-toi. Ton avenir dépend de la réussite de cette rencontre.*

— Oui, dis-je en lui tendant la main. Mais appelez-moi Jax.

Sa petite main disparaît presque dans la mienne. Elle est si lisse et si douce. Je déglutis difficilement et lève les yeux pour rencontrer les siens. Quelque chose clignote dans leurs profondeurs vertes et je réalise que nous nous tenons toujours la main. Je la lâche. À contrecœur.

— Enchantée, Jax. Je suis Easton.

Elle me fait un sourire et je sens quelque chose de brûlant me prendre aux tripes. Une attirance qui me prend complètement au dépourvu.

— Merci d'être venu.

Alors qu'Olivia s'éclipse, Easton me fait signe de m'asseoir sur deux chaises côte à côte.

— S'il vous plaît, enlevez votre veste et asseyez-vous.

— Merci, dis-je, et je me débarrasse de ma veste en cuir.

Je la pose sur le dossier de la chaise et me laisse tomber, posant mon casque sur mes genoux. J'ai l'impression d'être un vrai Néandertal, marmonnant quelques mots par-ci par-là. Je passe une main dans mes longs cheveux, les repoussant vers l'arrière. Je vois son regard se poser sur mon casque et le bras tatoué qui repose dessus. Je ne me sens pas à ma place. Je me sens si mal à l'aise. Pas digne de poser mon cul sur les coussins immaculés qui recouvrent cette chaise.

Mon Dieu, qu'est-ce que ça ferait d'être avec une femme de classe comme elle ?

Oublie ça, me dis-je. *Tu es un minable et elle ne s'abaisserait jamais à être avec quelqu'un comme toi.*

— Alors, Mlle Ross...

— S'il vous plaît, appelez-moi Easton.

Classe et polie, je pense. Tout le contraire de moi.

— Easton, dis-je, aimant la sonorité de son nom sur ma langue.

Je commence à imaginer d'autres choses que je pourrais faire avec ma langue quand il s'agit d'Easton. Et je peux imaginer des choses très créatives et vilaines qui choqueraient probablement sa sensibilité de dame.

Je me racle la gorge.

— Alors, parlez-moi un peu plus de votre problème.

— Quelqu'un appelle sur le téléphone de la maison et laisse des messages pour moi. La voix est déformée et les appels sont de plus en plus fréquents. Cela commence à devenir... inquiétant, c'est le moins que l'on puisse dire.

— Des messages de menace ?

Elle fronce son joli visage.

— Je ne dirais pas ça, mais ils me mettent extrêmement mal à l'aise.

— Depuis combien de temps cela dure-t-il et combien de messages avez-vous reçus ?

— Ça a commencé il y a quelques semaines et j'en ai reçu environ 30 à 40, je dirais. Ces deux derniers jours, les appels se sont multipliés.

Elle tord ses mains parfaitement manucurées.

— Et vous dites qu'ils n'arrivent que sur une seule ligne ? Le téléphone de la maison ?

— C'est ça.

— Alors, rien sur votre téléphone portable ?

Elle secoue sa tête brune et je remarque que des boucles lâches se balancent juste au-dessus de ses épaules.

— Et vous n'avez pas remarqué d'étrangers rôdant autour de la propriété ? Quelqu'un qui vous suit ?

— Non, Dieu merci, ajoute-t-elle.

— Personne ne vous a menacé physiquement ou verbalement ?

— Non, rien de tel, dit-elle.

Je ne pense pas que cela soit trop grave.

— Honnêtement, lui dis-je, je ne pense pas qu'il y ait de quoi s'inquiéter. J'ai l'impression que quelqu'un a obtenu votre numéro et a pensé qu'il serait amusant de vous faire une farce.

— Vous pensez que c'est ça ?

— Oui. Mais il vaut mieux prévenir que guérir.

Ses yeux verts s'écarquillent un peu.

— Je pense que la première chose à faire est de passer votre maison au peigne fin. J'aimerais examiner les dispositifs de sécurité que vous avez mis en place et vous recommander quelques améliorations possibles.

— Pour être honnête, la sécurité n'a jamais été une priorité. Je n'ai jamais eu de problèmes et je suis constamment entouré de gens.

— J'ai l'impression que vous avez un problème en ce moment, dis-je.

Elle glisse sa langue entre ses dents de devant et ses lèvres d'un rouge éclatant, mais ne fait aucun commentaire.

— Vous voulez dire que cette maison n'est pas équipée d'un système de sécurité ?

Je me dis que c'est *impossible. Comment peut-on être aussi confiant, aussi stupide ?*

— Il y a quelque chose parce qu'il y a un panneau près de la porte d'entrée, mais je ne l'ai jamais utilisé.

Sérieusement ? Cet endroit crie « venez me cambrioler ».

— Eh bien, je pense que ça doit changer. Surtout si vous avez un harceleur.

Je me lève, je me dirige vers le bord de la terrasse et je regarde en bas. Mon regard balaie le patio en contrebas, la colline, la paroi de verre.

— Vous savez à quel point il serait facile d'escalader ce mur ? Et d'entrer directement dans votre maison ? dis-je. Sans capteurs ni caméras, vous pourriez tout aussi bien inviter tous les cinglés de West Hollywood à entrer.

Ses yeux émeraude se rétrécissent.

— Vous pensez vraiment que quelqu'un pourrait escalader cette colline abrupte ?

— Facile, dis-je en croisant les bras.

Une fois de plus, son regard se pose sur le tatouage de mon bras gauche. Me juge-t-elle ? Ou bien aime-t-elle ?

J'ai l'impression qu'elle aime ça.

— Les gens ont l'habitude d'aller et venir. Il m'est impossible d'activer et désactiver une alarme toute la journée.

Oh, évidemment. Il ne faudrait pas que la princesse travaille trop dur.

— Vous préférez être kidnappée ? Assassinée ? Le corps retrouvé dans un fossé quelque part ?

Elle pince ses lèvres pulpeuses.

— Si vous essayez de me faire peur, je n'apprécie pas.

Je lève la main, sans chercher le débat ou la bagarre. *C'est moi l'expert, pas elle.*

— Écoutez, je sais quel genre de racaille se trouve dans la rue et mon travail, si vous décidez de m'engager, est de vous protéger. Ce ne sera pas donné d'installer un système de pointe dans cette... très grande maison. Et mes honoraires personnels sont...

— Je n'ai aucun problème à payer ce dont vous décidez que j'ai besoin pour être en sécurité, m'informe-t-elle d'une voix aigrelette. Je n'aime pas que l'on profite de moi ou que l'on m'arnaque. Donc, tant que nous sommes sur la même longueur d'onde... j'aimerais vous engager.

Je me sens soulagé. J'ai envie de m'affaisser de soulagement, mais je me contente de hocher la tête. Cette femme est intelligente. Ce n'est pas la starlette idiote que je m'attendais à rencontrer. Elle possède en elle un feu qui me réchauffe le sang. Elle éveille en moi un intérêt que je croyais mort depuis longtemps.

Cela fait si longtemps que je n'ai pas pris soin d'une femme. Et depuis la mort de Maddy, une relation sérieuse ne m'a jamais traversé l'esprit. Ne vous méprenez pas. Quand je ressens le besoin, je sais où aller pour me soulager. Mais tout ce qui n'est pas une partie de jambes en l'air me semble hors de question.

Soyons réalistes, je n'ai jamais eu l'étoffe d'un petit ami. Ma réputation est sauvage, dure et volage. L'engagement n'est pas dans mes pratiques. Ce n'est pas quelque chose que j'ai un jour voulu ou dont j'ai besoin.

Je regarde longuement Easton et me demande si elle n'a pas un côté sauvage et primitif caché sous cette façade parfaite.

Et je me demande ce qu'il faudrait faire pour faire tomber cette façade, mettre à nu ce qu'il y a vraiment à l'intérieur, et voir la vraie Easton Ross.

5

EASTON

Je ne peux m'empêcher de regarder son bras couvert de tatouages. Toute ma vie, j'ai été une bonne fille. Polie, honnête, travailleuse. Je n'ai jamais cédé à mes désirs les plus profonds et je n'ai certainement jamais fréquenté un mauvais garçon, quel qu'il soit.

Et Jax Wilder est une âme perdue qui me fait me demander ce que j'ai manqué pendant toutes ces années. Qu'est-ce que ça ferait d'être avec un homme qui est si brut, si chaud et, je suis prête à le parier, si sauvage et si passionné au lit. Mon estomac s'agite.

Je secoue la tête, incapable de croire que mes pensées dérivent. Cela ne me ressemble pas du tout. J'ai toujours été très réservée et j'ai toujours su garder le contrôle. Mais cet homme me fait ressentir des choses que je n'ai jamais ressenties auparavant.

Il n'est pas du tout mon genre habituel de beau garçon et je n'arrive pas à croire à quel point je suis fascinée par son immense tatouage. Je vois différents dessins reliés entre eux qui remontent le long de son bras et disparaissent sous la manche de son tee-shirt. Et puis, il y a quelque chose de visible sur le bas de son cou. *Une dague ?* J'ai soudain envie d'enlever ce t-shirt ajusté et d'explorer ses tatouages.

Avec ma bouche.

Oh, Seigneur. Qu'est-ce qui se passe ? Cela doit cesser immédiatement.

Jaxon Wilder n'est pas celui que j'attendais et il me perturbe. Il est plus que magnifique, d'une manière ténébreuse et masculine, et je sens qu'il a des secrets. Je n'ai aucun doute sur le fait qu'il est un véritable caïd. Avec un C majuscule. Je peux le voir, le sentir, s'écouler de lui en vagues chaudes, de ses cheveux parfaitement coiffés à ses tatouages, en passant par les poils sombres de sa mâchoire anguleuse. Et je ne parle même pas de ses yeux marron chocolat.

Je passe distraitement la langue sur mes lèvres et les presse l'une contre l'autre. *Concentre-toi, Easton.*

Il dit quelque chose et je dois revenir à la réalité.

— Pardon ?

— J'ai demandé si nous pouvions faire cette visite maintenant ?

— Bien sûr.

Je me retourne, regarde vers le ciel et presse une main sur ma poitrine. Il vaut mieux que je garde mes distances avec cet homme. Je vais laisser Olivia s'occuper de tous les détails, décidé-je, avant qu'il ne me tourmente trop.

Car je ne doute pas qu'une fois que ce sera fait, il ne sera plus possible de le faire sortir.

Je lui fais signe de me suivre et nous sortons pour mieux voir la configuration de la maison.

— Il y a deux étages qui donnent sur le patio arrière et, comme vous pouvez le voir, les murs sont entièrement vitrés du sol au plafond, ce qui ne laisse pas beaucoup de place à l'intimité.

— Pas de rideaux ?

— Juste dans les chambres, dis-je.

— Le paradis des voyeurs, commente-t-il. Vous aimez qu'on vous regarde ? demande-t-il, la voix basse et légèrement rauque.

Je sens mon cœur tressaillir dans ma poitrine.

— Je ne vois pas ce que vous voulez dire.

Un côté de sa bouche se soulève.

— Vous êtes actrice, donc je suppose que vous aimez l'attention.

Je n'aime pas la tournure que prend la conversation et je décide d'ignorer ses derniers commentaires.

— Ici, il y a trois des sept chambres. Dans l'autre aile, il y en a trois autres.

— Où est votre chambre ? demande-t-il.

Je presse mes lèvres l'une contre l'autre et déglutis difficilement.

— Ma chambre ?

Il acquiesce.

— Je suis dans la chambre principale en bas.

— Puis-je y jeter un coup d'œil ?

— Bien sûr.

Je le guide jusqu'à un large escalier ouvert et le conduis dans un couloir où souffle la brise jusqu'à ma chambre. Elle est grande et lumineuse, les fenêtres et les portes-fenêtres sont grandes ouvertes. Je traverse un rayon de soleil et agite une main dans l'air.

— Voici ma chambre. Rien d'extraordinaire.

Lorsque je me retourne pour le regarder, son regard se pose sur mon grand lit et quelque chose dans ses yeux chocolatés s'assombrit pour devenir d'un noir profond. Puis il se dirige directement vers la porte et la ferme, tourne la serrure, la fait vibrer dans son cadre.

— Vous avez besoin de nouvelles serrures, dit-il. Celle-ci n'empêcherait pas une mouche d'entrer. Et pourquoi gardez-vous tout grand ouvert ? Essayez-vous d'inviter tout le voisinage à entrer ?

Je me hérisse.

— Je suis désolée, mais j'aime bien sentir l'air frais. Qu'y a-t-il de mal à cela ?

— Tout ce qu'il faut quand on a un harceleur.

Sa grande silhouette se déplace d'une fenêtre à l'autre, les tirant et les verrouillant. Je ne peux pas m'empêcher de remarquer la façon dont son t-shirt tire sur son dos musclé.

Jax Wilder est autoritaire, me dis-je, et un peu condescendant. Je serre les mains le long de mon corps, mais je sais qu'il a raison. Je dois être plus prudente et ne rien prendre pour acquis en matière de sécurité.

— Comme je l'ai dit plus tôt, d'après ce que vous m'avez dit, les messages semblent plutôt inoffensifs. Mais vous devez être vigilante et commencer à verrouiller vos portes et vos fenêtres.

Une partie de moi est agacée par le fait qu'il ne semble pas s'inquiéter outre mesure. *À quoi t'attendais-tu, Easton ? Qu'il se penche sur toi ? Remets-toi à ta place.*

— En fonction de ce qui se passe et de la façon dont tout cela se déroule, vous voudrez peut-être demander une ordonnance restrictive. Mais, chaque chose en son temps. Vérifions ce panneau d'alarme.

Alors que nous marchons vers l'entrée de la maison, je lève les yeux et regarde son profil. *Mon Dieu, il est grand.* C'est un peu déconcertant de devoir lever les yeux si haut. La plupart des hommes d'Hollywood sont de petite taille et je mesure 1,80 m. Je suis donc généralement au niveau des yeux ou n'ai à lever les yeux que de quelques centimètres au maximum. Mais Jax, lui, doit planer au moins quinze centimètres au-dessus de moi.

— Alors, vous pensez vraiment que c'est quelqu'un qui s'amuse ? lui demandé-je.

— Probablement, mais je ne peux pas encore l'affirmer.

Il a l'air d'un homme d'affaires et, alors que nous passons devant des œuvres d'art, des bibelots coûteux et des pièces interminables, il n'a pas l'air impressionné. Ni par ma maison, ni par ma célébrité. Cela me dérange un peu mais, en même temps, c'est incroyablement rafraîchissant. La plupart des gens s'exclament tout de suite qu'ils sont fans et ne cessent de s'extasier. Mais pas Jax. En ce qui le concerne, je ne suis qu'une personne ordinaire et il est définitivement un homme de peu de mots.

Lorsque nous atteignons la porte d'entrée, il s'approche du panneau d'alarme, jette un bref coup d'œil, se retourne et me jette un regard noir.

— Vous plaisantez ? On dirait que cette merde date des années 80. Il ne doit même pas fonctionner.

Je relâche un souffle de frustration et croise les bras.

— Je vous l'ai déjà dit. Je ne m'en sers pas.

— Eh bien, ça va changer, marmonne-t-il dans son souffle et se tourne à nouveau vers le panneau.

Tout en le manipulant, il commence à parler des projets de mise à jour.

— Nous allons installer un système de sécurité domestique qui sécurisera tous les points d'entrée de votre maison à l'aide de capteurs qui communiqueront avec un nouveau panneau.

Il jette un coup d'œil par-dessus sa large épaule pour s'assurer que j'écoute et j'acquiesce.

— Les composants du système comprennent le panneau de contrôle pour lequel vous créerez un code d'accès afin de l'armer et de le désarmer. Il s'agit en fait d'un ordinateur qui communique avec chaque composant installé et se connecte à une société de surveillance des alarmes. Je veux aussi trouver les meilleurs endroits pour installer des caméras.

— Des caméras ?

Je ne sais pas trop ce que je pense de l'idée de tout enregistrer en permanence.

— Principalement aux points d'entrée intérieurs et extérieurs. Ils seront accessibles depuis votre téléphone ou votre ordinateur afin que vous puissiez vous enregistrer à tout moment, que vous soyez là ou non. Je vais aussi installer des détecteurs de portes et de fenêtres.

Il regarde autour de lui, les yeux plissés.

— Avez-vous quelque chose d'extrêmement précieux ? Parce que nous pouvons aussi installer des détecteurs de mouvement, qui surveilleront un espace particulier et des zones moins fréquentées dans une maison de cette taille.

— J'ai quelques bijoux et œuvres d'art, mais tout est assuré.

— Après l'installation de votre nouveau système, votre assurance va baisser, prédit-il fièrement. Si quelqu'un s'introduit ici, une alarme à haut débit retentira et préviendra la société d'alarme qui vous contactera. Si vous ne répondez pas, la police viendra immédiatement.

— Je devrais prendre un chien, dis-je en plaisantant.

Lorsque son regard sombre croise le mien, je sens quelque chose s'agiter dans mon estomac.

— Je voudrais entendre ces messages, dit-il.

— D'accord, dis-je. Allons dans mon bureau. Vous pourrez les écouter là-bas.

6

JAX

Je fais signe à Easton de nous conduire à son bureau. Pas par politesse, mais parce que je veux voir son cul.

Et je ne suis pas déçu. Cette femme sait vraiment comment faire pivoter ses hanches et ses fesses rondes se balancent juste assez pour me mettre l'eau à la bouche.

— Vous avez soif ? demande-t-elle lorsque nous entrons dans le bureau.

Sa question me prend au dépourvu. Bon sang, c'est comme si elle pouvait entendre mes pensées obscènes.

— Euh, bien sûr.

Je la regarde se diriger vers un petit réfrigérateur dissimulé.

— Plate ou pétillante ?

— Pardon ? dis-je en fronçant les sourcils.

— L'eau, précise-t-elle avec un sourire amusé. Préférez-vous de l'eau plate ou gazeuse ?

— Ah, oui.

Idiot.

— Plate, ça ira.

Les riches et leurs choix perpétuels.

Elle me tend une bouteille d'eau Evian, je dévisse le bouchon et je bois une longue gorgée. Je sens ses yeux vifs et brillants comme des pierres braqués sur moi. J'avale l'eau et je croise son regard. La couleur est absolument captivante et, comme un vrai vert émeraude, il y a un soupçon de bleu vif.

Cette femme est plus que magnifique. J'ai déjà été avec de belles femmes, mais Easton Ross franchit un nouveau palier. C'est comme si j'avais été heureux de conduire une Ford Mustang et que je me retrouvais assis dans le célèbre « Picasso du monde automobile » : la Ferrari 250 GTO de 1963, la voiture la plus chère du monde, vendue pour la somme astronomique de 70 millions de dollars. Elle a non seulement remporté le Tour de France 1964, mais s'est également classée quatrième au Mans.

Les belles femmes, comme les voitures haut de gamme, sont un mélange de pedigree, de puissance et de performance. En d'autres termes, elles sont une œuvre d'art. Comme un moteur qui tourne et vous propulse vers l'avant, baiser une beauté comme Easton serait excitant, agrémenté de sensations et de puissance brute.

Et j'ai le sentiment qu'une fois que j'aurai posé mon cul dans une Ferrari, je ne voudrais plus jamais revenir à ma vieille Mustang.

Merde, de qui je me moque ? Je n'ai même pas de voiture en ce moment. Il n'y a que moi et ma capricieuse Norton qui ronchonne la plupart du temps quand j'essaie de la faire démarrer.

Mes longs doigts se resserrent autour de la bouteille en plastique. *Arrête, Jax. Easton Ross est inaccessible. Il n'y aura pas d'exception.*

Ce travail est trop important et je ne peux pas le perdre parce que mon attirance pour une cliente me fait perdre la raison. Et, inévitablement, cela me mènera à l'échec.

J'ai soupiré lentement. Ce serait tellement plus facile si elle était l'actrice idiote et volage que je pensais trouver. Mais non, bien sûr que non. Au lieu de cela, elle est étonnante et intelligente. Et, bon sang, je trouve cette combinaison sexy à souhait. Et tellement irrésistible.

Ce n'est pas parce qu'elle m'attire que ce sentiment est réciproque, me dis-je. Cette beauté n'est pas de mon niveau et je doute fort d'être son type. C'est impossible. Elle est probablement attirée par les mecs chics.

— Donc, les messages sont sur ce téléphone.

Mon esprit repasse en mode travail et je la suis jusqu'au bureau. Il est petit et féminin. *Tout comme elle.* Je pose mes mains à plat sur sa surface et me penche en avant. Une mèche de cheveux bruns tombe en avant et je la rejette en arrière, hors de mes yeux, en essayant de me concentrer. Easton s'assoit dans le fauteuil et appuie sur play. Une voix mécanique résonne dans la pièce.

— Bonjour, Easton. Je te surveille.

Je me penche plus près de la machine et plisse les yeux, écoutant attentivement.

— Pourquoi ne réponds-tu pas à mes appels, Easton ?

— Où se trouve Easton un mardi soir ?

— J'ai très envie d'être proche de toi, Easton.

Les autres messages défilent et je peux voir à quel point ils la mettent mal à l'aise. Pas étonnant, quel que soit le sale type qui fait ça, je vais le trouver. Et je vais lui casser la gueule.

Nous écoutons une trentaine de messages, puis la voix électronique de la machine annonce qu'il y a deux nouveaux messages.

— Ils ont dû arriver ce matin, dit-elle, et commence à serrer et desserrer ses mains.

Nous attendons le bip. Puis :

— Je bande pour toi, Easton. Es-tu prête pour moi ?

Mon regard se porte sur le sien et elle se déplace sur la chaise.

Le message suivant est encore plus sombre et plus inquiétant.

— Tu sens ma bouche sur ta chatte ?

Easton appuie d'une main sur la machine et la stoppe. Ses joues s'enflamment et ses narines se dilatent sous l'effet de la colère et de l'humiliation.

— Je pense que les choses viennent de prendre un tournant, dis-je.

Elle lève les yeux vers moi, sa poitrine se soulevant et s'abaissant au rythme de ses respirations rapides.

— Je veux que vous arrêtiez celui qui fait ça. S'il vous plaît, Jax.

Je pose automatiquement ma grande main sur la sienne.

— Je le ferai. Promis, Easton.

Pendant un instant, je savoure la chaleur de sa main sous la mienne, puis elle la retire et une froideur s'installe sur son visage.

— J'ai un programme chargé aujourd'hui, annonce-t-elle. Et je suis sûre que vous avez beaucoup à faire avec la mise à jour et l'installation du nouveau système de sécurité.

Elle prend un stylo et note un numéro de téléphone. Puis elle me le tend.

— C'est le numéro de mon assistante, Liv. Si vous avez besoin de quoi que ce soit, n'hésitez pas à lui demander.

Je lève un sourcil sombre. Je n'aime pas qu'on m'envoie balader et c'est exactement ce qu'elle fait. *Qu'est-ce que c'est que ce bordel* ? Moins je vois Easton Ross, mieux c'est. Je m'approche, enroule mes doigts autour des siens et retire le stylo. Je retourne le papier, j'y note un chiffre assez important et je le fais glisser vers elle.

— C'est mon tarif, dis-je.

Elle ne sourcille même pas.

— Vous pouvez donner la facture à Liv et elle s'assurera de la faire parvenir à mon comptable.

Je lutte pour ne pas lever les yeux au ciel.

— Très bien. On se voit demain alors ?

— Il suffit d'appeler Liv et de fixer une heure. Je serai probablement absente une bonne partie de la journée.

Je l'étudie un instant, mais elle refuse de croiser mon regard.

— Bien sûr, dis-je d'une voix traînante. Enchanté de vous avoir rencontrée, Easton.

— Pareillement, dit-elle.

Puis, elle me jette comme la princesse cool qu'elle s'avère être.

La première chose que je fais est de retourner au bureau de Platinum Security et d'établir une facture pour la somme démente que j'ai indiquée. Est-ce un peu excessif ? Un peu exagéré ? Probablement. Mais elle peut se le permettre et cela permettra à mon entreprise de rester à flot quelques mois de plus, c'est certain.

Je m'assois sur ma chaise et elle grince. Ce sera bien de pouvoir en acheter une nouvelle bientôt et de me débarrasser de ce morceau de merde scotché. À terme, lorsque P.S. aura décollé, j'ai l'intention de moderniser tout le bureau. Les gars pourront m'aider à le rafraîchir avec une nouvelle couche de peinture et avec quelques nouveaux meubles et de la peinture fraîche, je pense qu'il sera assez beau.

Je sors un bloc-notes jaune et commence à rédiger mon plan d'attaque. Je note tout ce dont j'ai besoin pour mettre à jour sa sécurité.

Je serai probablement absente une bonne partie de la journée.

Ses paroles sont comme une gifle. En gros, va te faire foutre, débrouille-toi et vois avec mon assistante parce que je n'ai pas de temps à te consacrer, petit con.

Elle s'est refroidie rapidement. Ces deux derniers messages ont déclenché un interrupteur en elle. Parce que, je le jure, à un moment, quand elle me regardait, j'ai pensé...

Oublie ça, Jax. Oublie Easton Ross et fais juste le travail pour lequel elle t'a engagé.

Malheureusement, je n'ai pas été engagé pour la baiser parce que, mon Dieu, quel travail ce serait. Ce ne serait pas du tout du travail, ça c'est sûr. Ce serait un putain de plaisir. Allonger cette beauté sur son grand lit, exposer toute cette peau lisse et blanche comme du lait, regarder ses yeux verts se révulser pendant qu'elle jouit sous moi.

Je sens mon aine se resserrer.

Soudain, la porte s'ouvre et je lève les yeux pour voir Griffin Lawson entrer à grands pas, un casque sous le bras. Un peu plus petit que moi, Griff a des cheveux bruns toujours parfaitement ébouriffés, des yeux bleus brillants et des manches de tatouage sur les deux bras. À 30 ans, il est le plus jeune du bureau, mais son charme et son allure d'homme d'affaires font craquer les femmes.

Agent des opérations noires de la CIA à la retraite, Griff est bien plus qu'un simple beau gosse. Il a des relations avec tout le monde et il est doué pour trouver des choses, ce qui fait de lui un excellent localisateur. J'ai rencontré Griff il y a un an, par des voies douteuses, alors que je devais retrouver les salauds qui avaient assassiné ma sœur.

Griff a été là pour moi quand personne d'autre ne l'était et je lui suis redevable. C'est pourquoi je l'ai fait venir à P.S., et c'est pourquoi je ferai tout ce qui est en mon pouvoir pour que cet endroit reste ouvert. Ryker et lui me soutiennent et je les soutiens. Nous sommes comme une mini-fraternité.

Griff s'assied sur le siège de l'autre côté de mon bureau et pose son casque sur le bord du bureau.

— Des clients ?

Je lui fais un sourire et je tapote le bord du bloc-notes jaune avec mon stylo.

— Je viens de rédiger la facture de notre premier client, dis-je fièrement.

— Arrête. Sérieusement ?

Ses yeux bleus brillent et je comprends pourquoi les femmes se mettent en quatre pour attirer son attention. Ryker et moi le taquinons, mais Griff est le meilleur homme que je connaisse. Il prendrait une balle pour moi et je ferais la même chose pour lui.

— Oui, et si tu n'as rien de prévu demain, j'aurais besoin d'aide pour installer un nouveau système de sécurité dans la maison du client.

— Bien sûr. C'est grand ?

— Plus de 7 000 mètres carrés dans les collines d'Hollywood.

— Putain.

— Exactement. Et j'ai l'intention de la mettre au courant de tout ce qui se passe.

— Elle ? demande-t-il en haussant un sourcil sombre.

— Une actrice nommée Easton Ross. Un type la harcèle et elle doit renforcer sa sécurité.

— Easton Ross ?

La bouche de Griff s'ouvre et je ne crois pas l'avoir jamais vu montrer de l'excitation pour une femme. C'est toujours l'inverse et il gère la situation comme n'importe quel autre événement quotidien. Comme se brosser les dents ou s'habille :

Ennuyeux. Inévitable. Prévisible.

Mes yeux se rétrécissent et je regrette instantanément de lui avoir demandé d'aller chez elle avec moi. Je ne sais pas pourquoi je me sens soudain possessif, Easton est *ma* cliente.

Et si quelqu'un doit la séduire, ce sera moi.

— Oublie ça, lui dis-je en croisant les bras. Elle est aussi froide qu'une reine des glaces.

— Vraiment ? Parce qu'elle a l'air d'être un feu follet. Tu as déjà vu le film dans lequel elle joue et où ils sont poursuivis dans la jungle en Colombie ?

Je secoue la tête.

— Honnêtement, je n'avais aucune idée de qui elle était.

— T'es pas possible.

Je hausse les épaules.

— C'est pas vrai ! Tu me dis que tu n'as aucune idée de qui est Easton Ross ? Pour de vrai ?

— Pourquoi est-ce si difficile à croire ? Je n'ai pas le temps de regarder beaucoup de films.

— Eh bien, fais-toi une faveur et regarde celui où elle est une voleuse et où elle fait équipe avec un autre voleur pour dérober un trésor. Elle y est pratiquement nue.

Sa bouche se relève.

— Tu pourras me remercier plus tard, ajoute-t-il.

Je secoue la tête.

— Je ne pense pas que ce soit une bonne idée de voir ma cliente nue.

— *Pratiquement* nue, précise-t-il. Elle ne joue pas de scènes de nu.

— Comment tu sais tout ça ? lui demandé-je d'une voix déconcertée.

— Comment tu fais pour ne rien savoir ? Il y a maintenant ces choses qu'on appelle des cinémas, grand-père, taquina Griff. Tu devrais vraiment aller y faire un tour.

— Je regarde des films.

— Je veux dire autre chose que The Expendables.

Je lève mon majeur et lui fais un doigt d'honneur.

— Ooh, dit-il avec un petit rire. Alors, à quelle heure as-tu besoin de moi demain ?

— J'avais prévu d'arriver à dix heures. On peut se retrouver ici à huit heures, prendre ce dont on a besoin et partir ensuite.

— Ça me paraît bien. Je prendrai le SUV de Ryker. Je dois dire que j'ai hâte de rencontrer la reine des glaces. Peut-être que je pourrai la réchauffer.

La jalousie monte en moi et mes yeux se rétrécissent.

— Interdit de toucher aux clientes. Surtout celle-là, l'avertis-je.

Griff penche la tête et un sourire complice se dessine sur sa bouche.

— Ah, je vois.

— Tu vois quoi ?

— Elle est toute à toi, Jax, dit-il en levant les mains. À moins, bien sûr, qu'elle cherche quelqu'un d'un peu plus jeune et avec beaucoup plus de charme.

Essaye pour voir, me dis-je.

— Oublie ça, rétorqué-je.

7

EASTON

Il est tard et la lune est haute dans le ciel. Enveloppée dans un peignoir de soie qui traîne derrière moi, je déambule dans l'immense maison vide. Sans but précis.

Je n'arrive pas à dormir et ce n'est pas parce que j'ai reçu cinq nouveaux appels téléphoniques dérangeants aujourd'hui. C'est parce que mon esprit n'arrête pas d'évoquer des images d'un certain homme aux cheveux et aux yeux foncés, avec d'immenses tatouages.

Jaxon Wilder.

Pour une raison que j'ignore, je tiens sa carte de visite dans ma main. Je la porte dans une main et je tiens un verre de blanc de blancs de Taittinger dans l'autre. Je bois une gorgée de champagne et je regarde sa carte. Elle a l'air plutôt bon marché. Comme quelque chose que l'on commanderait en gros sur Internet.

Platinum Security. Jaxon Wilder, propriétaire.

Je me demande s'il a une femme ? Une petite amie ? Un homme comme lui doit avoir quelqu'un pour réchauffer son lit. Il ne portait pas de bague et j'ai l'impression qu'il n'est pas du genre à se marier. Il dégage une énergie sauvage, presque féroce, qu'aucune femme ne pourrait facilement apprivoiser. J'ai l'impression que Jax aime sa liberté, qu'il la préfère même, et qu'une relation sérieuse n'est pas quelque chose qu'il souhaite.

Je soupire, pose le verre à moitié vide sur une table en marbre et pousse les portes du patio arrière. Elles s'ouvrent et je pénètre dans la nuit qui s'épaissit. Il fait encore assez chaud dehors et juillet est l'un de mes mois préférés. J'aime l'été et en ce moment, le soleil du sud de la Californie est assez chaud, mais pas comme en septembre où il fait une chaleur étouffante et où les incendies font rage.

L'eau bleue cristalline de ma piscine de 20 mètres m'invite à m'approcher. Des pensées indésirables de Jax traversent mon esprit et mes yeux se ferment. Je n'ai jamais rencontré un homme qui m'a subjuguée de la sorte. Littéralement depuis le moment où j'ai posé les yeux sur lui.

Mon Dieu, ses yeux chocolat noir sont si intenses. Si francs. Je ne peux m'empêcher de me demander s'il est aussi intense dans tout ce qu'il fait. Comme lorsqu'il emmène une femme au lit. Je détache la ceinture de mon peignoir et je passe mes mains sur mes épaules. Il tombe sur le sol en un tas de soie blanche.

Pendant un moment, je reste là, nue, à savourer l'air chaud sur ma peau. Je me demande ce que les grosses mains de Jax, à l'aspect rugueux, pourraient me procurer en effleurant mon corps. Un frisson me parcourt et je déglutis difficilement. Puis, j'entre dans la piscine chauffée.

Je descends les marches et, lorsque l'eau touche mon ventre, je glisse dans l'eau avec des mouvements souples. Faire des longueurs dans la piscine est un excellent exercice, mais plus encore, cela m'aide à me vider la tête. Et, en ce moment, ma petite tête brûlante a besoin d'être rafraîchie.

L'eau glisse sur ma peau et j'aime la sensation d'apesanteur qu'elle me procure. Bien que la piscine soit chauffée, elle est fraîche et rafraîchissante. Je fais une longueur puis une autre, dans un sens puis dans l'autre, en essayant de chasser de ma tête les pensées lubriques.

Je ne sais pas si cela fonctionne, mais je finis par me fatiguer. Après une nouvelle traversée, je retourne à l'escalier et je sors. L'eau coule sur mon corps lisse et je secoue mes cheveux en arrière avant d'essorer les pointes. Puis je me glisse à nouveau dans le peignoir de soie qui colle à mon corps mouillé, s'incrustant de manière provocante dans mes courbes.

Je serre mes bras sur ma poitrine et je me dirige vers le bord du patio. Adossée à la paroi vitrée, je regarde les lumières qui scintillent tout autour des collines et au-delà. Des millions de lumières étincelantes qui scintillent dans toutes les maisons.

Des maisons avec des familles. Des pères, des mères, des maris, des femmes, des frères, des sœurs et des enfants. Chaque maison a une histoire à raconter et des gens qui s'aiment. Une vague de tristesse m'envahit.

Parce que je n'ai jamais eu cela. Je n'ai jamais eu de famille. Tout ce que je sais de mon passé, c'est qu'après m'avoir mise au monde, ma mère m'a déposée au poste de police. À peine âgée de deux heures, je suis devenue pupille de l'État.

Je suis orpheline.

Ma famille ne voulait pas de moi et je me suis retrouvée dans plusieurs familles d'accueil, ballotée d'un endroit à l'autre jusqu'à l'âge de dix ans. Ensuite, j'ai été considérée comme trop vieille et les familles d'accueil m'ont laissée de côté parce qu'elles préféraient les enfants plus jeunes. Je me suis donc retrouvée prise dans le système et j'ai vécu dans un foyer pour filles jusqu'à mes 18 ans.

D'aussi loin que je me souvienne, j'ai toujours voulu avoir une famille à moi. Je m'imaginais avoir des parents et des frères et sœurs aimants. J'ai toujours eu une imagination très riche, et je pense que c'est ce qui m'a conduit dans le monde du cinéma. Cela et le fait que tout ce que j'ai toujours voulu, c'est échapper à ma vie triste et solitaire.

Je pose une main sur ma poitrine. Parfois, la solitude est si lourde, si intense, que j'ai l'impression d'étouffer. Peu importe le nombre de personnes qui m'entourent. Je me sens vide à l'intérieur et je ne sais pas comment y remédier.

Les relations avec les hommes n'ont jamais comblé le vide en moi. Peut-être parce que j'ai choisi les mauvais hommes. Pour être honnête, je n'ai pas beaucoup d'expérience avec les hommes parce que je suis bien trop occupée. Je suppose que je ne consacre pas le temps et les efforts nécessaires aux rencontres, alors pourquoi s'étonner ?

Je suis toujours en train de travailler et je passe probablement neuf mois de l'année à tourner. En ce moment, le tournage de mon film actuel est sur le point de commencer ici, à Los Angeles, et c'est rare pour moi. Mais même s'il est agréable d'être chez soi, c'est encore mieux d'être loin, dans un endroit étonnant ou exotique.

Ma vie est un tourbillon d'hôtels, de chauffeurs qui me conduisent sur les plateaux de tournage, d'un entourage d'assistants, de paparazzis et de fans. Pourtant, personne ne me connaît vraiment. Personne ne connaît la petite fille qui a été déposée au poste de police en pleine nuit il y a près de 30 ans. Ni la femme seule qui erre la nuit dans sa maison vide en se demandant ce que cela ferait si quelqu'un s'occupait d'elle.

Je presse un poing sur mes lèvres et je sens la brûlure des larmes. Je ne me laisse pas souvent aller à pleurer, mais je ressens tellement d'émotions en ce moment et je n'arrive pas à arrêter les larmes chaudes qui bordent mes yeux.

Je déteste m'apitoyer sur mon sort. Je déteste vraiment ça. Parce que je sais à quel point j'ai de la chance. J'ai une carrière extraordinaire dont je suis reconnaissante chaque jour, une belle maison et suffisamment d'argent pour ne jamais avoir à me soucier de payer des factures ou de subir le stress lié aux difficultés financières.

C'est peut-être la nature humaine qui veut que l'on s'attarde sur ce que l'on n'a pas plutôt que sur ce que l'on a.

Et là, je n'arrête pas de penser à ce que ce serait d'avoir une vraie relation avec un homme qui *m'aime moi*. Pas Easton Ross, célèbre actrice.

Mais je me suis fait à l'idée que cela n'arrivera jamais. Tout le monde sait qui je suis et tout le monde attend quelque chose de moi.

Peut-être que je devrais tout simplement partir à l'autre bout du monde. Dans un pays primitif au milieu de nulle part qui n'a pas d'accès à...

À quoi, Easton ? Au cinéma ? La télévision ?Internet ? C'est ça.

Lorsque vous atteignez un certain niveau de notoriété, les gens vous connaissent et vous reconnaissent. Il est vrai que tout ce qu'ils savent, c'est ce que mon équipe de relations publiques a créé. Selon IMDB, l'Internet Movie Database, et tous les autres médias, je suis née à Toledo, dans l'Ohio, et j'ai été « découverte » à l'âge de 15 ans lors d'une recherche locale de talents. J'ai été engagée sur-le-champ par une agence de mannequins et j'ai déménagé à New York pour poursuivre une carrière dans l'industrie de la mode. Mais mon véritable talent, c'est la comédie, et il était inévitable que je commence à décrocher des rôles, avant de traverser le pays pour rejoindre LaLa Land.

Je ne suis jamais allé à Toledo, dans l'Ohio. Et la première fois que je suis allé à New York, j'avais 22 ans et c'était pour tourner un film.

En réalité, je suis née à Bakersfield, en Californie.

Située juste au nord de Los Angeles, Bakersfield a la pire qualité d'air des États-Unis et constitue une étape sur le chemin de Las Vegas. Le climat y est désertique et, d'avril à octobre, la température moyenne y est de 110 degrés. Non seulement Bako est une importante région productrice de pétrole, mais elle est également entourée de montagnes sur trois côtés, ce qui en fait un endroit idéal pour les émanations de pétrole et la pollution.

Bref, c'est un endroit assez dégoûtant et j'avais hâte d'en partir.

Et c'est exactement ce que j'ai fait à 18 ans. J'ai quitté le foyer, je suis allée à la gare routière, j'ai sauté dans le premier Greyhound pour Los Angeles et je n'ai jamais regardé en arrière.

J'essuie l'humidité sur mon visage et me détourne de la vue magnifique. En revenant vers la maison, je me dis que j'ai passé la majeure partie de ma vie à me concentrer sur ma carrière et je me demande s'il n'est pas temps de faire une pause.

De se concentrer sur quelque chose de plus significatif.

Je m'assure de verrouiller les portes-fenêtres en verre et d'éteindre les lumières avant de me rendre dans ma chambre. Jax a déjà fermé et verrouillé toutes les fenêtres ouvertes plus tôt.

Jax.

Je devrais peut-être m'intéresser à lui. Honnêtement, je ne suis pas sûre qu'il s'intéresse à moi. J'ai l'impression que je ne suis pas son genre.

Pas du tout.

Je l'imagine très bien avec une blonde, serveuse dans le bar local qu'il fréquente. Quelqu'un de brutal comme lui.

D'un autre côté, il n'est pas non plus mon genre. Mais j'ai l'impression que nous pourrions être très bien ensemble. Vraiment torrides même. Et ça ne me ressemble pas du tout. Je ne reste pas là à fantasmer sur les hommes, surtout ceux qui ont des tatouages et une moto.

Mais quelque chose en lui me fait chauffer le sang. C'est peut-être son allure de bad boy. Ou peut-être est-ce le fait que je n'ai jamais été avec quelqu'un d'aussi imposant ou qui dégage une telle masculinité. Quand je compare Daniel à Jax, c'est le jour et la nuit. Daniel est tiède et le sexe avec lui dure cinq minutes quand j'ai de la chance. Il est comme le blasphème du lundi matin.

Jax, quant à lui, me fait penser à un long et chaud week-end. J'ai ce sentiment dans mes tripes que le sexe avec Jax serait une affaire qui durerait toute la nuit. Tellement torride que mes orteils se recroquevilleraient. Le genre de sexe que l'on voit dans les films.

Quelque chose qui n'existe pas dans la vraie vie. En tout cas, pas pour moi.

Lorsque j'arrive dans ma chambre, j'entre dans l'immense salle de bains attenante et je jette mon peignoir sur une chaise. J'ouvre ensuite l'eau et entre dans la douche pour me débarrasser du chlore. Je penche la tête en arrière et laisse le pommeau de douche en hauteur m'inonder de sa pluie. J'adore ma douche. Elle a des options de brumisation, six jets de massage pour le corps et des lumières LED. Elle possède des fonctions ridicules et inutiles et me rend très heureuse.

Une image de Jax, nu et mouillé, me vient à l'esprit et mon estomac s'effondre.

Oh, mon Dieu. Qu'est-ce que je vais faire ?

La seule chose que je puisse faire : garder mes distances et l'éviter à tout prix.

Je coupe l'eau, attrape une serviette turque blanche et moelleuse et l'enroule autour de mon corps. Après m'être brossé les dents, j'enfile une courte robe de soie noire La Perla et je m'assieds devant ma coiffeuse. Des ampoules entourent le miroir et je brosse mes cheveux foncés, longs jusqu'aux épaules, jusqu'à ce qu'ils brillent. Ensuite, j'applique une infinité de crèmes de nuit.

Enfin, j'écarte les draps de lit Millesimo en satin lumineux et en coton égyptien de haute qualité et je m'enfonce dans une pile d'oreillers.

Mes yeux se ferment et je vois une paire d'yeux marron foncé de la couleur du chocolat fondu.

Oh, mon Dieu, la nuit va être longue.

Je ne sais pas exactement combien de temps il me faut pour m'endormir, mais cela finit par arriver. Je n'ai l'impression d'avoir dormi qu'une trentaine de minutes lorsque je me réveille en sursaut. La chambre est sombre, faiblement éclairée par les lueurs des grandes baies vitrées. L'horloge sur la table de nuit indique 2h20.

Je me redresse dans le lit, je remonte les draps jusqu'à mon cou et j'incline la tête pour écouter. Je ne sais pas ce qui m'a réveillé, mais j'ai l'impression que quelque chose ne va pas. J'attends et puis il y a un bruit. Comme si quelqu'un était dans la maison.

Mais c'est impossible.

Je me suis assurée que tout était verrouillé. *N'est-ce pas ?*

Je ne jure jamais, mais, merde. J'ai un sentiment bizarre. Comme si, soudainement, je n'étais pas seule. Si seulement j'avais la nouvelle alarme. Je respire profondément, je me glisse hors du lit et j'enfile mon peignoir La Perla assorti.

Puis, je fais la seule chose que je peux faire. Je sors de ma chambre et j'emprunte le couloir pour aller voir ce qui se passe. Mes pieds nus glissent silencieusement sur le sol et je vérifie les fenêtres au fur et à mesure que je les passe. Cuisine, salle de bains, salle familiale, bureau, bibliothèque... tout ce qui se trouve au premier étage est sécurisé. Arrivée à la porte d'entrée, je vérifie la serrure et me hisse sur la pointe des pieds pour jeter un coup d'œil à travers la vitre d'une fenêtre.

Rien.

J'ai dû rêver. Ou peut-être que je dormais encore et que j'ai cru entendre quelque chose.

Je jette un coup d'œil à l'étage sombre et décide que je ne veux pas enquêter là-haut. Il y a trop de pièces, trop de cachettes. Je n'entends rien de là-haut et j'ai pas envie d'y aller.

Avec un soupir, je retourne vers ma chambre et quand je passe devant la table d'appoint où se trouve le téléphone, il sonne. Je sursaute presque en entendant le son soudain et brutal. Il sonne encore trois fois et est sur le point de tomber sur la messagerie vocale quand je le prend. Je ne sais pas pourquoi je le fais. Mais quelque chose m'envahit, m'oblige à décrocher le combiné.

— Allô ? dis-je.

— Tu fais de beaux rêves de moi, Easton ?

— Qui est-ce ?

— Rassure-toi, je serai bientôt dans ton lit.

Clic.

Je raccroche, me précipite dans ma chambre et ferme la porte à clé. Je vérifie à nouveau les portes-fenêtres et je tire les longs rideaux opaques. Je saute dans mon lit et remonte les couvertures jusqu'à mon menton.

Si seulement Jax était là.

8

JAX

Le lendemain matin, Griff et moi nous rendons au magasin de sécurité et achetons tous les équipements de pointe nécessaires. Nous avons un ami qui travaille ici et qui nous fait bénéficier d'une remise grâce à son lien militaire avec Ryker.

Nous mettons le tout à l'arrière du SUV de Ryker, car Griff et moi ne possédons que des motos pour l'instant. Dès que Platinum Security fera entrer plus d'argent, j'ai l'intention d'acheter des voitures de fonction. En attendant, je suis content que Ryker nous laisse prendre sa voiture chaque fois que nous en avons besoin.

Ryker ne sort pas beaucoup et la plupart du temps, son Ford Expedition reste dans le garage souterrain de son immeuble. Ryker a un passé douloureux de l'époque où il était Navy SEAL et il ne s'est pas bien réadapté à la vie civile. Je ne sais pas exactement ce qui lui est arrivé, mais d'après Griff, Ryker était en mission secrète lorsque celle-ci s'est transformée en une véritable catastrophe. Toute son équipe a été tuée et depuis, Ryker vit un enfer de culpabilité.

Je comprends. Plus que quiconque, je peux m'identifier à la culpabilité du survivant et comprendre ce que cela signifie de laisser tomber ceux qui dépendent de vous. Ceux qui vous aiment et vous font confiance.

C'est dur à digérer et crée un trou noir dans votre âme. Un vide qui vous laisse un sentiment de vacuité et de misère, qui aspire toutes les émotions dans son tourbillon jusqu'à ce que vous vous sentiez comme une coquille vide.

C'est pourquoi le succès de P.S. est si important pour moi. Je pense qu'en donnant à ces hommes quelque chose à se mettre sous la dent, des emplois adaptés à leurs compétences spécifiques, cela les aidera à guérir.

Peut-être même que cela m'aidera moi aussi.

Mon téléphone sonne et je jette un coup d'œil à l'écran : Olivia Williams, l'assistante d'Easton.

— Jax Wilder, dis-je.

— Bonjour, c'est Liv. Easton a reçu d'autres appels la nuit dernière et elle est un peu paniquée.

— Je suis au magasin de sécurité en ce moment même. Je viens de lui acheter un tout nouveau système d'alarme et mon associé et moi allons commencer l'installation.

— C'est très bien, dit-elle.

Je me détourne de Griffin, je baisse la voix.

— Elle va bien ?

— Je ne sais pas. Les messages sont de plus en plus inquiétants et je pense qu'elle se sentira mieux une fois qu'il y aura une alarme et des caméras.

— Bien sûr. C'est logique.

— Dès que vous serez là, je vous montrerai. Ensuite, je dois aller retrouver Easton.

— Elle n'est pas là ?

Je ressens une vague de colère. Il faut qu'elle fasse profil bas et pas qu'elle se promène pas dans toute la ville.

— Elle avait une réunion, mais elle sera de retour dans quelques heures.

— D'accord. Nous sommes en route.

Je déconnecte l'appel et Griff lève un sourcil.

— Qu'est-ce qu'il y a ? demande-t-il.

Je passe une main dans mes cheveux indisciplinés et je sors mon paquet de cigarettes. J'incline le paquet vers Griff et il en prend une. Nous les allumons et je hausse les épaules.

— Elle a eu d'autres appels et ils sont de plus en plus inquiétants.

— Probablement un fan fou, commente-t-il en soupirant. Il n'y a pas eu de contact réel, n'est-ce pas ?

— Non. Juste des messages vocaux. Je ne suis pas trop inquiet, mais on dirait qu'elle commence à avoir peur.

— Il utilise peut-être une ligne privée ?

— Sans doute. Mais je suis sûr que ça vient d'un téléphone prépayé. Ou d'une application vocale cryptée.

— Si c'est quelqu'un qui sait ce qu'il fait. S'il c'est simplement un fan fou, on pourra peut-être le retrouver. Et y mettre un terme le plus tôt possible.

— Tu as raison. J'essaierai aujourd'hui de le localiser, dis-je en jetant un coup d'œil à ma montre. Allons-y. Liv doit partir sous peu.

Un peu avant 10 heures du matin, je manœuvre le Ford Expedition dans l'allée circulaire d'Easton. Griff en sort et ouvre la portière arrière pour commencer à décharger pendant que je m'approche et frappe. Liv ouvre la porte.

— Voici Griff, dis-je en faisant un signe de tête par-dessus mon épaule. Griff, voici Liv.

— Enchantée, dit-elle en faisant un petit signe de la main.

Comme d'habitude, son regard reste sur lui plus longtemps que nécessaire. Il interrompt le déchargement du matériel et la salue. Finalement, elle détourne les yeux.

— Venez, vous pouvez utiliser le bureau d'Easton comme QG et n'hésitez pas à faire ce que vous avez à faire. Je serai de retour dans quelques heures. Si vous avez besoin de quoi que ce soit, envoyez-moi un message.

— Je vais vouloir écouter les nouveaux messages, lui dis-je.

— J'ai déjà mis le téléphone sur son bureau pour vous, dit Liv et elle commence à descendre l'allée où sa Prius est garée.

Je remarque qu'elle prend un chemin plus long et qu'elle passe devant Griff pour le regarder de plus près et lui adresser un sourire amical. J'étouffe un petit rire. *Pauvre Griffin.* Les femmes lui tournent autour comme de la merde sur du velcro.

Je me dirige vers eux et j'attrape quelques boîtes.

— Allez, on peut mettre ça à la porte d'entrée. Si tu veux commencer à l'installer, je vais aller écouter les derniers messages.

— Bien sûr.

Après avoir transporté le reste des boîtes dans le couloir, je laisse Griff travailler et me dirige vers le bureau. Je m'assois dans le siège en cuir lisse de l'autre côté du bureau et je vois le téléphone sans fil V-Tech et le répondeur numérique, comme Liv me l'avait promis. Je mets le téléphone sur haut-parleur et j'appuie sur play.

Une fois de plus, cette voix à la sonorité mécanique remplit l'air.

— Bonjour, Easton. Je te surveille.

Je passe à la suite et j'arrive enfin aux enregistrements de la nuit dernière.

— Allô ? répond la voix chaude et luxuriante d'Easton répond.

Elle a répondu ? Putain.

— Tu fais de beaux rêves de moi, Easton ?

— Qui est-ce ? demande-t-elle.

J'entends le feu dans sa voix. Et son léger tremblement.

— Rassure-toi, je serai bientôt dans ton lit.

Clic.

Putain de sale type.

Les autres messages me donnent la chair de poule :

— Tu vas me sucer jusqu'à la moelle.

— Tout sera bientôt terminé.

— J'ai des outils que je peux apporter.

Qu'est-ce que ça veut dire ? Je dois arrêter cet enfoiré. Pas étonnant qu'elle flippe.

Les appels ne sont plus retracés manuellement à travers les commutateurs. Les services répressifs se contentent d'examiner les métadonnées générées. Métadonnées signifie « données sur les données » et comprend des éléments tels que l'origine de l'appel, sa destination et le type de téléphone utilisé, qu'il s'agisse d'un téléphone cellulaire, d'un téléphone fixe ou d'un téléphone public.

Ces enregistrements sont de petits fragments qui peuvent être facilement stockés sous forme numérique et les compagnies de téléphone peuvent les conserver pendant une longue période, ce qui est très utile pour les enquêteurs comme moi.

Ce qui n'est pas bon, en revanche, c'est lorsque l'appel provient d'un prépayé ou d'une application vocale cryptée. Dans ce cas, le problème n'est pas si facile à résoudre et il faut quelqu'un qui sait comment creuser plus profondément et contourner les murs numériques. Quelqu'un comme un hacker.

Il faut vraiment que je trouve un informaticien qualifié, spécialisé dans le piratage, et que je l'engage pour travailler à P.S. Dès que possible, me dis-je.

En attendant, je fais ce que je sais pour localiser les appels et, comme je l'avais prédit, je me retrouve dans une impasse. Le type qui appelle ne veut pas que son identité soit découverte. Je soupire, je passe une main dans mes cheveux indisciplinés et j'ai besoin d'une cigarette.

Mais chaque chose en son temps. Je retourne dans le hall et je vérifie avec Griff.

— Cet enfoiré appelle d'un prépayé ou d'une application cryptée. Tu connais de bons hackers ?

— Tu rigoles ? demande-t-il avec un sourire en coin. J'ai travaillé pour la CIA.

— Dès que j'aurai les moyens d'engager quelqu'un, fais-moi savoir qui tu peux me recommander. Évidemment, quelqu'un qui n'a pas peur d'utiliser des voies détournées et d'autres trucs louches.

Il acquiesce et commence à m'expliquer où il pense placer les meilleures caméras pour que la couverture de la maison soit la plus efficace possible. Comme d'habitude, Griff a un œil avisé et je lui dis de commencer à installer les caméras.

— Je vais m'occuper de l'alarme, dis-je.

J'attrape quelques outils et je retire le panneau d'alarme situé à côté de la porte d'entrée. Quelle merde, me dis-je. Alors que je le tiens en l'air et que je souffle la poussière sur sa surface, la porte d'entrée s'ouvre. Mes sens exacerbés entrent en action et j'attrape le pistolet que j'ai dans mon étui à la hanche.

Le petit homme brun entre et ses yeux s'écarquillent lorsqu'il se rend compte qu'il regarde le canon de mon Glock. Il lève les mains en l'air et commence à bavarder dans une autre langue. Le français, je crois.

— Qui êtes-vous ? dis-je.

— Jacques ! Le chef personnel d'Easton ! s'écrie-t-il avec un fort accent.

Je vois Griff arriver derrière lui, arme dégainée. Du coin de l'œil, Jacques remarque Griff et regarde par-dessus son épaule en criant. Je baisse mon arme et fais signe à Griff de faire de même avant que l'homme ne s'évanouisse ou ne meure d'une crise cardiaque.

— Je suis le nouveau responsable de la sécurité d'Easton. À partir de maintenant, cette porte sera verrouillée et l'alarme sera activée. Vous devrez frapper et attendre qu'Easton ou Liv réponde.

— Oui, oui.

Je lui fais signe de se déplacer et me tourne vers Griff qui hausse les épaules. Je secoue la tête et, alors que je m'apprête à fermer la porte d'entrée, un groupe de personnes apparaît et se dirige vers l'allée. Ils nous regardent, Griff et moi, d'un air curieux, mais entrent directement dans la maison.

— Excusez-moi ? dis-je. Mais qui êtes-vous tous ?

— Qui êtes-vous ? demande un homme à l'eye-liner foncé.

— Le service de sécurité d'Easton.

— Nous sommes son équipe de coiffeurs, de maquilleurs et de costumiers. Elle a un événement à venir et nous avons beaucoup à faire. Excusez-nous.

Il me sourit, fait un clin d'œil à Griffin et ils partent tous dans le couloir.

— C'est comme la gare de Grand Central Station ici, commente Griff.

Je secoue la tête.

— Il faut que cela cesse. Les gens ne peuvent pas entrer et sortir toute la journée sans surveillance.

Il acquiesce.

— Bon, je vais mettre en place ces caméras et les enclencher.

— Merci, dis-je, et je retourne au panneau principal.

Quelques heures plus tard, Griff a installé les caméras, j'ai monté des bandes d'alarme à tous les points d'entrée et nous connectons le tout au panneau qui avertira la société de sécurité en cas d'anomalie.

Easton devrait dormir sur ses deux oreilles à partir de ce soir, car personne n'entrera dans cette maison sans avoir composé le code pour désarmer le système de pointe.

Alors que Griff et moi cassons d'autres cartons et rassemblons nos outils, j'entends une voiture s'arrêter. Quelques instants plus tard, Easton et Liv franchissent la porte d'entrée. Mon Dieu, elle est magnifique avec ses cheveux noir de jais qui encadrent son visage de porcelaine et ses lèvres rouge vif. Mon cœur trépigne dans ma poitrine.

Ses yeux vert émeraude se lèvent pour rencontrer les miens et elle sourit.

— Bonjour, Jax.

Son regard se porte sur Griff qui s'est arrêté de travailler et la fixe comme un écolier épris. Un muscle se crispe dans ma mâchoire et je me force à être poli.

— Easton, voici Griffin Lawson. Il m'a aidé à installer le nouveau système de sécurité.

— Enchantée, Griffin, dit-elle en lui tendant la main.

Je serre les dents et je sens mes narines se dilater comme un taureau qui voit rouge. Je n'aime pas qu'ils se regardent et encore moins qu'ils se touchent. Maintenant, au lieu de regarder mes tatouages, elle regarde les siens. Au lieu de regarder mes yeux, elle regarde les siens, brillants et bleus.

Je n'ai jamais été jaloux de ma vie. Jusqu'à maintenant. Et je n'aime pas ça du tout.

— Le plaisir est pour moi, dit Griff avec un sourire charmeur. Je suis un grand fan, Mlle Ross.

— C'est gentil de votre part.

Est-ce qu'elle vient de lui faire les yeux doux ?

— Griff était sur le point de partir, dis-je.

Je le vois me regarder avec un sourire en coin, mais je l'ignore.

— Il faut que je vous parle, lui dis-je.

— Je n'ai pas beaucoup de temps, dit-elle en jetant un coup d'œil à la délicate montre Gucci qu'elle porte au poignet.

— Allons à votre bureau.

Je lance les clés de la Ford à Griff un peu trop fort et elles se heurtent à son torse.

— À plus tard, dis-je en le congédiant.

Je n'aime pas la façon dont il la regarde et plus vite il partira, mieux ce sera.

— A plus.

Avec un sourire, il se dirige vers la sortie.

Je respire lentement et j'essaie de comprendre pourquoi je me sens si possessif à l'égard de Mlle Easton Ross. Elle n'est ni ma petite amie, ni mon amante. C'est juste une cliente. Une cliente qui remplit les caisses de Platinum Security et je dois m'assurer que tout reste professionnel.

Dans son bureau, je me dirige vers le bureau et m'y appuie d'une hanche. Je croise les bras et l'étudie. Elle porte une élégante robe marine avec une ceinture de créateur qui cintre sa taille fine. Ses hanches sont galbées, ce qui me met l'eau à la bouche. La robe lui arrive juste en dessous du genou et elle porte une paire de talons hauts qui lui donnent quelques centimètres de plus. Pourtant, je suis toujours plus grand qu'elle.

J'ai envie de la prendre dans mes bras. De relever sa robe, passer une jambe entre ses cuisses et la faire glisser sur moi jusqu'à ce qu'elle soit à califourchon sur le haut de ma cuisse. Au lieu de cela, je déglutis et lui lance un regard noir.

— J'ai failli tuer votre chef aujourd'hui, lui dis-je.

Ses beaux yeux verts s'écarquillent.

— Quoi ?

— On se serait cru à Grand Central Station ce matin, et cette habitude doit cesser. Fini les gens qui entrent et sortent à leur gré et sans surveillance. À partir de maintenant, la porte sera verrouillée et l'alarme sera activée. C'est compris ?

Ses yeux se rétrécissent et elle presse ses lèvres rouges l'une contre l'autre.

— Ça n'est pas possible.

— Pardon ?

Elle agite sa main parfaitement manucurée, refusant tout ce que je viens de dire.

— J'ai bien trop de gens qui travaillent pour moi et ils vont et viennent à des heures différentes. Ce que vous proposez n'a pas de sens et n'est pas pratique.

— Ce que je propose, c'est une mesure de sécurité qui vous permettra de rester en sécurité, ai-je précisé.

Ses lèvres pulpeuses se pincent.

— Je comprends, mais...

— Mais rien, l'interromps-je.

Elle lève un sourcil et j'ai l'impression que personne ne peut contredire cette princesse. *Dommage,* me dis-je. Mais ma voix s'adoucit.

— Si vous ne vous sentez pas en sécurité, et Liv m'a dit que c'était le cas hier soir, alors je fais mal mon travail.

Je la vois réfléchir pendant un moment, puis elle incline la tête.

— Vous avez raison, je n'arrivais pas à m'endormir et après les appels, je n'arrêtais pas de vérifier toutes les portes et les fenêtres.

Elle croise mon regard et j'ai l'impression de fixer deux émeraudes très polies.

— Je veux en finir. Mais avant tout, je veux me sentir en sécurité.

Pour la première fois, je vois un éclair de peur. Mes sens sont en alerte et mes tripes se serrent.

— Il s'est passé autre chose ?

Elle jette un coup d'œil au loin et serre les mains.

Je me lève et fais deux grandes enjambées jusqu'à elle. Puis, je lui tends la main et lui relève le menton, l'obligeant à me regarder dans les yeux.

— Easton ? Dites-moi ce qui s'est passé.

À mon contact, ses yeux verts rencontrent les miens.

— Ce n'est probablement rien, dit-elle. Je veux dire, ce n'est rien de toute évidence. J'ai juste eu une sensation bizarre aujourd'hui...

— Quel genre de sentiment ?

— Comme si quelqu'un m'observait. Peut-être qu'on me suivait ?

Elle secoue la tête, s'éloigne.

— Je ne sais pas, reprend-elle Je suis probablement en train de délirer.

— Quand j'étais flic, j'ai appris à toujours écouter mon instinct.

— Vous étiez flic ?

Merde. Je me suis immédiatement braqué. Je n'ai pas vraiment envie d'expliquer comment j'ai été forcé de démissionner il y a un an parce que j'ai participé à une fusillade avec les assassins de ma sœur.

— Avez-vous vu quelqu'un de suspect ? Vous avez remarqué une voiture qui vous suivait ?

— Non.

Je la vois frotter ses bras parcourus de frissons. Puis, elle se braque aussi rapidement et facilement que je viens de le faire.

— Je dois y aller. J'ai un rendez-vous.

Hors de question. Elle ne va pas s'enfuir aussi facilement.

— J'aimerais d'abord discuter de certaines choses avec vous.

— Vous pouvez en parler à Liv.

— Je ne veux pas parler à Liv.

Mon regard dur et implacable se pose sur le sien.

Pendant un moment, elle ne répond pas. Puis elle passe une main sur ses cheveux corbeau parfaitement coiffés et dit :

— D'accord. Mais vous allez devoir venir poser vos questions pendant que je suis avec Rodney, parce qu'il est trop tard pour annuler. Il est déjà là.

Rodney ? Qui est ce putain de Rodney ?

Dix minutes plus tard, j'apprends que Rodney est le masseur d'Easton. Je m'assois sur une chaise proche et serre les dents pendant qu'elle s'allonge sur une table et qu'un jeune d'une vingtaine d'années pose une serviette sur elle, s'enduit les mains d'huile et commence à les faire glisser sur son corps nu et délectable.

Je ne peux pas détourner le regard et je suis hypnotisé par sa peau lisse et soyeuse et par les courbes que j'entrevois au fur et à mesure que la fine serviette se déplace avec le massage. Actuellement, elle est dangereusement basse, sur le rebond de ses fesses, et je sens un mur de chaleur s'abattre sur mon aine qui se resserre.

Oh, putain, mauvaise idée.

Je me déplace sur la chaise, détournant mon corps d'elle, et je regarde le bloc-notes jaune que j'ai entre les mains. Lorsque je l'entends émettre un son à mi-chemin entre le soupir et le gémissement, je baisse les yeux discrètement pour couvrir mes genoux et ma raideur grandissante.

Bon sang, ça pourrait vite devenir embarrassant.

Je me racle la gorge et me concentre sur mon travail.

— J'ai donc besoin que vous décidiez d'un code d'alarme que seuls vous et moi connaîtrons.

Ma voix est beaucoup plus rauque que je ne l'avais prévu.

— Olivia en aura besoin aussi, dit-elle, le visage dans le trou rond de la table de massage.

— D'accord, mais personne d'autre. Je le mettrai à jour avec le nouveau code avant de partir et je vous montrerai comment il fonctionne. Toutes les portes et fenêtres principales ont des bandes qui se déclencheront si elles sont ouvertes. À partir de maintenant, vous devez tout fermer. Quand le chef, la femme de chambre, le jardinier, le type qui s'occupe de la piscine ou n'importe quel membre de votre entourage arrive ici, ils doivent frapper. Ensuite, vous ou Liv pourrez désarmer le système et les laisser entrer. D'accord ?

Je l'entends soupirer.

— Je suppose, dit-elle en guise de réponse.

— Rien à supposer, dis-je. Faites-le, c'est tout.

— Vous êtes très autoritaire, dit-elle d'un ton acerbe.

— C'est vrai. Et si vous faites ce que je vous dis, vous serez en sécurité.

Je peux presque l'entendre rouler des yeux et ma tête bascule lorsque Rodney soulève la serviette de ses jambes et commence à masser ses mollets. Je sens ma tension artérielle augmenter. Et pas qu'elle.

Seule une mince bande de serviette recouvre ses fesses galbées et j'ai envie de l'enlever. Au lieu de cela, je laisse mon regard descendre le long de son corps, vers son sein pressé contre la table, sa hanche, ce dos lisse et ces jambes toniques.

Oh, mon Dieu, c'est de la torture.

— Jax ?

— Oui ?

À mon grand désarroi, ma voix semble essoufflée.

— J'ai demandé s'il y avait autre chose que je devais savoir.

Ah ? Je peux entendre un sourire dans sa voix.

— J'ai juste besoin d'une copie de votre emploi du temps. Et votre numéro de téléphone portable. Au cas où j'aurais besoin de vous joindre.

— D'accord.

Je regarde ce veinard de Rodney glisser ses mains huilées juste sous la serviette, je serre la mâchoire et me passe une main sur le bas du visage. Je me force à regarder ailleurs et j'étire mes longues jambes devant moi.

Je commence vraiment à être excité et je ne pense pas pouvoir regarder plus longtemps sans me lever d'un bond et lui sauter dessus.

C'est alors que Liv entre, une grande composition florale dans les bras.

— Elles sont arrivées pour toi, Easton.

Easton se redresse sur ses coudes et mon regard trouve son décolleté nu. Une nouvelle vague de désir m'envahit.

— Je suppose qu'elles sont de Daniel, dit Liv en tendant la carte à Easton.

Quoi. Mon esprit s'emballe. *Qui est ce putain de Daniel ?* J'ai l'impression d'avoir été arrosé par un seau d'eau glacée.

— Qui est Daniel ?

— Son petit ami, répond Liv.

Bien sûr.

— Pourquoi n'avez-vous pas parlé de lui ?

— Pourquoi l'aurais-je fait ? demande Easton.

— Parce que j'ai besoin de connaître chaque personne de votre vie. Je croyais vous l'avoir dit.

Je me sens en colère.

— Je ne me souviens pas de ça, dit-elle en ouvrant la petite carte.

Un instant plus tard, elle la laisse tomber avec un souffle. Je me lève en un clin d'œil, l'attrape et la lis à haute voix.

— Les violettes sont bleues, ton sang est rouge, la fenêtre était ouverte, je suis sous ton lit.

— Putain, dis-je en sortant mon Glock de son étui. Restez ici.

9

EASTON

La terreur m'envahit lorsque Jax s'élance vers ma chambre en sortant son arme. J'attrape mon peignoir en tissu éponge, l'enfile et court à sa poursuite.

Avec ses longues jambes rapides, Jax atteint la chambre en premier et, le temps que je m'arrête dans l'encadrement de la porte, il est à genoux, en train de regarder sous le lit. Il se lève d'un bond et se dirige directement vers la porte grande ouverte du balcon.

— Putain, Easton !

Il la ferme et la verrouille. Puis il se retourne vers moi, les yeux noirs de rage.

— Vous laissez tout ouvert ? C'est quoi votre problème ? Il faut faire attention, être vigilante à tout moment, peu importe où vous êtes !

— Je suis désolée ! J'aime l'air frais, réponds-je.

— Il n'y a pas d'air frais quand on est enterré six pieds sous terre, crie-t-il.

— Je me moque de vous et vous dramatisez.

— Vraiment ?—

Il s'élance en avant, le visage au-dessus du mien, il respire fort et on dirait qu'il veut m'étrangler. Puis il inspire brusquement, fronce les sourcils et trébuche pratiquement en s'éloignant de moi. Alors que je me demande ce qui vient de se passer, une idée noire me vient à l'esprit.

— Et s'il est quelque part dans la maison ? demandé-je dans un murmure étouffé.

— Fermez toutes les portes, me dit-il. Je vais fouiller cet endroit de fond en comble.

J'acquiesce et décide de m'habiller avant tout. Si nous devons fuir pour échapper à la mort, je préfère ne pas être nue sous un peignoir trop serré. J'enfile un t-shirt et un pantalon de yoga, puis je commence à me frayer un chemin dans la maison, fermant et verrouillant tout à clé.

Quand j'arrive dans la cuisine, je vois Jax debout devant l'îlot, le visage blanc.

— Qu'est-ce qui ne va pas ?

Puis je vois la note dans sa main.

— Qu'est-ce que c'est ?

— Un autre message, dit-il d'un air sombre. Il était posé sur le comptoir.

— Qu'est-ce que ça dit ? dis-je d'une voix douce et tremblante.

Il me jette un regard qui me fait comprendre que ce n'est rien d'agréable.

— Dites-moi !

— Les roses sont rouges, les violettes sont bleues...

Il hésite et je hoche la tête.

— Tes yeux sont verts, et je te les ferai manger.

Ma bouche s'entrouvre.

— Oh, mon Dieu, murmure-je. Une vague d'effroi m'envahit. Il était dans la maison, Jax.

Ma main remonte vers ma poitrine et j'ai soudain du mal à respirer. Jax arrive à mes côtés en une fraction de seconde et me prend dans ses bras.

— Tout va bien, dit-il d'une voix rauque, et je le sens passer une main sur ma tête et dans mon dos. Je ne laisserai personne vous faire du mal.

Je l'entoure de mes bras et je savoure la sensation de son grand corps chaud contre le mien. Il pose son menton sur le sommet de ma tête. Pendant un long moment, nous restons ainsi et je me sens tellement en sécurité dans son étreinte. Toute ma vie, j'ai pris soin de moi et je suis soudain très fatiguée. Je m'appuie sur la fermeté de son torse musclé et tourne la tête, appuyant ma joue sur son t-shirt. Il sent le savon, la lessive et la cigarette.

Sa main parcourt mon dos de haut en bas et, bizarrement, je ne peux pas la lâcher.

— Je veille sur vous, princesse, murmure-t-il à mon oreille.

Enfin, je recule et je sens ses longs bras se détendre.

— Qu'est-ce que je vais faire ? dis-je en levant les yeux vers lui.

— Vous allez me laisser m'occuper de tout, dit-il de sa voix rauque et tumultueuse, en prenant les choses en main.

— Merci, lui dis-je.

Il enlève une main de ma taille et avance un tabouret. Puis il me soulève comme si je ne pesais pas plus qu'un sac de chips et me pose sur la chaise.

— Je vais demander à Liv de rester ici avec vous pendant que je finis de vérifier la maison. Je vais renvoyer tout le monde chez eux et ensuite je vais vous montrer comment fonctionne l'alarme, d'accord ?

— D'accord.

J'aime sa façon de prendre le contrôle de la situation avec tant d'aisance. Cela m'inspire confiance. Ça me fait penser que tout va bien se passer. Jax me protégera, je le sais.

Deux heures plus tard, la maison est calme. Jax a renvoyé mon entourage chez lui, y compris Olivia, et il m'explique soigneusement le nouveau système de sécurité.

— La première chose à faire est de changer le mot de passe générique en un code dont vous vous souviendrez, dit-il.

Un code dont je me souviendrai. JaxWilder69 par exemple ?

Il hausse un sourcil quand je ne réponds pas.

— Un code numérique à quatre chiffres. Peut-être l'anniversaire de votre mère ou de votre père ?

Je ne connais la réponse à aucune de ces questions. Je laisse échapper un soupir et secoue la tête.

— Et mon anniversaire ?

— Trop facile.

C'est ce que je pense.

— N'importe quelle date importante fera l'affaire, précise-t-il.

— Quel est votre numéro préféré ?

Ses sourcils se froncent.

— Le mien ?

J'acquiesce.

— Vingt-deux. Pourquoi ?

— Le mien est douze. Que diriez-vous de 2212 ?

Un regard étrange traverse ses yeux sombres.

— Bien sûr, dit-il.

Après une série de bips et la saisie du nouveau code, il m'explique comment armer et désarmer l'alarme. Ensuite, il la fait marcher plusieurs fois et me montre. C'est assez simple et je réprime un sourire, appréciant secrètement sa patience.

Jax Wilder a un côté doux et j'aime ça.

— C'est à peu près tout, dit-il. C'est pas trop dur, si ?

Une pensée inappropriée me traverse l'esprit et je me mords la lèvre inférieure.

— Non, dis-je en murmurant à moitié.

Son regard se pose sur ma bouche et je presse mes lèvres l'une contre l'autre. Quelque chose s'enflamme entre nous, quelque chose de chaud et de tendu. Au moment où je ressens l'envie de tendre la main vers son bras tatoué, il se détourne.

— D'accord, alors, dit-il. Je pense que c'est tout. Et n'oubliez pas que si vous voulez vérifier l'une des caméras, vous devez appuyer sur le bouton accueil de votre télécommande.

Il s'en va. Mon cœur s'effondre. Je pose une main téméraire sur son biceps et le sens se transformer en pierre.

— Merci, dis-je d'une voix douce.

— De rien, râle-t-il.

Il se penche, attrape son blouson de cuir et son casque, puis se retourne vers moi.

— Encore une chose. Laissez-moi voir votre téléphone.

J'attrape mon téléphone portable sur la table et le lui tend. Il le consulte, appuie sur quelques touches, puis me le rend.

— J'ai enregistré mon numéro. Si vous avez besoin de quoi que ce soit, appelez-moi. Jour et nuit.

J'acquiesce et il ouvre la porte.

— Je vais attendre d'entendre l'armement de l'alarme.

Lentement et avec beaucoup de réticence, je ferme la porte. Ensuite, j'entre le nouveau code 2212 et je m'appuie contre la porte pendant le compte à rebours, sachant que Jax se tient de l'autre côté. J'aimerais avoir le courage d'ouvrir la porte et de me jeter dans ses bras.

Je veux sentir à nouveau ses bras forts autour de moi.

Mais au lieu de cela, j'appuie mon front sur la porte, contre les vitres teintées et il ne me voit pas. Lorsque le système émet un bip, je l'entends s'éloigner à grandes enjambées. Un instant plus tard, sa moto rugit et il s'élance vers le bas de la colline.

J'ai l'impression qu'il emporte une partie de mon cœur avec lui.

Qu'est-ce qui m'arrive ?

Si tout ce que je veux, c'est m'envoyer en l'air, je peux appeler Daniel. Mais je sais que ce n'est pas ce que je veux ni celui que je veux. Ce que je veux, c'est que Jaxon Wilder revienne dans ma maison, de préférence dans mon lit.

Je n'ai jamais eu ce genre de pensées et je ne sais pas ce qu'il y a chez lui qui fait naître ça en moi. Je suppose que c'est sa virilité et le fait qu'il me fasse me sentir en sécurité. Et n'oublions pas ses yeux marron foncé. Je les ai sentis glisser sur mon corps tout à l'heure pendant mon massage.

C'était peut-être un peu méchant de le taquiner comme ça, mais j'espère qu'il me regardait. J'espère que le désir le remplissait autant que moi. Je souris quand je me rappelle qu'il n'a même pas entendu ce que je lui demandais.

Oui, son esprit était définitivement tourné vers autre chose que la conversation. J'espère que c'était sur mon corps nu et lisse.

Je veux le séduire. Je pense que je peux le faire, mais une partie de moi n'en est pas si sûre. Ce serait humiliant s'il refusait, mais je doute que Jax soit du genre à dire non quand une femme lui propose du sexe.

Si j'avais à deviner, je dirais qu'il a eu une série d'amantes, aucune d'entre elles n'étant sérieuse, et qu'il aime le sexe brutal et rapide. Je parie qu'il les met à la porte avant même que le soleil ne se lève.

J'ai besoin d'une bonne douche chaude où je pourrai réfléchir davantage. Où je pourrai trouver le plan parfait pour séduire ce bad boy. Il est encore tôt, alors je jette un coup d'œil au réfrigérateur pour voir ce que Jacques m'a laissé pour le dîner. Rien de bien excitant. Juste une salade et deux petits wraps aux légumes. Je me sers un verre de Blanc de Blancs.

Je m'assois sur le tabouret du comptoir de l'îlot et je mords dans un wrap, me rappelant comment les doigts de Jax se sont enfoncés dans mes hanches et m'ont soulevée sur cette même chaise comme si je ne pesais rien. Il a de beaux doigts longs, des ongles parfaitement formés et de grandes mains. Elles sont un peu rugueuses et j'ai remarqué quelques callosités, ce qui me fait le respecter encore plus.

Jax Wilder travaille dur pour obtenir ce qu'il veut. Tout comme moi.

Et, en ce moment, je le veux.

J'ouvre mes contacts, mes favoris pour être exact, et je vois son nom au premier plan. J'appuie sur la touche info et fixe son numéro de téléphone. Je suis contente qu'il soit là et je n'hésiterai pas à l'utiliser. J'ai l'intention de l'utiliser.

La soirée s'éternise et j'essaie de l'accélérer en regardant la télévision, mais je m'ennuie vite. Je prends un livre que j'avais l'intention de lire et je m'en désintéresse. Je connais déjà toutes mes répliques pour le nouveau film que je suis sur le point de tourner et je n'ai pas vraiment envie de revoir le scénario.

Mon esprit têtu ne cesse de dériver vers Jax. Je me demande si je lui envoie un message et s'il me répondra. Bien sûr qu'il le fera, tu le paies. Et qu'est-ce que je dirais de toute façon ? *Au fait, tu sais à quel point j'ai envie de lécher chacun de tes tatouages ?*

Je monte prendre ma douche. Peut-être qu'elle devrait être froide.

La pomme de douche à effet de pluie m'asperge et je fais mousser le luffa avec mon gel douche au jasmin préféré. J'adore le jasmin. Mon parfum fétiche est le Jasmin Rouge de Tom Ford et j'en reçois toujours des flacons en cadeau. Comme le dit la marque, ce parfum corsé est « aussi audacieux que des lèvres maquillées de rouge » . Et c'est pourquoi Tom dit que je ne devrais jamais porter autre chose. Parce que le parfum est assorti à mes lèvres. Littéralement.

J'ai toujours pensé que l'odeur du jasmin était incroyablement sensuelle, riche et douce. C'est enivrant, exotique et intense. Et, bien qu'il s'agisse d'un parfum floral, il comporte un élément animal, ce qui pourrait expliquer pourquoi il a longtemps été considéré comme un aphrodisiaque.

Tout à l'heure, quand Jax m'a prise dans ses bras, je me suis demandé s'il aimait mon parfum ? Si ça l'excitait ?

Je l'espère.

Je me sèche avec une autre serviette turque absorbante, puis j'enfile ma chemise de nuit La Perla par-dessus ma tête. Elle est courte, soyeuse et tellement agréable. Je ne porterai rien d'autre pour aller au lit.

Une fois de plus, je m'assois devant ma coiffeuse pour terminer mon rituel nocturne. Je me brosse les cheveux, j'applique différentes crèmes et concoctions, puis j'étudie mon visage sans maquillage. Mais cette fois, je ne cherche pas les rides.

Je suis juste... en train de regarder.

Essayer de voir ce que Jax voit.

Évidemment, j'ai les yeux verts et les cheveux foncés. Je suppose que cela peut être une combinaison frappante lorsque je suis maquillée, mais à cet instant, j'ai l'air d'une fille commune. Pas de tenue de créateur, pas de lèvres rouges, mais une chevelure mouillée. J'attrape mon verre et je bois une gorgée de mon Blanc de Blancs de Taittinger.

J'ai l'impression que ses goûts penchent plutôt vers la simplicité et moins vers le glamour. Mais je dois l'intéresser un peu car je l'ai surpris à me regarder de temps en temps.

Je soupire. Je n'ai vraiment aucune idée de ce qui se passe dans la tête de cet homme. Il est parti si vite ce soir, je devrais me sentir insultée. J'avale le reste du champagne, me brosse les dents et me glisse dans mes draps soyeux.

Autant aller se coucher. J'ai fait durer cette nuit aussi longtemps que possible. Je jette un coup d'œil à l'horloge et constate qu'il est un peu plus de 23 heures. Je me sens beaucoup plus en sécurité ce soir, enfermée et avec l'alarme prête à sonner au premier signe de problème.

Je ne tarde pas à m'endormir.

Mais comme la veille, quelque chose me réveille. Je me redresse, serrant le drap contre ma poitrine, et j'écoute.

La maison grince et craque, des bruits normaux d'une maison, me dis-je. Il ne peut y avoir personne ici, car seuls Jax et moi connaissons le code.

Soudain, mon téléphone sonne avec un message et je sursaute. Je l'ouvre et je vois que le message vient de « privé ». Curieuse, j'ouvre le message et mon cœur se serre.

— J'espère que tu as aimé les fleurs.

— Oh, mon Dieu, murmure-je.

Je jette un coup d'œil et constate qu'il est presque minuit.

Mais cela ne m'empêche pas d'aller au numéro de Jax et d'appuyer sur « appeler ».

10

JAX

Putain, je me dis que la nuit va être longue et inconfortable.

East Hollywood est en pleine canicule et je suis allongé sur le dos, les mains derrière la tête, fixant le plafond fissuré. Un petit ventilateur s'efforce de faire circuler l'air, mais je sens la sueur perler sur mon front.

Ce n'est pas seulement la chaleur de la nuit qui m'empêche de dormir, mais aussi les pensées torrides d'une certaine beauté aux yeux verts et aux cheveux noirs qui me tiennent éveillé, et dur comme de l'acier.

Je jure et passe une main frustrée dans mes cheveux.

Il s'est passé quelque chose entre nous tout à l'heure. Après lui avoir montré les tenants et les aboutissants du système d'alarme, elle m'a remercié. Elle m'a même demandé mon numéro préféré et l'a intégré à son code. Et puis elle a posé sa main sur mon bras.

Quelque chose dans ses yeux m'invitait à rester. Mais je ne pouvais pas.

C'était si difficile de se détourner et de partir alors que tout ce que je voulais, c'était la prendre dans mes bras. Quand elle a cru qu'il y avait quelqu'un dans la maison, elle est venue vers moi et m'a entouré de ses bras. Rien ne m'avait fait autant de bien depuis longtemps. Sentir son corps doux pressé contre le mien, sentir ce parfum fleuri qui lui est propre.

Après être resté allongé ces deux dernières heures, j'ai enfin trouvé.

Jasmin.

Easton est toujours entourée d'un nuage de jasmin et cela me rend fou. Ça me donne envie de lui faire des choses que je n'ai pas le droit de faire.

Et quand elle pince ses lèvres rouges, les déplaçant l'une contre l'autre de cette manière séduisante, j'ai du mal à me contenir. Mon Dieu, je veux l'embrasser. Prendre cette bouche pulpeuse dans la mienne, étaler ce rouge à lèvres rouge partout et enfoncer ma langue profondément. Je parie qu'elle a le goût d'un bonbon. Sucré et délicieux.

Mes pensées ne m'aident pas à dormir et je gémis. Elles m'énervent encore plus et juste au moment où je pense me lever et prendre une douche froide, mon portable sonne. Je l'attrape, regarde l'écran et vois le nom d'Easton. Mon cœur s'emballe et je jette un coup d'œil à l'horloge en faisant glisser la barre pour répondre. Il est presque minuit.

— Easton ? Tout va bien ?

L'inquiétude emplit ma voix et alors que les pires scénarios se bousculent dans ma tête, j'entends sa voix douce.

Et elle est chargée de peur.

— Il vient de m'envoyer un texto, Jax ! Sur mon portable ! Comment peut-il avoir ce numéro ? Personne ne l'a.

Je saute du lit.

— J'arrive, dis-je en attrapant mon jean sur le dossier d'une chaise et en l'enfilant. L'alarme est réglée ?

— Oui.

— Alors vous êtes en sécurité, lui dis-je en fermant et en boutonnant mon jean.

Le téléphone contre l'oreille, j'attrape mon pistolet et le glisse dans la ceinture entre mon jean et mon dos. J'enfile une paire de bottes, j'attrape un t-shirt et je me dirige vers la porte d'entrée.

— Je serai là dans dix minutes, d'accord ?

— D'accord, murmure-t-elle. Faites vite, Jax.

— Tenez bon, princesse.

Je raccroche et je sors avec mes clés, mon casque et ma veste en cuir. Je passe une jambe par-dessus ma Norton Commando et je démarre la moto d'un bon coup de pied, en y mettant tout mon corps et, pour une fois, elle démarre tout de suite.

C'est bien, ma vieille.

Le trajet à moto jusqu'à chez Easton est d'un peu plus de dix kilomètres et je fonce. Heureusement, il est tard et je peux me faufiler entre les voitures que je rencontre. Je remonte le boulevard Santa Monica et me dirige vers Fountain en un temps record. Ensuite, je tourne brièvement sur La Cienega et je prends à gauche sur Sunset Boulevard. Je tourne à droite sur Sunset Plaza et je monte. Je monte, je monte, je monte dans les collines jusqu'à ce que j'atteigne Blue Jay Way.

Il fait putain de noir ici. Avec tout l'argent que ces gens paient pour vivre ici, ils devraient au moins avoir un éclairage public décent. Mais je sais exactement où je vais. Je pourrais aller jusqu'à la maison d'Easton Ross les yeux fermés.

Je m'engage dans l'allée circulaire, je saute de ma moto et je cours jusqu'à la porte d'entrée. Elle est déjà ouverte et je n'ai même pas enlevé mon casque qu'elle est dans mes bras. Le parfum de jasmin m'enveloppe et toutes ces courbes douces se moulent contre mon corps.

Aucune femme n'a jamais été aussi parfaite contre moi.

— C'est bon. Je suis là, princesse, dis-je et je passe ma main dans son dos.

Mon Dieu, elle tremble.

— Je suis là.

Je l'entends renifler et je me rends compte qu'elle a dû pleurer.

— Rentrons à l'intérieur.

Je la tire au-delà du seuil, toujours enroulée autour de moi comme un serpent, et je ferme la porte derrière nous. Ensuite, je passe la main au-dessus d'elle et je tape 2212. Lorsque le compte à rebours commence, elle relâche un peu son emprise et me regarde avec des yeux émeraude brillants de larmes.

— Je suis désolée. Je ne voulais pas vous réveiller.

Je lève la main et efface du bout de l'index une tache humide sur sa joue.

— Je ne dormais pas, dis-je.

Je fais basculer le casque de ma tête, le pose sur une table voisine et elle finit par lâcher prise et recule d'un pas.

— Oh. Si vous aviez un invité...

— Non. C'est juste que... je n'étais pas fatigué.

Bordel, elle a l'air si frêle et si vulnérable. Et d'une beauté stupéfiante. Elle se tient devant moi dans toute sa splendeur naturelle. Pas de maquillage, pas de vêtements fantaisistes. Ses cheveux noir de jais tombent en ondulations lâches, soigneusement coiffés, et sa peau crémeuse et sans défaut resplendit. Au lieu d'être rouge vif, ses lèvres sont pleines et rose foncé.

Et elle n'a jamais été aussi belle.

Puis je regarde la petite robe noire et soyeuse qu'elle porte. C'est plus que sexy et même si le peignoir assorti ne couvre pas grand-chose, il laisse beaucoup de place à mon imagination.

Mais ce n'est pas le moment.

— Où est votre téléphone ? lui demandé-je.

— Dans la chambre.

Bien sûr. Nous descendons le couloir et nous dirigeons vers la chambre principale. La première chose que je remarque, ce sont les draps froissés du grand lit. J'ai envie d'en approcher une poignée de mon visage et d'inhaler le parfum de jasmin qui, je le sais, les recouvre.

Easton prend son téléphone sur la table de nuit et me le passe. Au moment où nos mains se touchent, c'est comme si des étincelles jaillissaient entre nous, et un feu s'allume dans mon ventre. Je suis tellement excité par cette femme. Comme je ne l'ai jamais été pour personne auparavant et comme je ne le serai sûrement jamais plus.

Peut-être qu'après tout ça...

Oui, c'est ça. Ensuite, elle passera à autre chose et tu resteras là, comme un imbécile, à te demander où elle est et qui réchauffe son lit. *Idiot.*

Je me force à me concentrer sur la situation et j'ouvre ses SMS. Le plus récent dit : « J'espère que tu as aimé les fleurs »

Je vérifie le numéro et je ne suis pas surpris de voir qu'il est privé. Celui qui fait ça ne veut pas qu'on découvre son identité.

— Qui a votre numéro de portable ?

— Presque personne, dit-elle. Juste une poignée de personnes, vraiment.

— Ne vous inquiétez pas. Je vais faire quelques vérifications. Appelez votre fournisseur de services dans la matinée. Qui sait ? C'est peut-être une bonne idée et nous aurons une piste.

Elle acquiesce, les bras croisés, et je vois un tremblement parcourir son petit corps. Le fait d'être seule dans cette grande maison lui pèse.

— Si vous êtes d'accord, je vais rester ici pour le reste de la nuit, lui dis-je. Pour surveiller.

Son visage s'inonde de soulagement.

— J'aimerais bien. Merci.

Je veux la toucher, la rassurer, l'attirer dans mes bras. Au lieu de cela, je serre les mains en poings.

— Je suis vraiment à bout de nerfs, avoue-t-elle.

— Tout à fait compréhensible.

— Je vais vous montrer où se trouve la chambre d'amis, dit-elle. Puis elle s'arrête. En fait, il y en a une ici et une autre à l'étage. Laquelle préférez-vous ?

— Celle qui est la plus proche de votre chambre, dis-je.

J'ai besoin d'être aussi proche d'elle que possible au cas où il se passerait quelque chose et que je doive la rejoindre rapidement.

Ses yeux semblent s'assombrir un peu.

— À l'étage, alors.

Elle montre un petit escalier en colimaçon dans le coin de sa chambre.

— Il relie ma chambre à la chambre d'amis de l'étage.

Je sens mon aine se resserrer. *Comme c'est pratique*. Je pourrais descendre ces marches et me glisser dans son lit en moins de cinq secondes. Je me force à hocher la tête et fait un geste en direction de l'escalier.

— Après vous.

Les escaliers en fer sont petits et la spirale est serrée. Je suis Easton, je regarde ses jambes nues pendant un court instant, puis mon regard remonte pour s'attarder sur ses jolies fesses.

En haut, nous arrivons dans une autre chambre avec un lit assez grand et confortable. La vue est identique à la sienne, donnant sur le patio arrière et sur les collines et la ville au-delà, sauf qu'elle est plus haute.

— Il y a une salle de bain attenante là-bas, dit-elle.

J'acquiesce, j'enlève ma veste en cuir et je la jette sur le lit. Puis, je me tourne vers elle et sors mon Glock. Elle me regarde attentivement pendant que je le pose sur la table de nuit. Pensant que cela la met mal à l'aise, je repousse une mèche de cheveux et la regarde attentivement.

— Je peux le mettre dans le tiroir, si vous voulez, mais j'aime l'avoir à portée de main.

Easton s'approche et l'examine.

— Puis-je ? demande-t-elle en tendant la main pour le prendre.

Mes yeux se rétrécissent. Je n'aime pas qu'on touche à mon arme. Surtout une femme qui a l'air de n'en avoir jamais tenu une de sa vie. Je m'approche, je l'ouvre et j'éjecte le chargeur. Puis je lui tends l'arme.

Elle hausse un sourcil et sourit.

— Quoi ? Vous pensiez que j'appuierais accidentellement sur la gâchette ?

Je souris et je passe une main sur les poils de ma mâchoire.

— C'est vous qui l'avez dit, pas moi.

— Accordez-moi un peu de crédit, dit-elle en le retournant pour lire l'empreinte sur la crosse de l'arme.

— Glock. Que dois-je savoir sur le Glock, M. Wilder ?

Elle vise le tableau accroché au mur et jette un coup d'œil sur le cran de mire.

Je souris. Elle est vraiment adorable en tenant mon arme.

Dommage qu'elle s'y prenne mal. Je me dirige vers elle et lui tapote le bras, ce qui la fait sursauter.

— Hé ! s'écrie-t-elle.

— Vous ne le tenez pas correctement.

Easton baisse son arme et se redresse.

— Personne ne s'est jamais plaint de ma tenue auparavant, dit-elle avec un sourire en coin.

Je parie que non, bébé.

— Montrez-moi alors, dit-elle à voix basse.

Je la prends par surprise en glissant mon pied botté entre ses petits pieds et en écartant davantage ses jambes pour ajuster sa position.

— Pieds écartés, genoux légèrement fléchis, dis-je.

Une rougeur réchauffe ses joues et je sens un sourire se dessiner sur mes lèvres.

Je vais me régaler.

Je pose mes mains sur ses hanches couvertes de soie, je les fais tourner, je me penche près d'elle, j'approche ma bouche de son oreille.

— Placez votre poids sur votre jambe arrière, dis-je en faisant glisser ma main le long de sa hanche jusqu'à la partie supérieure de sa cuisse.

Lorsque j'entends sa respiration rapide, je continue, mon souffle chaud faisant bruisser ses cheveux noirs.

— C'est une question de respiration, dis-je.

— Qu'est-ce que vous voulez dire ? demande-t-elle.

— D'abord, laissez-moi vous montrer comment le tenir.

Elle acquiesce, tend les bras.

— Gardez le canon dans l'axe de votre bras.

Comme elle est droitière, j'étire mon bras droit le long du sien pour les aligner. J'enroule ma main sur la sienne et je fais glisser son doigt par-dessus, hors de la détente, et je le redresse.

— L'index pointe vers la cible. Et maintenez toujours une prise ferme.

— Maintenant quoi ? demande-t-elle, la voix basse et rauque. Je remonte mon autre main le long de sa cuisse et la pose sur sa hanche gauche. Cela me démange de tirer la petite chemise de nuit vers le haut et de la faire passer par-dessus sa tête.

Elle semble essoufflée et je respire ses cheveux parfumés au jasmin. Mes yeux se ferment et je suis instantanément très dur. J'aime la sensation de son corps et je presse mon torse contre son dos.

— N'oubliez pas votre respiration. D'abord, inspirez...

Je vois sa poitrine se soulever.

— Laissez sortir une partie... retenez votre respiration... puis tirez.

Je ramène son doigt sur la gâchette et je serre le mien sur le sien, en appuyant dessus.

— Comme ça, vous ne raterez pas la cible.

— C'est pas très dur, dit-elle.

Je pousse le bas de mon corps contre elle.

— Vous êtes sure de ça ?—

Son bras tombe, j'arrache le pistolet de sa poignée et elle tourne sur elle-même dans mes bras. Avant même que je ne réalise ce qui se passe, je penche ma bouche vers la sienne et elle se hisse sur la pointe des pieds pour me rejoindre.

Dès que nos bouches se rencontrent, c'est la combustion spontanée.

Putain de merde.

Je ne peux pas me passer d'elle. Alors que ma bouche dévore la sienne, je passe mes mains sur ses fesses et je l'attire contre moi.

— Ne vous méprenez pas, princesse, râle-je en faisant glisser ma bouche le long de son cou et en faisant glisser ma langue sur sa peau lisse. C'est très dur.

Avec un doux gémissement, elle penche la tête en arrière, m'offrant un meilleur accès. Je sens ses mains glisser dans mes cheveux, puis se poser sur ma nuque.

J'avais raison. Elle a le goût d'un bonbon... si sucré.

Au moment où mes lèvres remontent et s'emparent à nouveau de sa bouche, le téléphone sonne. Nous nous séparons, un peu étourdis, et elle cligne des yeux.

— C'est mon portable, dit-elle.

Ignorant les palpitations dans mon pantalon, je me précipite vers l'escalier en colimaçon et descend jusqu'à sa chambre. Je prends son téléphone sur la table de nuit et je réponds.

— Allô ? dis-je , à bout de souffle et sur un ton aussi noir que possible.

Silence.

— Qui c'est, putain ?

— Daniel. Qui c'est, putain ?

Merde. J'aurais peut-être dû vérifier l'identité de l'appelant, mais j'étais trop déconcentré par le petit corps doux et réactif d'Easton. J'éloigne le téléphone de mon oreille et je le lui tends.

Easton, qui a l'air de se sentir coupable, porte le téléphone à son oreille.

— Daniel ? dit-elle.

Quand il répond, ses yeux se ferment et elle se détourne de moi.

Je serre la mâchoire. *Le petit ami.* Je dois admettre que je suis un peu curieux de savoir comment elle va expliquer qu'un homme réponde à son téléphone à minuit et demi.

— Je te l'ai déjà dit, dit-elle en baissant la voix. Oui, le gars de la sécurité. Je sais qu'il est tard, mais j'ai reçu un appel sur mon...

Elle soupire et commence à faire les cent pas.

— Non, tu ne peux pas venir. Parce que je l'ai dit. Il est ici parce que...

Lorsqu'elle se retourne, elle évite de me regarder dans les yeux.

Je m'en fous. Je me retourne et remonte l'escalier en colimaçon. Je trouve vraiment intéressant qu'Easton ait un petit ami qui n'est jamais là. Et quand elle reçoit un appel menaçant sur son portable, qui appelle-t-elle ? *Moi.* Pas Daniel ou quel que soit son nom.

Et pourquoi ? Si Easton Ross était ma petite amie, je ne la laisserais pas seule tous les soirs dans ce grand lit vide avec un harceleur en liberté. Bon sang, harceleur ou pas, je serais là tous les soirs, à la faire jouir si fort qu'elle croirait mourir de plaisir. Je passe une main dans mes cheveux, les écartant de mon visage.

Bon sang de bonsoir. Je suis en colère, putain.

Il y a une minute, elle fondait dans mes bras et maintenant elle reçoit un appel de Daniel. Et elle ne veut même pas me regarder. Mon sang bouillonne alors que je me dirige vers elle et que je sors le paquet de Marlboro de ma veste en cuir.

Sur le balcon, j'en allume une et j'inspire profondément.

Si Easton Ross pense que je suis intéressé par les déboires d'un connard, elle se fourre le doigt dans l'œil.

Soit elle est à lui, soit elle est à moi.

Je ne partage pas.

11

EASTON

Je subis le troisième degré de Daniel pendant encore quelques minutes, puis nous raccrochons. Je ne sais pas pourquoi il agit comme s'il se souciait de moi. Il n'a pas passé la nuit ici depuis plus d'un mois et chaque fois que je mentionne les appels téléphoniques, il me dit qu'un harceleur, c'est bénéfique pour les relations publiques.

Il est peut-être jaloux parce qu'un autre homme est ici. Daniel devrait être là, mais je suis contente qu'il ne le soit pas. Je ne me sentirais pas autant en sécurité. Jax est fort et armé. Il a l'expérience de ce genre de choses en tant qu'ancien flic.

Si le harceleur entre dans la maison et s'en prend à moi, Daniel sera le premier à s'enfuir par la porte, me dépassant dans sa hâte de s'échapper.

Mais maintenant, je me sens mal. J'étais en train d'embrasser Jax et mon petit ami a appelé.

Daniel est à peine mon ami. Je dois vraiment rompre avec lui dès que possible. Je ne veux pas que Jax pense que je suis une femme infidèle et détestable. Quelque part, son opinion sur moi a commencé à compter.

Je me tords les mains, les serrant et les desserrant, sachant que je dois monter à l'étage et améliorer la situation. Si c'est possible. Je respire profondément et me dirige vers l'escalier en colimaçon.

Jax se tient sur le balcon, appuyé contre la balustrade. Je sens immédiatement l'odeur de la fumée et je fronce le nez. *Je déteste la cigarette*. Personne n'a le droit de fumer dans ma maison ou près de moi, d'ailleurs. Il n'y a pas d'exception.

— Vous pouvez l'éteindre ?

Il tourne sur lui-même, se penche paresseusement en arrière, les coudes sur la balustrade, et inhale davantage. Puis il souffle tranquillement la fumée par le côté de sa bouche.

— J'ai presque fini, dit-il.

Mes yeux se rétrécissent devant son défi. Son arrogance. Je ne sais pas à quoi il s'attend, mais je doute que ce soit à ce que je m'approche de lui, que je lui arrache la cigarette de la bouche et que je l'éteigne.

— Vous avez fini, lui dis-je en jetant le mégot dans une poubelle. Vous avez l'odeur d'un cendrier.

— Wow. C'est pas sympa.

— Non. Fumer chez quelqu'un d'autre sans permission est impoli.

Il se redresse, se passe une main sur le menton et rit.

— Désolé, princesse.

Je vois qu'il est en colère parce que son ton et son regard sont froids. Glacial, en fait. L'appel de Daniel, sans doute, mais ça ne le regarde pas. Je ne devrais pas avoir à expliquer ma vie privée à un homme que je connais à peine. Un homme que je paie pour me protéger.

— Il y a un problème ? dis-je en croisant les bras.

— Non.

— Bien.

Je me retourne et jette un coup d'œil à l'escalier. J'ai juste envie de partir et de retourner dans ma chambre.

— Je devrais vous laisser dormir. Il est tard.

Pendant un moment, il ne dit rien, mais je sens son regard intense et froid sur moi. Quand je trouve le courage de lever les yeux, sa bouche se relève en un sourire moqueur.

— C'est comme ça que ça se passe...

C'est plus une déclaration qu'une question. Et soudain, j'ai l'impression d'être une allumeuse. Pourquoi lui ai-je rendu son baiser ? À quoi ai-je pensé tout à l'heure en pensant que je voulais le séduire ?

Mon Dieu, c'est de la folie.

Je me mords la lèvre.

— Comment ça ?

Mais il se contente de secouer sa tête de cheveux sombres et indisciplinée.

— Rien.

Je me rapproche d'un pas hésitant.

— Ce qui s'est passé tout à l'heure... Ça n'aurait pas dû. Et je suis désolée.

— Excuses acceptées, Mlle Ross.

Il se moque de moi ? Il me laisse porter tout le blâme ? *Je n'y crois pas.*

— Je pense qu'il est important que vous vous comportiez de manière professionnelle à partir de maintenant. C'est clair ?

Le regard qui traverse son visage ciselé n'a pas de prix, mais hors de question qu'il me mette tout ça sur le dos.

— Oui, bien sûr. Je ne voudrais pas que vous trompiez à nouveau votre petit ami.

J'ai envie de gifler cet air suffisant sur son beau visage. Au lieu de cela, je serre les mains en poings.

— Ma relation avec Daniel ne vous concerne pas.

— Je ne suis pas d'accord. Surtout quand vous venez de mettre votre langue dans ma gorge.

Ma bouche se ferme.

— Espèce d'arrogant, d'imbu de sa personne, d'égoïste...

Ma voix s'interrompt. Je suis sur le point de jurer. Une chose que je ne fais jamais à moins d'être très en colère.

Il hausse un sourcil.

— Trou du cul ? Salaud ? Allez, Princesse, dites-moi ce que je sais déjà.

Je serre les dents. Comment ai-je pu trouver Jaxon Wilder attirant ? Maintenant que je le vois sous son vrai jour, je me rends compte que c'est un con comme les autres.

— Je n'utilise pas ces mots, dis-je d'un ton guindé. J'ai un peu plus de classe que ça.

— Vraiment ? Parce que je parie que je peux vous faire dire des mots plutôt coquins.

Je lève le menton.

— J'en doute sérieusement.

Son regard chocolaté se réchauffe et glisse le long de mon corps.

— Ne me tentez pas.

Debout dans ma chemise de nuit et mon peignoir, je me sens soudain très à vif. Pratiquement nue. Je lève les bras pour me couvrir et je respire difficilement, me souvenant de la chaleur de ses lèvres sur les miennes. Ce n'est pas bon signe. Pourquoi suis-je attirée par cet homme ? Il faut que je mette un terme à tout cela. Ce n'est bon pour aucun de nous deux.

— Je suis fatiguée. Si vous avez besoin de quelque chose, je serai dans ma chambre.

Il fait un signe de tête net et se dirige vers la salle de bains, remontant sa chemise par-dessus sa tête et la jetant sur une chaise voisine. Mon cœur s'emballe. Mon Dieu, il a encore plus de tatouages là-dessous. Mon souffle se bloque dans ma gorge lorsqu'il jette un coup d'œil par-dessus son épaule.

Mais il n'y a pas de suffisance dans son expression. Juste une résignation fatiguée et de l'inquiétude.

— Je vais parcourir la zone, surveiller. Si vous entendez quelque chose, c'est moi.

Je n'arrive pas à trouver les mots pour répondre alors qu'il se tient là, torse nu. Je fais un rapide signe de tête et me retourne, descendant les escaliers et me dirigeant vers ma chambre avant de faire quelque chose d'incroyablement stupide.

Comme me jeter dans ses bras.

Encore une fois.

Bien à l'abri sous mes draps de satin, je n'arrive pas à dormir. Il m'échappe complètement et je ne doute pas que je resterai allongée à penser à Jax jusqu'à ce que le soleil se lève. De temps en temps, je l'entends rôder autour de la maison et cela me réconforte.

Malgré les disputes précédentes, je sais que sa première priorité est de me garder en sécurité et de me protéger.

Le souvenir de lui en train de relever son tee-shirt et de le faire passer par-dessus sa tête me fait vriller l'estomac et la chaleur s'installe dans mon corps. Je n'ai jamais connu quelqu'un avec une sexualité aussi puissante. Lorsqu'il se met en mode sexy, tout en lui devient torride.

Même si je n'ai jeté qu'un coup d'œil rapide, j'ai vu la façon dont son dos et ses épaules bougent, si larges et tout en peau lisse et en muscles. Et, lorsqu'il se tournait légèrement, ses abdominaux étaient indéniables. Il a un tatouage qui couvre le côté gauche de sa poitrine et monte au cou, mais je n'ai pas pu dire exactement ce que c'était parce que j'étais trop occupée à m'enfuir.

— ...je parie que je peux vous faire dire des mots assez coquins.

— J'en doute sérieusement.

— Ne me tentez pas.

Une partie de moi veut tenter. Quand il m'a appris à tirer avec son pistolet et que son corps s'est penché sur le mien, tout est devenu flou, chaud et dur.

— Pas très dur, avais-je dit sans réfléchir.

Ensuite, il a poussé le bas de son corps contre la courbe de mon dos et il n'y a pas eu d'erreur sur le renflement considérable qui s'y trouvait.

— Êtes-vous sûre ?

Je serre les jambes et laisse échapper un petit gémissement. Je tourne sur moi-même très vite et je repense au baiser.

Embrasser Jax ne ressemble à rien de ce que j'ai connu auparavant. C'est brut et passionné, avec un côté sauvage. Je ne sais pas ce qu'il va faire et, plus effrayant encore, je ne sais pas ce que je vais faire.

Parce que quand je suis dans ses bras et que nos corps sont à fleur de peau, chauds et en mouvement, il me fait perdre un peu la tête. Avec Daniel et même Lincoln, c'était prévisible. Ils avaient tous les deux une routine qu'ils suivaient. Une minute de baiser, les mains ici, la bouche là. Comme si c'était une chorégraphie. Puis, cinq minutes dans le lit, tous deux préférant être au-dessus et m'étouffant pratiquement.

Il n'a jamais été question de ma satisfaction. Seulement leur plaisir. Soyons honnêtes, le véritable plaisir que j'ai eu, je me le suis donné à moi-même.

Je ne suis pas perverse, mais j'ai toujours voulu un peu plus de piment. Au moins un orgasme, mais cela nécessite plus d'une minute de préliminaires. N'est-ce pas le cas pour la plupart des femmes ?

Mon cœur commence à battre la chamade lorsque j'entends Jax se déplacer furtivement dans le couloir, puis s'arrêter devant ma chambre. Je sais que je lui ai dit tout à l'heure que je voulais que les choses restent professionnelles, mais à cet instant, s'il entrait ici et se glissait dans mon lit, j'en serais ravie.

Je retiens mon souffle, j'attends.

Quelques instants plus tard, il s'éloigne.

J'expire, soulagée et déçue à la fois.

Jaxon Wilder est vraiment en train de me faire perdre mes moyens. Je crois que je n'ai jamais autant pensé au sexe de ma vie. Ou aux tatouages. Ou à lécher ces tatouages.

Mes yeux se ferment, mais je suis bien trop excitée pour dormir.

Tout ça à cause de cet homme terriblement sexy qui rôde actuellement dans mon esprit et dans mes couloirs.

12

JAX

Je reste devant sa chambre plus longtemps que nécessaire dans l'espoir de sentir une bouffée de jasmin ou de l'entendre bouger dans son lit ou parler dans son sommeil.

Puisque ce n'est pas le cas, j'avance et je remonte le couloir. Je vérifie à nouveau les serrures des fenêtres et des portes, je m'assure que tout est sécurisé. C'est mon travail et je dois rester professionnel, comme elle me l'a si froidement rappelé.

Je me sens idiot. Je n'aurais pas dû la tenir contre moi et lui faire connaître mon érection palpitante, mais je n'ai pas pu m'en empêcher. J'ai perdu le contrôle et je pense qu'elle aussi. Peu importe ce qu'elle dit.

La petite princesse cool ne voulait pas admettre à quel point je l'excitais. Si le téléphone n'avait jamais sonné, je me demande jusqu'où les choses seraient allées. J'étais prêt à enlever cette chemise de nuit noire et sexy. Je me demande si elle m'en aurait empêché.

J'ai l'impression que la réponse est non.

Merde. Même si j'aurais aimé me taper Easton Ross, ça aurait tourné au cauchemar. Tout ce qu'on a fait, c'est s'embrasser et voilà comment elle a réagi. Et elle a rejeté toute la faute sur moi.

Mais je me souviens très bien qu'elle a levé son magnifique visage pour rencontrer le mien et la façon dont elle s'est tendue contre moi sur la pointe des pieds. Comme si elle n'en avait jamais assez. Et je n'oublierai jamais la sensation de ses mains parcourant mes cheveux et frôlant ma nuque.

Même si elle ne peut pas admettre qu'elle le voulait aussi, cela doit cesser. Elle est ma seule et unique cliente. Je dois m'en souvenir et commencer à penser avec mon cerveau et non avec ma bite. Baiser Easton, c'est bousiller mes affaires parce que si on couche ensemble, elle se retirera plus vite que moi.

De plus, sa situation est bien trop aisée pour moi. La vie qu'elle mène et la façon dont elle vit me sont complètement étrangères. Je suis plutôt du genre simple. Je n'ai pas besoin de tout ce luxe et d'un entourage constant qui s'occupe de mes moindres besoins. J'aime être seul, m'asseoir dans mon appartement miteux, boire et fumer pour chasser les démons.

— Vous avez l'odeur d'un cendrier.

Bien que je sois torse nu et seulement vêtu d'un jean, je me penche et renifle. Je ne sens rien, mais je suppose qu'un fumeur doit sentir le cendrier. Elle est manifestement rebutée par la cigarette et la dernière chose que je souhaite, c'est que quoi que ce soit refroidisse sa passion lorsqu'elle est près de moi.

En fait, c'est moi qui vais me retirer et garder mes distances. Et j'espère qu'elle sera tellement excitée par moi qu'elle aura du mal à se contenir. Je veux qu'elle s'allonge dans ce grand lit luxueux et qu'elle pense à moi quand elle se touche.

Pas à ce putain de Daniel.

Je ne sais pas pourquoi je suis si irrationnelle à ce sujet. *Elle a un petit ami, Jax. Bas les pattes.*

Je m'arrête devant une grande fenêtre qui s'étend du sol au plafond, je pose ma main sur la cloison en acier et je scrute l'obscurité. *Elle ne veut pas d'un clochard comme toi. Laisse tomber. Ne t'acharne pas, car si tu le fais, tu sais comment ça finira.*

Les gens que j'aime meurent. Tout simplement. Ma mère, mon père, Madison... même mon petit frère Sebastian a failli mourir il y a quelques années. Mais Bastian a un côté caïd comme moi, alors il continue à vivre. Torturé et perdu dans l'ombre.

Mais je ne prendrai pas le risque de perdre Easton.

Quelque part au fond de mon âme noire, une partie de moi se soucie d'elle. Je la protégerai, j'arrêterai les appels de ce mec et je ferai mon travail. Ensuite, je sortirai de la vie d'Easton Ross pour toujours.

C'est mieux ainsi. Pour nous deux.

C'est du moins ce dont j'essaie de me persuader.

Avec un soupir, je regarde ma montre. Presque 4 heures du matin et tout est calme. Ça a été le cas toute la nuit. Enfin, sauf quand Easton et moi avons eu notre petite dispute. J'étouffe un bâillement et décide de remonter pour dormir quelques heures.

De nouveau dans la chambre d'amis, je retire mon jean et le dépose à côté de mon t-shirt. Je pose ensuite mon Glock sur la table de nuit et me glisse sous les draps doux et coûteux. C'est frais et confortable comparé à mon petit appartement. La climatisation centrale se met en marche et s'arrête de temps en temps et les ventilateurs de plafond font circuler la fraîcheur.

Je glisse une main derrière ma tête et je sens le sommeil m'envahir plus vite que je ne l'aurais cru. Pendant une heure peut-être, je me repose paisiblement.

Mais, comme toujours, les cauchemars arrivent.

Ils commencent toujours de la même façon. Je vois le visage souriant de ma sœur. Comme moi, elle avait des cheveux bruns foncés, épais et indisciplinés, et comme Bastion, elle avait des yeux noisette clair. Madison était mince et jolie, mais en grandissant au milieu de garçons, elle était un indéniable garçon manqué qui aimait jouer dans la terre et faire des sottises autant que ses frères.

Nous étions un trio assez proche jusqu'à la mort de nos parents. Après cela, les choses se sont détériorées.

Je commence à tourner sans cesse, donnant des coups de pied dans le drap. Une fine couche de transpiration recouvre mon corps alors que le rêve devient de plus en plus intense. Et, tout à coup, c'était il y a un an.

Je ne supporte pas l'abruti avec qui elle sort. Tony Zerillo, un aspirant gangster, qui essaie trop d'être macho. C'est comme s'il essayait toujours de prouver quelque chose. Je ne sais pas ce que ma sœur lui trouve, mais quoi que je dise, elle ne m'écoute pas.

J'ai accès à beaucoup d'informations puisque je travaille pour la police de Los Angeles et dès que je découvre le nom complet de Zerillo, je le cherche dans le système. Bien sûr, il est dans le système. Son casier judiciaire est rempli de délits mineurs : petits vols, ivresse publique, troubles de l'ordre public, vandalisme, conduite imprudente et agression simple.

Je me dis que c'est *un putain de loser.* Ma sœur est trop bien pour cet idiot.

Mais, pour une raison étrange, elle prétend qu'elle est amoureuse de lui. Et cela signifie que, quoi que je dise, Madison n'écoutera pas. C'est très frustrant, car je sais qu'elle n'en fera qu'à sa tête. Alors, en tant que grand frère et flic, je fais ce que je peux pour garder un œil sur elle et m'assurer qu'elle est en sécurité.

Malheureusement, Tony Zerillo passe d'un délit à un crime lorsqu'il est impliqué dans la fabrication, la vente et la distribution de méthamphétamine. En cours de route, il croise quelqu'un qui s'en prend à lui.

Et la pauvre Maddy, innocente, devient une garantie.

Je n'oublierai jamais cette nuit et c'est de cela que sont faits mes cauchemars. C'est le plus grand chaos qui ait jamais eu lieu...

Dès que je découvre que Tony Zerillo a été arrêté pour avoir vendu de la méthamphétamine, je me rends à la prison et je lui botte le cul. C'était probablement le premier coup contre moi, mais si c'était à refaire, je le referais. Je lui dis de ne pas s'approcher de Maddy, mais il n'écoute pas. Et elle non plus.

Parce qu'elle va lui rendre visite et quand elle découvre que c'est moi qui suis responsable de tous les bleus, lacérations et nez cassé, tout à coup, c'est moi le méchant. Pas son petit ami dealer de drogue.

Apparemment, Tony est devenu trop gourmand et a commencé à prélever de l'argent sur la vente, en surfacturant et en empochant le surplus. *Putain d'abruti.* Pensait-il vraiment que les gangsters pour lesquels il travaillait ne le découvriraient pas ?

Dès qu'ils ont découvert qu'il les volait, ils ont décidé de lui donner une leçon. Comme il était en sécurité dans une cellule de prison, ils ont décidé de s'en prendre à ce qu'il aimait.

Sa femme. Ma sœur.

Mes tripes se tordent et c'est là que le cauchemar reprend. Je reçois un appel affolé de Maddy, qui me dit que deux voyous essaient de s'introduire chez elle. Dans le rêve, je ne trouve pas mon arme, ce qui ne serait jamais le cas dans la vie réelle, et je me précipite à son appartement pour constater que la porte est grande ouverte. C'est étrangement silencieux.

Quand j'entre, il est clair qu'il y a eu une lutte. Des objets sont renversés, déplacés, cassés. Le cœur serré, je l'appelle en courant d'une pièce à l'autre... jusqu'à ce que je trébuche dans la salle de bains et que je la trouve étendue sur le carrelage froid, le sang s'accumulant sous son petit corps fragile.

Huit impacts de balles transpercent son corps mince.

Huit, putain.

Une seule l'aurait tuée instantanément, alors je ne sais pas quel genre de monstre a eu besoin d'appuyer sur la gâchette autant de fois et de la déchiqueter ainsi.

Je me laisse tomber sur le sol, je la prends dans mes bras, mais j'arrive trop tard.

Toujours trop tard.

Son sang est encore chaud et il imprègne mon jean, couvre mes mains. Un sanglot s'échappe de ma gorge et, le corps de ma sœur morte devenant froid sur mes genoux, je me jure de tuer le responsable, quel qu'il soit.

C'est là que commence généralement la deuxième partie de mon cauchemar.

Heureusement, ce soir, nous n'avons le temps que pour la première partie. En bas, juste sous ma chambre, j'entends Easton bouger et je me redresse d'un coup.

Je frotte mes yeux endormis et je jette un coup d'œil à ma montre. Six heures du matin. Mon Dieu, cette femme aime se réveiller à l'aube.

Mais j'en suis reconnaissant car au moins maintenant je suis réveillé et je ne suis pas contraint de rester dans ma terreur nocturne.

J'entre dans la salle de bains et me jette de l'eau froide sur le visage. J'ouvre une boîte contenant une nouvelle brosse à dents et je me brosse les dents, je pisse et je me glisse à nouveau dans mon jean et mon t-shirt. C'est à peu près tout ce qu'il y a à faire, car je dois descendre pour m'assurer que tout va bien.

M'assurer qu'Easton est en sécurité.

Alors que je descends l'escalier principal, je l'entends éteindre l'alarme et ouvrir la porte d'entrée. Un petit gars aux muscles épais entre et ils se serrent dans les bras. Je m'arrête au milieu de l'escalier et ils se retournent pour me regarder.

— Bobby, voici Jax, mon nouveau gardien.

Elle jette un coup d'œil à mes vêtements froissés et à mes cheveux ébouriffés.

— Bobby est mon entraîneur personnel, me dit-elle. Nous nous entraînons à 6h15 cinq jours par semaine. Si vous avez besoin de quoi que ce soit, je serai à la salle de sport.

— Café ? marmonné-je.

— Dans la cuisine, sur le comptoir.

— Merci.

Je les regarde s'éloigner. Bobby pense probablement qu'elle couche avec son « nouveau gardien ». *Tant mieux, ça me va.*

Dans la cuisine, je mets une tasse sous la Keurig et j'appuie sur le bouton de la grande tasse. Le café noir se déverse dans la tasse, chaud et fumant comme je l'aime. Je décide que j'emmènerai Easton au stand de tir pour de lui apprendre à tirer. Ma sœur n'aimait pas les armes et refusait d'apprendre, mais je pense qu'Easton serait partante.

Surtout après la leçon rapide d'hier soir.

Et je me sentirais bien mieux si je savais qu'elle sait manier une arme à feu. Que, le cas échéant, elle pourrait viser un adversaire et appuyer sur la gâchette.

En sirotant mon café, je me dirige vers le couloir de droite et je le longe jusqu'à la salle de sport qui se trouve à l'arrière de la maison. Ce n'est pas très équipé, d'après mes souvenirs, mais il y a quelques équipements de base et des machines qui, visiblement, font l'affaire, car le corps d'Easton est superbe.

En ce moment, elle est allongée sur le dos, levant les fesses en l'air pour travailler ses fessiers. *Oh, merde, vraiment ?* Tu parles d'un timing. Et le petit Bobby l'encourage, en faisant le compte à rebours. Je m'appuie contre le mur et profite de la vue pendant un moment.

— Trois, deux, un ! Bien joué, Easton ! dit Bobby et je roule des yeux.

Elle se redresse et me regarde. Je bois une gorgée de café.

— Vous avez besoin de quelque chose ? demande-t-elle enfin.

— Comment se passe votre journée ? Je voudrais vous emmener au stand de tir.

Je vois ses joues se colorer et je sais qu'elle pense à la nuit dernière.

— Je ne peux pas aujourd'hui. Je dois me préparer pour une réunion au Château Marmont et préparer ma garde-robe pour un événement à venir.

— Et ça prend toute la journée ?

— Non, mais je dois me préparer à une récitation pour un nouveau film. Le tournage commence cette semaine.

— Eh bien, quand vous aurez un créneau dans votre emploi du temps chargé, faites-le moi savoir.

— Je ne manquerai pas de le faire.

Nous nous lançons un regard furtif.

— Je vais rester jusqu'à ce que vous partiez, dis-je finalement. Pour surveiller.

— D'accord, dit-elle fermement avant de se retourner vers Bobby.

Je déteste qu'elle me rejette si vite. Elle se détourne comme si j'avais disparu ou quelque chose comme ça. Comme si j'étais inférieur à elle et qu'elle n'avait plus le temps de s'occuper de moi. *Très bien.*

Pendant que Bobby la guide dans un nouvel exercice, je sors et retourne à la cuisine pour une deuxième tasse de café.

L'entourage ne tarde pas à arriver, j'éteins l'alarme et je déverrouille la porte. Olivia entre en premier, suivie de Jacques, le chef encore un peu nerveux. Je me sens mal de l'avoir menacé de mon arme, puis Griff de la sienne. *Oh, enfin, il s'en remettra.* Viennent ensuite les maquilleuses, les coiffeuses et les costumières. Je surveille tout le monde de près.

Je reste dans l'ombre et j'observe. Après sa séance d'entraînement, Easton monte prendre une douche. Vingt minutes plus tard, elle redescend dans un nuage de jasmin, instantanément entourée de tout le monde. Ils se dirigent tous vers la cuisine, parlant tous en même temps. Le type à l'eye-liner foncé de l'autre jour, Micah, l'aide à s'asseoir sur un tabouret et commence à appliquer plusieurs couches de maquillage. Pendant ce temps, une fille nommée Sylvie lui essuie les cheveux, tournant et enroulant constamment des mèches de sa chevelure corbeau autour d'une brosse. Une fois les cheveux secs, Sylvie les brosse, applique une sorte d'après-shampoing crémeux sur les pointes et commence à manœuvrer un fer à friser autour de sa tête pour créer de légères ondulations.

C'est ce qu'on appelle être choyé. *Punaise*. Moi, il me faut cinq minutes pour me préparer. Mais, encore une fois, je n'ai pas l'air aussi apprêté qu'Easton.

La fille que j'ai embrassée hier soir n'est pas la même que celle qui est assise devant moi. Elle est partie et à sa place se trouve une star de cinéma. Alors que Micah lui applique son rouge à lèvres rouge caractéristique, la fille vulnérable d'hier soir qui m'est tombée dans les bras après que j'ai couru jusqu'ici commence à me manquer.

Je soupire et regarde ma montre. *Quelle mise en scène !*

Je serai contente de rentrer un peu chez moi. Je pense que je vais passer à mon appartement, prendre une douche et ensuite aller au bureau de P.S.. Si Easton veut que je passe encore la nuit ici, je le ferai. Mais c'est calme. Pas d'appels ni de textos.

Peut-être que son harceleur s'est amusé et qu'il n'a plus envie de le faire.

Ou peut-être les choses vont vite déraper.

Je suppose que nous le saurons bien assez tôt.

13

EASTON

Jax ne part pas avant que le service de taxi arrive et que je sois en sécurité sur le siège arrière de la berline noire. Il se penche et tape sur la vitre. Lorsque je la baisse, il penche sa chevelure délicieusement hirsute et son regard sombre s'accroche au mien.

— Si vous voulez que je reste ce soir, envoyez-moi un texto.

— D'accord, dis-je.

Mais je n'ai pas l'intention de répéter l'erreur d'hier soir. J'aimerais aussi dormir un peu ce soir, car j'ai passé la majeure partie de la nuit à l'écouter rôder dans les couloirs comme un tigre agité.

Après avoir rapidement descendu la colline, le chauffeur prend à gauche sur Sunset Boulevard et se dirige vers l'hôtel Chateau Marmont. Le 8221 Sunset Boulevard, l'une des adresses les plus prestigieuses d'Hollywood, est facile à manquer avec son allée courte et étroite marquée par un petit panneau.

Mais tous ceux qui connaissent l'endroit le savent.

Situé sur une colline surplombant le célèbre Sunset Strip, le Chateau Marmont est un incontournable du vieil Hollywood depuis son ouverture en 1929. Avec ses tapis orientaux vintage, ses canapés en velours et ses candélabres en laiton, l'atmosphère est sombre et nostalgique.

C'est aussi un lieu discret où le personnel se plie en quatre pour vous rendre heureux, ce qui explique sans doute pourquoi les célébrités le préfèrent aux hôtels plus modernes.

J'apprécie son charme vintage pour ce qu'il est, l'air d'exclusivité qui l'entoure et, bien sûr, l'idée que des icônes telles que Greta Garbo y ont séjourné. Le restaurant et le bar sont également fantastiques. Aujourd'hui, j'ai rendez-vous avec Daniel au restaurant, sur la terrasse extérieure.

Je sais que je dois rompre avec lui, mais ce n'est ni le moment ni l'endroit pour le faire. Demain soir, nous participons à une fête et après cela, j'ai l'intention de lui parler. Mais aujourd'hui, tout tourne autour des affaires et du nouveau film dans lequel il veut que je joue.

Je sors sur la terrasse et lui et son partenaire de production, Leo Mancuso, se lèvent.

— Bonjour, E, bébé, dit-il en embrassant mes joues.

Je lutte pour ne pas lever les yeux au ciel. Daniel est tellement hollywoodien parfois que je n'en peux plus.

— C'est bon de te voir, Easton, dit Léo en me faisant la bise à son tour.

— Pareillement.

Je m'enfonce dans le fauteuil et un serveur dépose devant moi une flûte de Blanc de Blancs Taittinger bien frais.

— Merci, dis-je.

— Tu as lu le scénario que je t'ai envoyé, n'est-ce pas ? demande Daniel.

J'ai à peine le temps de boire une gorgée de champagne qu'il parle déjà de ce fichu scénario.

— Oui, Daniel, et je pense qu'il a besoin d'être retravaillé.

Mon Dieu, quel euphémisme.

— Ne t'inquiète pas pour ça, E. Tous les scripts ont besoin d'être retravaillés, mais tout se fait en temps voulu. Pour l'instant, j'ai juste besoin de savoir que tu es intéressée et nous pourrons trouver le financement et lancer le projet.

Il me fait un clin d'œil et je me force à sourire.

— Je dois encore y réfléchir, lui dis-je.

— Réfléchir à quoi ? Ce sera un film fantastique, bourré d'action et d'intrigues. Et, soyons honnêtes, E, il faut que tu mettes un peu de piment dans ta carrière. On ne peut pas faire les fines bouches quand on risque de perdre son public.

Ouch.

— Tu penses que je perds mon public ?

— Non, bébé, mais tu vas bientôt avoir trente ans, alors voyons les choses en face. Fais-toi engager dans ce rôle pour que tu puisses les épater dans un pantalon de cuir moulant et des bottes à talons hauts. Prouve que tu as toujours ce sex-appeal.

Pendant un instant, je ne sais plus où donner de la tête. *C'est une blague ? Quelle impolitesse.* J'ai envie de traverser la table et de le gifler. Je m'efforce de garder mon calme et mon assurance, mais c'est vraiment difficile. Il vient de me faire un coup bas et je n'apprécie pas. Pas le moins du monde.

Soudain, j'ai envie de partir. Pourquoi suis-je assise ici avec ces deux hommes qui ne se soucient pas du tout de moi ? Ils ont juste un intérêt comme tout le monde et veulent quelque chose de moi.

— Puisque tu ne l'as pas demandé, je voulais juste te dire que Jax restera à la maison jusqu'à ce que les messages de menace cessent.

Ma voix est aigre et sèche. S'il pense que je vais faire ce film après m'avoir insultée, il est fou.

— Tu veux dire le mec qui a répondu à ton téléphone hier soir à minuit ?

— Oui. Jaxon Wilder.

Je suppose que j'essaie de le rendre jaloux, peut-être de l'énerver un peu, mais Daniel ne mord pas à l'hameçon. Je pense qu'il s'en fiche complètement. Cela devient de plus en plus évident.

— Alors, E, je pense vraiment que tu devrais relire le scénario avec un regard neuf. Et garde à l'esprit qu'il a été écrit pour une actrice d'une vingtaine d'années, mais comme tu es toujours aussi sexy...

— Daniel, arrête, dis-je en levant une main. Je ne veux plus en parler. En fait, je sens venir un mal de tête et je pense qu'il vaut mieux que je rentre chez moi.

— Comme tu voudras, bébé.

Je me lève et les salue tous les deux d'un signe de tête.

— On va toujours à la fête demain soir au Roosevelt, n'est-ce pas ?

— Oui, dis-je avec un soupir résigné. Tu peux probablement venir vers sept heures et nous irons ensemble.

— Ça me va, E.

Puis il tourne son attention vers Léo, et retourne à ses affaires.

En sortant du restaurant et en traversant l'hôtel, je me demande si Daniel se soucie de moi ? S'il s'en est un jour soucié ? Au début, il a essayé de se montrer charmant, mais maintenant...

Je me glisse à l'arrière de la berline et je demande au chauffeur de me ramener chez moi. Daniel devrait être celui qui se préoccupe de moi et me protège, mais ce n'est pas le cas. C'est Jax qui se précipite sur moi et me prend dans ses bras quand j'ai peur.

Parce que tu le paies une fortune scandaleuse, me dis-je.

Mais ensuite, je me souviens de son baiser et je me demande s'il est attiré par moi pour plus que mon argent, pour ce que je suis ?

Jax Wilder pourrait-il être différent ?

En moins de dix minutes, je m'approche de ma porte d'entrée, je la déverrouille et j'entends l'alarme commencer son compte à rebours. J'entre 2212 et elle s'éteint. Puis, comme Jax me l'a demandé, je la réarme instantanément.

C'est très calme et je suppose que tout le monde est rentré chez soi. Olivia est probablement partie faire une course. En soupirant, je me promène dans le couloir et je ne supporte pas le silence qui règne dans la maison, et je ressens un immense sentiment de solitude.

Et je réalise à quel point la présence de Jax me manque. J'aime qu'il soit là, qu'il surveille, comme il aime le dire. Mon cœur se serre dans ma poitrine. Quand tout cela sera terminé, je ne le reverrai probablement plus jamais et cette pensée lugubre me déstabilise.

Peut-être qu'une baignade me fera du bien. J'enlève ma robe et mes talons, j'enroule mes cheveux en un chignon lâche et j'enfile mon maillot de bain vintage préféré. C'est un deux-pièces vichy rouge et il est vraiment mignon. Il n'est pas trop étroit comme un bikini ordinaire et offre une couverture complète avec une taille haute. Le haut se noue sur le devant, réhausse ma poitrine généreuse et descend suffisamment bas pour révéler un décolleté profond. C'est tout à fait sexy dans le style des années 1950.

Tous mes maillots de bain se ressemblent. Mon corps est beaucoup trop rond pour un bikini. Je le perdrais rien qu'en commençant à nager.

Je me sens mal d'avoir été si froide avec Jax après ce baiser très torride. Je ne voulais pas l'être, mais je réalise maintenant que ça m'a fait peur. C'était une question d'auto-préservation. Parce que fricoter avec un bad boy est un suicide émotionnel. Cela ne se terminera pas bien pour moi. Pour lui, ce sera une petite distraction amusante par rapport à toutes les autres femmes de sa vie. Il pourra profiter du sexe et quand les choses deviendront trop sérieuses, il décampera.

J'attrape une serviette, j'éteins l'alarme et je sors par la porte arrière, sur la terrasse. Je ne me soucie plus de ma coiffure ni de mon maquillage. J'ai juste besoin de me rafraîchir, alors je plonge dans la piscine et commence à faire des longueurs.

Jax m'a mise dans tous mes états. En me propulsant dans l'eau chlorée, je me souviens de la façon dont il s'est tenu contre mon dos. Pour être honnête, je n'arrête pas d'y penser.

— Ne vous méprenez pas, princesse. C'est très dur.

À bout de souffle, je fais du sur-place, priant pour être soulagée de toutes ces pensées lubriques. Mais la seule chose qui, selon moi, apaisera l'obsession, c'est de coucher avec l'homme en question.

Ou tu pourrais coucher avec Daniel. Tu sais, ton petit ami ?

Je chasse la petite voix censurée hors de ma tête et je m'allonge, flottant à la surface, les yeux rivés sur le ciel bleu. Jax a un corps incroyable et je repense au moment où il s'est retourné à moitié pour révéler des abdominaux plats et durs. J'ai envie de faire courir mes mains le long des sillons, puis d'explorer chacun de ses tatouages. De son biceps dur comme de la pierre à son torse en passant par son cou. Puis son avant-bras.

Je gémis.

J'aime sa taille, mais aussi sa musculature et sa carrure athlétique. L'une des choses qui me plaît le plus, et que je commence à trouver si attachante, c'est la façon dont ses cheveux lui tombent toujours dans les yeux et qu'il les repousse en arrière. Cette épaisse et longue chevelure n'en fait qu'à sa tête et, peu importe le nombre de fois qu'il la repousse, elle tombe à nouveau vers son front.

La piscine ne m'aide pas à me rafraîchir. En fait, j'ai encore plus chaud qu'avant. Je nage jusqu'aux escaliers, j'en sors et je m'enroule dans la serviette. Je dois revoir mon texte pour la répétition de demain matin. Et pour m'aider à me concentrer et à engourdir les pensées de Jax, je vais avoir besoin d'un verre de Blanc de Blancs.

À dix heures ce soir-là, je décide d'aller me coucher. Je suis impatiente, j'enlève le drap et je regarde l'escalier en colimaçon. Une partie de moi veut monter et dormir dans le lit où il a dormi quelques heures la nuit dernière, mais je sais que la femme de ménage a déjà lavé et changé la literie. Toute trace de son odeur a disparu, remplacée par celle de la lessive.

J'attrape mon téléphone et trouve son numéro. J'ai envie d'appuyer sur « appeler » et de lui dire de venir. Mais quelle est ma raison ? Je n'ai pas eu un seul mot du harceleur et j'essaie de me dire que c'est une bonne chose.

N'est-ce pas ?

Pas si cela te sépare de Jax, dit une petite voix.

Mon doigt survole son numéro et je me lèche les lèvres. Je ne peux pas. C'est désespérant et embarrassant. À moins que... à moins que je lui dise que j'ai reçu un appel et...

Non. Je ne lui mentirai pas. Il se précipiterait directement ici et passerait toute la nuit à patrouiller dans la maison pour me protéger.

Ce n'est pas juste.

Si je veux coucher avec lui, je dois le faire de façon honorable. J'ai déjà décidé de larguer Daniel demain soir après la fête. Une fois que je serai à nouveau techniquement célibataire, tout ce qui arrivera arrivera. Je ne vais pas lutter contre mon attirance pour Jax plus longtemps.

Il se peut qu'il s'agisse d'une nuit de passion et que ce soit tout. Mais j'ai l'impression que ce sera la meilleure nuit de ma vie.

Mon estomac sombre et c'est presque deux heures plus tard que je m'endors enfin.

Le lendemain matin est un matin comme les autres. Bobby, mon entraîneur, arrive à 6h15 et me fait travailler pendant une heure. Je lui demande une séance éprouvante et lorsque nous avons terminé, je suis en sueur et à bout de souffle.

Liv est là de bonne heure car la journée s'annonce chargée. Nous sirotons un jus d'orange fraîchement pressé et discutons de mon emploi du temps pendant que Micah me maquille et que Sylvie me coiffe. Encore une fois, même si les gens m'entourent, j'ai l'impression qu'il manque quelque chose.

Avant, je ne savais pas ce que c'était. Maintenant, je le sais.

C'est Jax.

Mais je relègue cette idée en l'arrière-plan, car il est temps de partir pour la répétition. Je règle l'alarme et je verrouille la porte. Ensuite, je range le scénario sous mon bras et Liv et moi montons à l'arrière de la berline qui nous conduira au studio.

14

JAX

E*lle ne m'a pas appelé ni envoyé de message pour que je vienne.*

Après m'être retourné toute la nuit, me demandant si Easton allait me contacter, prêt à partir à toute allure, je n'ai même pas eu de nouvelles d'elle.

Peut-être que le harceleur a fini de jouer son jeu.

Cela me soulage. Cela me rend aussi étrangement triste de savoir que je ne reverrai jamais Easton.

C'est probablement mieux ainsi, me dis-je. Je suis fatigué de penser à elle tout le temps et je suis vraiment fatigué d'aller au lit avec une érection et de me réveiller avec une érection parce que je ne peux pas m'empêcher de l'imaginer en train de soulever son bassin en l'air pendant cette séance d'entraînement.

Je prends une douche rapide, extrêmement froide, et je décide de me rendre au bureau de P.S. En chemin, je prends un café noir. Je ne sais pas ce que me réserve la journée, car je n'ai pas eu de nouvelles d'Easton et je sais qu'elle a deux jours de folie devant elle.

Je déverrouille la porte du bureau et j'allume les lumières. C'est agréable d'avoir à nouveau de l'électricité. Je jette quelques courriers indésirables et me dirige vers mon bureau. Je jette un coup d'œil à la chaise fixée par du ruban adhésif, mais je m'y installe quand même. *Bientôt,* me dis-je avec satisfaction, *tu seras dans la benne à ordures.*

J'ouvre mon ordinateur portable et je fais des recherches sur la localisation des appels. Puis j'appelle Verizon, l'opérateur d'Easton. Cela ne sert pas à grand-chose et je ne suis pas près de découvrir qui a envoyé un SMS à son téléphone cette nuit-là.

Je jette un coup d'œil à mon portable et j'ouvre une application appelée Mobistealth. À l'insu d'Easton, j'ai installé l'application de suivi de téléphone portable sur son téléphone alors qu'elle pensait que je ne faisais qu'entrer mon numéro de téléphone dans ses contacts.

Grâce à la technologie GPS, l'application indique l'emplacement de la cible et je peux la suivre en direct sur mon tableau de bord. De plus, je peux voir les endroits qu'elle fréquente régulièrement et surveiller toute l'activité de son téléphone portable, y compris les appels téléphoniques, les SMS, les comptes de médias sociaux et la navigation sur Internet.

Même si son GPS est désactivé.

C'est une putain d'application géniale et une invasion totale de sa vie privée.

Mais si quelque chose devait arriver, je dois pouvoir la retrouver rapidement. Je me suis promis de la garder en sécurité et, après l'échec de Madison, je ferai tout ce qu'il faut.

Tant pis pour sa vie privée.

Comme je n'ai pas eu de nouvelles d'elle, je suppose qu'aucun nouveau texto du harceleur n'est arrivé hier soir et, d'après l'application, c'est exact. Je vois des messages de Liv et du reste de son entourage, mais c'est tout. Oh, et un de son idiot de petit ami qui lui met la pression pour qu'elle lise un script.

Je ne sais pas pourquoi elle perd son temps avec ce con. Je veux dire, techniquement, je ne sais rien de lui. Mais d'après ce que je vois, il a l'air d'un crétin. J'ouvre Google et je tape « Daniel Rogers, producteur ».

Une multitude de pages s'affichent, mais je ne cherche qu'une photo. Mon estomac se serre quand je vois que la plupart des images sont de lui et d'Easton. Il est plus petit, ses cheveux sont d'un blond cendré et il a un bronzage artificiel. Je suppose qu'il n'est pas complètement malheureux, mais quelque chose en lui semble sordide. C'est peut-être son sourire carnassier. Ou la façon dont il la touche toujours.

Cela me donne envie de le frapper.

Au lieu de cela, je fais un zoom sur elle. Je laisse échapper une respiration basse et irrégulière. Elle est *si étonnante*. Je me fiche de savoir si elle est toute pomponnée sur un tapis rouge comme ici ou si elle porte un t-shirt trop grand sans une trace de maquillage.

Dans tous les cas, je la veux.

Lorsque mon aine se resserre invariablement, je gémis et j'enfonce mes paumes dans mes yeux.

Je devrais la séduire et en finir. La faire sortir de mon cerveau. Cela a fonctionné dans le passé avec des femmes, alors pourquoi cela ne fonctionnerait-il pas avec elle ?

Une partie de moi ne veut pas en finir avec elle si vite, cependant. Avec Easton, je veux plus qu'un coup d'un soir. Je n'aime pas les relations sérieuses, alors je suppose que je veux une aventure. Une liaison à long terme et une relation sérieuse ne me semblent pas très différentes. Peut-être que la seule différence est qu'une liaison n'a pas d'attaches, pas d'engagement et que vous êtes libre de voir d'autres personnes.

Hmm. Je ne veux pas de ça.

Putain, est-ce que je suis en train d'envisager une relation sérieuse ?

Cette femme m'a changé, me dis-je, alors que Griff entre, un grand sourire aux lèvres.

Il attrape une chaise en métal, la fait tourner et l'enfourche.

— Tu penses à ta nouvelle maîtresse ? me taquine-t-il.

Mes yeux se rétrécissent.

— Je travaille sur l'affaire. Pourquoi ce sourire ?

— Parce que j'ai reçu un chèque de paie. Merci, mec.

Je souris à mon tour.

— Ça fait du bien, hein ? J'espère juste qu'une autre affaire arrivera bientôt parce que je ne sais pas combien de temps celle-ci va encore durer.

— C'est fini ?

Je secoue la tête.

— Non, mais les appels ont cessé et le système de sécurité que nous avons installé fait son travail.

— C'est bien, alors.

— Oui, je sais. C'est juste que...

Comment accepter de ne plus voir Easton ?

— Tu ne vas plus la voir, dit Griff.

Griffin Lawson est parfois trop observateur et trop intelligent, je crois. Je soupire et penche la tête en arrière.

— Je veux dire, je ne vais pas nier qu'elle est sexy. Mais c'est plus que ça.

— T'es amoureux ? demande-t-il d'une voix taquine à nouveau.

Je me tais. La dernière chose que je veux faire, c'est confier mes sentiments pour Easton à ce play-boy. Il ne saurait pas ce qu'est l'amour s'il en recevait un coup sur la tête.

— J'apprécie sa compagnie. C'est tout.

— Tu as couché avec elle ?

— Non ! C'est une cliente.

Quand il sourit, je lui lance mon stylo qui rebondit sur son torse.

— On ne couche pas avec les clientes, Griff, dis-je lentement, en articulant chaque mot. Ne l'oublie pas.

— Je sais, je sais, dit-il. Mais lorsqu'elle ne sera plus cliente, tu pourras poursuivre.

Je passe une main sur ma mâchoire hérissée.

— Non. Elle a un petit ami.

— Oh, vraiment ?

— C'est un vrai con. Regarde.

Je tourne mon ordinateur portable pour lui montrer l'image de Daniel Rogers avec Easton sur le tapis rouge.

— Joli bronzage, commente Griff. On dirait une citrouille.

J'ai éclaté de rire.

— Tu peux m'expliquer quelque chose ? Si c'était ta copine, tu ne serais pas dans son lit tous les soirs ?

— Si.

— Eh bien, ce type n'est jamais là. Jamais.

— Alors, soit il est fou, soit il est gay, soit ils n'ont pas une très bonne relation.

Je retourne l'ordinateur portable en réfléchissant aux paroles de Griff.

— Ça n'a aucun sens. Si moi j'étais avec Easton, tout le monde le saurait.

Les yeux bleus et perspicaces de Griff se rétrécissent.

— Je pense que tu devrais faire quelque chose. On emmerde ce type. Il est évident qu'il ne sait pas reconnaître une perle quand il en a une, alors qu'il aille se faire foutre. Il ne la mérite pas.

— Mais moi non plus, admets-je.

— Pourquoi ça ?

— Je ne sais pas comment avoir une relation sérieuse, Griff.

— Et ? Qui a parlé d'une relation sérieuse ? Il faut juste s'amuser.

— Je suppose que je ne la traiterais pas plus mal que ce type , dis-je.

— Voilà.

— Mais il faut que ce soit après la clôture de l'affaire de harcèlement.

— Évidemment.

Griff affiche un sourire blanc et éclatant.

Je ne sais pas pourquoi il trouve cela si amusant.

— Et si ça ne marche pas, tu n'auras pas à la revoir, poursuit Griff. Tout le monde y gagne.

— Il m'arrive de douter de ta logique, lui dis-je.

— C'est la faute de la CIA. Ils m'ont retourné le cerveau.

Je passe une main dans mes cheveux, les repoussant sur mon front.

— Au fait, comment va Ryker ? Il n'est pas venu ici depuis deux semaines.

Les yeux de Griff s'assombrissent.

— Oui, j'ai l'impression qu'il traverse une de ses périodes creuses.

— Merde, j'aimerais avoir un travail à lui donner. Pour l'aider à se concentrer sur autre chose.

— Je sais, mec. Il faut juste lui laisser de l'espace et le laisser faire. Nous sommes tous passés par là.

Pendant un moment, aucun de nous ne dit quoi que ce soit.

— Je pense que je vais contacter Logan Sharpe. Voir s'il peut nous recommander autre chose. Te faire travailler et faire sortir Ryker de sa torpeur.

— Tiens-moi au courant, dit Griff en se levant.

Il lève les bras au-dessus de sa tête, étire son long corps et fait rouler son cou.

— Bon, je venais juste prendre des nouvelles. Si vous n'avez pas besoin de moi, je pense que je vais aller m'entraîner. Ou faire une sieste.

Je ris.

— Les choses vont s'arranger. Tiens bon.

Griff me salue et se dirige vers la porte.

Il faut que les choses s'arrangent, me dis-je. Sinon, Platinum Security ne s'en sortira pas.

Plus tard dans la soirée, je suis assis devant la télévision et je bois une bière, l'esprit tourné vers Easton. Pourquoi n'a-t-elle pas appelé ? Ou au moins envoyé un texto ? J'ai vérifié l'application de suivi Mobistealth et je n'ai rien reçu du harceleur.

Et puis merde. Je vais lui envoyer un message moi-même. Je sors son nom et tape un message : *Je voulais juste prendre des nouvelles... tout va bien ?*

Enfin, elle me paie pour que je m'assure que tout va bien, il est donc tout à fait logique que je la contacte. J'envoie le message et j'attends.

Une minute plus tard, mon téléphone émet un bip et lorsque je vois son nom, je ne peux empêcher le sourire qui se dessine au coin de ma bouche.

— Bien, écrit-elle. Plus de messages, heureusement. Merci d'avoir pris des nouvelles...

Je peux presque sentir son parfum de jasmin.

— C'est bon à savoir, réponds-je. Si vous avez besoin de moi pour quelque raison que ce soit, appelez-moi. Et je dis bien pour *n'importe quelle raison.*

— Je le ferai. Merci et bonne nuit, Jax.

Mes yeux se ferment et je soupire. Je ne sais pas trop à quoi je m'attendais, mais c'était vraiment une fin inattendue. J'ai toujours envie de l'emmener au stand de tir et de lui apprendre à tirer, mais ça ne semble pas près d'arriver.

Tant pis. Je ne peux pas continuer à penser à Easton Ross ou je vais perdre la tête. Demain, je vais rédiger la facture finale et l'envoyer à Liv pour qu'elle la remette au comptable.

C'était amusant le temps que ça a duré.

15

EASTON

La journée a été longue et épuisante et ce n'est que le premier jour. Cela n'augure rien de bon et si je n'ai plus de plaisir à travailler, pourquoi devrais-je le faire ? J'ai gagné assez d'argent pour vivre confortablement le reste de ma vie.

Je suis sur le plateau, assise sur une chaise dont le dossier porte mon nom, et je bois une bouteille d'eau. Je n'arrête pas de penser à Jax qui m'a envoyé un texto hier soir. Je voulais lui dire de venir, mais pourquoi ?

Parce que tu l'aimes bien, dit une petite voix.

Tu n'as peut-être plus besoin de ses services de sécurité, mais tu es certainement intéressée par ses services sexuels.

Oh, mon Dieu, impossible à nier.

Je jette un coup d'œil à l'horloge. Encore une répétition et je pars, je rentre chez moi et je me prépare pour la soirée de ce soir à l'hôtel Roosevelt. Je scrute mon scénario, mais j'ai déjà mémorisé tous les détails et toutes les notes dans la marge. En outre, nous avons passé toute la journée à faire du travail préparatoire, à tourner et à répéter la scène. Nous n'en sommes encore qu'aux répétitions. Le tournage de cette scène prendra probablement au moins deux semaines.

Les films hollywoodiens à gros budget aiment passer le plus de temps possible et dépenser le plus d'argent possible. Ensuite, ils aiment refaire des prises de vue à plusieurs millions de dollars huit mois après la fin de la production. En gros, parce qu'ils le peuvent, je pense, et pas nécessairement parce que c'est nécessaire.

Pour me préparer à l'action, j'ai passé le mois dernier à m'entraîner à faire du fil de fer et des cascades. C'est une scène intense et le réalisateur veut qu'elle soit tournée en premier et qu'elle ne soit pas gênante. Je suis censée fuir un autre acteur, sauter de toit en toit pour essayer de lui échapper.

Je regarde le décor élaboré qui ressemble à la moitié supérieure d'une ville dans le ciel, avec ses toits en bardeaux et ses cheminées. Je porte un harnais et je saute d'un point à l'autre. Pendant ce temps, le méchant me poursuivra et tirera à blanc.

Il y a dix ans, j'aurais été ravie de tourner une scène aussi excitante. Aujourd'hui ? Pas vraiment. Je veux juste en finir et sortir d'ici.

Au moment où cette idée me traverse l'esprit, le réalisateur, l'armurier et l'acteur qui me poursuivront apparaissent.

— Prête pour cette scène ? demande le réalisateur.

C'est un jeune homme et c'est son premier film en studio, alors il est très enthousiaste. Mais ce n'est que le premier jour et d'ici la semaine prochaine, je vous garantis qu'il s'arrachera les cheveux et qu'il sera très stressé.

— Je l'espère, dis-je.

Je regarde l'autre acteur. Il s'appelle Rich et c'est lui qui va me traquer.

— Tant que Rich ne me tire pas vraiment dessus, dis-je en plaisantant.

Ils rient tous et l'armurier du plateau s'avance. C'est lui qui est chargé de contrôler toutes les armes à feu et leurs accessoires sur le plateau et de s'assurer qu'elles sont utilisées en toute sécurité.

— Rich va tirer avec un pistolet qui a été modifié pour ne tirer que des balles à blanc. Il y aura quelques éclairs, mais tout le reste sera en images de synthèse et ajouté en post-production.

— Il suffit de tirer les cibles comme nous l'avons fait toute la journée, dit le directeur. Les balles à blanc sont assez bruyantes, alors ne vous laissez pas effrayer. Cette fois-ci, je veux vraiment faire tirer Rich pour que nous puissions voir ce que cela donne devant la caméra, mais ce n'est encore qu'une répétition. Êtes-vous prêts à vous poursuivre à nouveau ?

Je dis :

— Allons-y.

Je m'approche et le coordinateur des cascades m'aide à enfiler le harnais. Alors qu'il l'ajuste et qu'il s'occupe des fils qui s'attachent en hauteur pour m'empêcher de tomber, un sentiment étrange me traverse. Toute la journée, nous avons travaillé sur cette scène, alors je ne sais pas trop d'où vient ce sentiment d'appréhension, mais quelque chose me prend aux tripes.

Quelque chose ne va pas.

Concentre-toi, Easton. Tu as presque fini ta journée.

Avant même de m'en rendre compte, je me tiens au bord d'un toit, prête à m'élancer. C'est probablement la cinquantième fois que nous exécutons cette séquence aujourd'hui, alors je ne comprends pas d'où vient cette nervosité soudaine, mais je me mords la lèvre, je lève les yeux, je tire sur les câbles pour m'assurer qu'ils sont bien fixés.

Rich est hors champ, arme à la main, et me fait un signe de la main. Je lui réponds par un signe de la main et ignore la sensation de malaise au creux de mon estomac.

C'est bon, Easton, me dis-je.

Quelques instants plus tard, le directeur lance le mot d'ordre « Action ! »

Je m'élance, mes bottes frappant le toit incliné, essayant de ne pas perdre pied, faisant semblant de courir pour sauver ma vie. Je repère ma première marque, un petit morceau de ruban adhésif sur un bardeau, et je fais semblant de trébucher.

CRACK !

Une balle à blanc passe à côté de mon épaule. Bon Dieu, c'était fort. Je me relève et continue à courir. Un saut de deux pieds vers le prochain bâtiment approche et je saute dans les airs. J'atterris parfaitement sur le toit suivant et je fonce. Je suis censée commencer à monter plus haut et la prochaine marque se trouve près du sommet du toit.

Un autre *CRACK !* Je glisse, je perds pied et je sens mes mains s'écorcher sur les bardeaux. Heureusement qu'il y a les fils et le harnais. Je me relève et juste au moment où j'atteins mon prochain repère, Rich tire à nouveau.

BIM !

Mais quelque chose a changé. C'est très fort et très net cette fois. Et beaucoup plus inquiétant, je pense, car j'entends quelque chose passer près de mon épaule droite. Soudain, une douleur fulgurante dans la partie supérieure de mon bras me fait voir des étoiles.

Je tombe en avant et me cogne contre le toit.

Ensuite, tout devient noir.

Je ne sais pas combien de temps je suis restée inconsciente, mais lorsque mes yeux s'ouvrent, je suis entourée d'un million de personnes. Je suis allongée sur le sol et quelqu'un presse un tissu sur le haut de mon bras.

— Easton, ça va ?

Je me redresse péniblement et jette un coup d'œil à mon épaule qui me brûle.

— Qu'est-ce qui s'est passé ? dis-je, encore un peu hébétée.

Dans un premier temps, personne ne répond. Les gens échangent des regards choqués. Finalement, quelqu'un dit :

— Une vraie balle s'est mélangée aux balles à blanc. On t'a tiré dessus, Easton.

Ma bouche s'ouvre. Je n'arrive pas à y croire. Le pistolet est spécialement conçu pour que ce genre de chose ne puisse pas arriver. Il ne peut même pas contenir de vraies balles.

— *Quoi* ? Comment ?

— Nous ne savons pas.

Je repousse le bandage de fortune et regarde où ma chemise est déchiquetée et où une entaille sanglante entache mon épaule.

— On m'a tiré dessus ? dis-je avec incrédulité, les yeux écarquillés.

Soudain, j'entends des sirènes et, avant même de m'en rendre compte, un ambulancier est en train de nettoyer et de désinfecter la plaie.

— Heureusement, ce n'est qu'une éraflure, dit-il.

Il applique une crème antiseptique et fait un pansement.

— Vous vous en sortirez. Vous devriez prendre des antibiotiques et des analgésiques, si nécessaire.

Dans un état second, incapable de croire à ce qui se passe, je suis soulevée et emmenée dans ma caravane où trop de gens se ruent vers moi. Liv se laisse tomber à mes côtés.

— J'ai appelé l'inspecteur Sharpe, dit-elle. Il est en route. Quelqu'un a dû intervertir une balle volontairement, Easton. L'armurier du plateau est confus et a dit qu'il avait tout vérifié trois fois.

Ses mots sont à peine audibles.

— Où est Jax ?

— Tu veux que je lui envoie un message ?

J'acquiesce et je sens les larmes me monter aux yeux.

L'inspecteur Logan Sharpe arrive le premier et commence à interroger tout le monde. Jax arrive aussi et se fraye un chemin dans la foule pour venir à mes côtés.

Dès que je vois ses yeux chocolatés remplis d'inquiétude, je me sens mieux. Je me redresse sur le canapé et il se laisse tomber à côté de moi.

— Ça va ? Qu'est-ce qui s'est passé ?

— Je ne sais pas, murmuré-je.

Son regard se pose sur le bandage de mon bras, puis il prend ma main et la serre.

— Ca va aller maintenant, promet-il. Nous allons trouver ce qui se passe.

Tout à coup, l'inspecteur Sharpe apparaît et commence à renvoyer tout le monde de ma caravane jusqu'à ce qu'il n'y ait plus que moi, Liv, Jax et lui. Ses yeux se rétrécissent sur Jax.

— Où étiez-vous quand votre cliente s'est fait tirer dessus ?

Je sens Jax grimacer. Il hésite et me regarde, les yeux pleins de regrets.

— Je lui ai dit de prendre un jour de congé. Les appels ayant cessé, j'ai pensé qu'il pourrait travailler depuis son bureau.

— Vous avez trouvé d'autres clients ? demande Sharpe, qui n'y croit pas.

Le corps de Jax se crispe et il baisse les yeux.

— Nous menons une enquête, mais je suis prêt à parier que ce qui s'est passé tout à l'heure n'est pas un accident. Je vous suggère de surveiller de très près votre cliente, Wilder.

— Je ne la perdrai pas de vue, dit-il avant de se tourner vers moi. À partir de maintenant, je vous suivrai partout.

J'acquiesce.

— J'ai une fête ce soir au Roosevelt.

— Non...

— Je dois y aller. Ça fait partie de mon contrat avec le studio. Il s'agit d'une conférence de presse pour un nouveau film qui va sortir.

— Easton, vous avez une blessure par balle. Je suis sûr qu'ils comprendront.

— C'est juste une égratignure. D'ailleurs, je veux y aller. Vous venez avec moi ?

— Bien sûr. Je vous l'ai dit... je ne vous quitte plus.

— Il faut que j'aille me préparer, dis-je en levant les yeux vers l'inspecteur Sharpe. C'est bon ?

— Pour l'instant, oui. Je vous contacterai si quelque chose se passe.

— Merci, dis-je. Liv, peux-tu appeler un taxi ?

— Pas question, dit Jax. Vous ne monterez pas dans la voiture d'un inconnu. Je vous ramène.

Je hoche la tête, prête à m'éloigner le plus possible de cet endroit.

Dehors, Jax et moi nous dirigeons vers le parking où sa moto est garée.

— Comment va votre bras ? demande-t-il. Je peux demander à Griff de venir nous chercher avec sa Ford Expedition si la moto ne vous dit rien.

Mon estomac s'effondre et je n'ai qu'une envie : monter à l'arrière de cette moto et m'agripper) lui.

— Non, ça me va.

D'un signe de tête, il se débarrasse de sa veste en cuir et me la tend.

— Pour que vous n'ayez pas froid, dit-il.

Je glisse mes bras dans l'énorme veste, en faisant très attention à mon bras droit bandé. Sa veste pend sur moi comme une tente et j'ai probablement l'air ridicule, mais je m'en moque. Il me tend un casque ouvert de style vintage que j'adore immédiatement. C'est tellement mieux que les casques à visière qui couvrent tout le visage. Il enfile ensuite une paire de gants, met son casque et boucle la sangle.

Je fronce les sourcils, me débattant avec ma sangle, et je vois un sourire sur le coin de sa bouche.

— Besoin d'aide ?

Je sens mes joues s'échauffer.

— Je n'ai jamais fait de moto.

— Jamais ?

Il s'approche de moi et passe la main sous mon menton pour fixer la sangle.

— Accrochez-vous et serrez-vous contre moi dans les virages.

— Ça a l'air assez facile.

Il recule d'un pas et sourit.

— Quoi ? dis-je, gênée par le casque et la veste.

— Ça vous va bien, Princesse.

— Menteur.

— Je vous trouve plutôt belle avec ma veste, dit-il d'une voix bourrue.

Il passe une jambe par-dessus la selle, toujours debout, et je le regarde démarrer la moto. Il donne quelques coups de pied vers le bas, puis la moto démarre dans un vroum. Il tend un bras et me cale avec précaution derrière lui. Je me laisse faire.

— Le silencieux chauffe, alors utilisez les repose-pieds, d'accord ?

Il me montre le bas et j'acquiesce.

— Accrochez-vous bien, d'accord ? dit-il en jetant un regard par-dessus son épaule. Ce n'est pas le moment d'être timide.

Je glisse mes bras autour de sa taille et me presse contre lui, me rapprochant le plus possible. Je sens sa respiration rapide et je souris contre son épaule. Ses abdominaux durs se sentent sous le tissu fin de son t-shirt et je laisse mes mains jointes glisser un peu plus bas jusqu'à ce qu'elles effleurent la ceinture de son jean.

Sa grande main gantée s'abaisse, recouvre les deux miennes et les remonte.

— À moins que vous ne vouliez que j'aie un accident, vous feriez mieux de garder ces mains un peu plus haut.

— Désolée, dis-je.

Même si je ne le suis pas.

Jax fait tourner le moteur et nous sortons du parking pour nous engager dans la rue. Je me serre contre lui, savourant la force de son corps, et à chaque fois qu'il change de vitesse, je me rapproche de lui. Il sent le cuir, le savon et la cigarette, et je commence à m'y habituer. Je commence à aimer son odeur unique.

La moto est bruyante et il est impossible de parler, alors je m'accroche et je profite de la sensation de son corps dur et chaud, en me calant contre lui dans les virages. Mes entrailles sont comme liquides et palpitantes. Il me fait ressentir des choses que je n'ai jamais ressenties auparavant. Il me donne envie de faire des choses que je n'ai jamais faites auparavant.

Comme conduire une moto, jurer et tirer avec une arme à feu.

Qui sait, je pourrais vouloir me faire tatouer.

Nous prenons un dos d'âne et mes mains descendent, effleurant le devant de sa fermeture éclair. Il tressaille et je crois l'entendre jurer. Ses mains gantées se tordent et le moteur vrombit.

— Tenez-vous bien, Easton, me prévient-il par-dessus son épaule.

Mais je n'ai pas envie de bien me comporter. J'ai envie de le séduire. Presque d'elles-mêmes, mes mains se glissent sous son t-shirt et commencent à explorer ses abdominaux durs, mes ongles griffant légèrement les sillons musculaires.

— *Putain*, siffle-t-il.

J'entends clairement sa voix. Je lève la main et trace un cercle autour de son mamelon plat. Tout son corps est aussi dur qu'un roc et j'aime le sentir et qu'il réagisse ainsi.

Soudain, Jax tourne le guidon vers la droite, franchit le trottoir et s'arrête sous un énorme arbre ombragé dont les longues branches ondulantes s'envolent dans la brise du crépuscule. Il prend mon bon bras gauche et me fait glisser pour que je sois à califourchon sur lui, sur ses genoux, et que nous nous soyons l'un face à l'autre.

Le soleil est presque couché et l'endroit où nous nous sommes arrêtés est caché par la circulation. Le regard noir de Jax est glacé, comme du chocolat fondu, puis il capture mes lèvres dans un baiser qui met fin à tous les doutes. Il fait chaud et humide et j'ai envie de passer mes doigts dans ses cheveux, mais nous avons encore tous les deux nos casques, alors j'enfonce mes mains sous son t-shirt. Le haut de mes doigts se glisse sous sa ceinture.

Il gémit dans ma bouche et je sens ses mains se déplacer autour de mes hanches et serrer mes fesses. Il dresse ses hanches vers le haut, et même à travers son jean, je peux sentir l'épaisse bosse sous sa fermeture éclair.

Je ne peux pas m'arrêter de l'embrasser et lorsque je remonte le long de son torse pour trouver son cou, je sursaute alors qu'une douleur fulgurante me traverse l'épaule droite. Un petit cri s'échappe de ma bouche et Jax se retire, le regard brûlant et plein d'inquiétude.

— Tu dois faire attention, bébé. On t'a tiré dessus aujourd'hui.

Un rire jaillit et je pose mon visage contre son torse. Alors que notre respiration ralentit et que nous reprenons un semblant de contrôle, je sens la caresse réconfortante de sa main le long de ma colonne vertébrale.

— Tu sais que je ne te laisserai pas ce soir, n'est-ce pas ? me souffle-t-il à l'oreille.

— Je sais, dis-je en le serrant plus fort dans mes bras.

16

JAX

Je crois que mon rythme cardiaque est enfin revenu à la normale après le trajet en moto jusqu'à chez Easton. Nous sommes dans la grande salle à l'arrière de la maison et son équipe l'entoure, la préparant pour la soirée à venir et lui posant un million de questions sur ce qui s'est passé plus tôt sur le plateau.

Je m'assois dans un coin, la jambe appuyée sur le genou opposé, et je surveille de près. Si j'avais pris la situation plus au sérieux, cela ne serait jamais arrivé. Je ne crois pas qu'il s'agisse d'un accident, mais seul l'avenir nous le dira. En attendant, je ne perds pas Easton de vue.

Mon regard la parcourt lentement et paresseusement. Depuis les orteils vernis de ses petits pieds nus... jusqu'à ses jambes croisées à l'aspect lisse qui dépassent de la fente de sa robe... en m'arrêtant sur ses seins ronds, qui se sont si bien pressés contre mon dos sur le chemin, et sur cet appétissant aperçu de son décolleté... la délicieuse courbe de son cou... et, enfin, le plus beau visage que j'aie jamais vu.

Au-delà du physique, je trouve son courage très séduisant. Easton Ross est une battante et n'a pas peur d'aller de l'avant quand les choses deviennent difficiles.

Lorsque Micah s'écarte pour estomper un peu de fard sur une

pommette, ses yeux verts brillants rencontrent les miens. Nous ne pouvons pas arrêter de nous regarder l'un l'autre. Une électricité inexplicable circule entre nous et il est inutile de nier l'attirance plus longtemps.

Sylvie vaporise de la laque sur ses ondulations et, tandis que Micah applique un rouge à lèvres rouge vif, je sens ma gorge s'assécher et ma bite durcir. Je me déplace sur la chaise et je souhaiterais que nous soyons seuls ici. Seuls. Pour qu'on puisse enfin monter dans son grand lit et s'arracher mutuellement nos vêtements.

Une fois qu'ils en ont fini avec elle, Easton se lève et lisse son peignoir.

— Merci, dit-elle alors qu'ils commencent à ranger leurs valises. Il ne me reste plus qu'à m'habiller, me dit-elle.

Puis elle baisse ses épais cils noirs dans un lent regard séducteur.

Elle regarde le renflement sur le devant de mon jean. Soyons honnêtes, c'est difficile de le louper.

Ses cils se relèvent et ses yeux verts malicieux scintillent.

— Tout va bien, Jax ? demande-t-elle d'une voix sulfureuse.

La garce. Je suis ici en train de souffrir et elle en profite pleinement. Je laisse échapper un souffle tremblant et elle sourit avant de s'éloigner pour enfiler une robe sexy, j'en suis sûr.

Quelques instants plus tard, la porte d'entrée s'ouvre et l'alarme de la maison retentit.

Je me lève d'un bond et fonce dans le couloir, je sors mon Glock et je vise le connard qui se tient dans l'embrasure de la porte.

En me rapprochant, je reconnais Daniel Rogers, le petit ami stupide. Et il tient une clé.

Une vague d'agacement me traverse alors que je le dépasse et que je tape le code de l'alarme. La sirène s'arrête, je ferme et verrouille la porte d'entrée, et je range mon arme dans ma ceinture. Puis je me retourne et lui tends la main.

— Donne-moi ça, ordonné-je.

Il a un air confus, comme s'il n'avait aucune idée de ce qui se passe, quand Easton apparaît derrière nous.

— Tout va bien ? demande-t-elle.

— Bien, dis-je en grinçant des dents. Mais je veux sa clé. Personne ne devrait en avoir une copie à part toi et Liv.

— Qui est ce type ? demande Daniel en me regardant. Et pourquoi a-t-il une arme ?

— Je suis Jax Wilder et Easton m'a engagé pour la protéger. Alors donne-moi cette putain de clé ou je te la prends de force.

Les yeux écarquillés, il la dépose dans ma paume ouverte. Je pense qu'il n'est manifestement pas un homme de confrontation.

Il me dépasse d'un regard méfiant et se dirige vers Easton.

— Qu'est-ce qui se passe avec l'alarme sonique ?

— Jax a installé un nouveau système de sécurité.

— Pourquoi ? demande-t-il.

Pourquoi ? Est-ce que ce type se moque de moi ? Est-ce qu'il a la moindre idée de ce qui se passe dans la vie d'Easton ? Est-ce qu'il s'en soucie ?

Je décide de le détester d'emblée.

— À cause du harceleur, Daniel, explique-t-elle patiemment.

— Allez, E, tu n'es pas sérieuse. Tu as reçu quelques messages d'un fan trop zélé. C'est tout. Et ça va probablement aider à augmenter les ventes de billets pour l'ouverture ce week-end.

Et voilà. Quelque chose en moi vrille et je m'approche de Daniel. Je le domine de toute ma hauteur et j'observe son visage niais.

— Pour ta gouverne, quelqu'un a essayé de tuer Easton aujourd'hui. Alors, oui, je pense que l'alarme est assez importante.

Sa bouche se ferme et il recule d'un pas.

— E ? C'est vrai ?

Je déteste quand il l'appelle comme ça. Ça me fait froid dans le dos.

Easton soulève le bord de l'écharpe de soie qui entoure le haut de son bras droit pour révéler le bandage blanc.

— Il y a eu un accident sur le plateau aujourd'hui. Une vraie balle s'est mélangée aux balles à blanc.

— C'est impossible.

— Non, visiblement, dis-je. Son bras a été effleuré par une putain de balle.

— Jax, dit Easton en lui tendant la main.

Elle me lance un regard du genre « c'est bon », alors je recule. À contrecœur.

— Le tournage a été arrêté et une enquête est en cours, explique-t-elle. J'espère qu'ils auront bientôt des réponses. En attendant, Jax me sert de garde du corps.

— C'est dommage pour le tournage, dit-il. Et tu penses que c'est le même type qui a laissé des messages sur ton répondeur ?

Je roule des yeux et me retiens de répondre. *J'emmerde le tournage. Easton a failli se prendre une balle dans l'épaule.* Ce type n'a vraiment aucune notion de rien et il m'énerve. Je serre les dents et m'arme de patience.

— Nous ne savons pas, dit-elle. Mais il y a eu plus que quelques messages inoffensifs.

— Huh, dit-il en regardant sa montre. Nous ferions mieux d'y aller ou nous allons rater le tapis.

Incroyable, putain.

Easton expire longuement et me jette un coup d'œil inquiet. Si elle me connaît un tant soit peu, et je pense que c'est le cas, elle peut voir que je lutte pour ne pas donner un coup de poing à cet idiot.

— Jax vient aussi, dit-elle.

— Ah ? Pourquoi ?

— Parce que je suis son foutu garde du corps, dis-je en franchissant la porte d'entrée.

Je crois voir un petit sourire éclairer le visage d'Easton quand je me retourne.

Le trajet jusqu'à l'hôtel est atroce. Daniel conduit sa BMW avec Easton à l'avant et je m'étale sur le siège arrière, les jambes tendues, avec l'envie de frapper quelque chose. J'ai besoin d'une putain de cigarette, me dis-je.

L'hôtel historique Hollywood Roosevelt est situé au cœur d'Hollywood, à quelques pas du Walk of Fame et du Kodak Theatre, où se déroulent les cérémonies de remise des Oscars. Comme il n'y a pas de place de parking, Daniel se gare devant l'hôtel et laisse la voiture au voiturier.

Je me glisse sur la banquette arrière, en colère et irritable. Je pense que Daniel Rogers est une ordure et qu'il n'est pas assez bien pour Easton. Pourquoi perd-elle son temps avec ce minable ? Il me laisse un mauvais goût dans la bouche et je décide de faire quelques recherches sur lui dans la matinée.

Je les suis à l'intérieur, en gardant mes distances, mais suffisamment près pour entrer en action et protéger Easton si nécessaire. Daniel lui prend la main et l'entraîne directement vers un mini tapis rouge installé au milieu du hall d'entrée de style espagnol.

Il est clair que Daniel aime être au centre de l'attention, mais personne ne le remarque. C'est pourquoi il a besoin d'Easton Ross. Dès que les photographes la voient, les appareils photo fusent et les gens l'appellent par son nom. Je m'adosse à une arche de pierre fraîche et croise les bras.

Avec son teint de porcelaine, ses boucles couleur corbeau et ses lèvres rouges, elle ressemble à une starlette hollywoodienne classique. J'étais tellement énervé tout à l'heure que je n'ai pris le temps de regarder sa robe. On la croirait sortie d'un vieux film avec Grace Kelly. Une robe sans manches, à pois noirs et blancs, avec une taille cintrée et une jupe ample, longue. Des perles reposent sur son cou fin et ornent ses oreilles. Et, bien sûr, elle porte un foulard de soie rose autour du bras pour cacher son bandage.

Easton Ross est une catégorie à part entière, à n'en pas douter.

— Easton ! Est-ce vrai qu'il y a eu un accident sur le plateau tout à l'heure ? Le tournage est arrêté ? Vous allez bien ?

Je tourne la tête vers la journaliste et son flot de questions. Comment diable cela a-t-il pu être divulgué ? Je passe une main dans mes cheveux et fronce les sourcils. Bien sûr, Easton gère la situation avec le plus grand aplomb.

— Tout le monde va bien et la situation est sous contrôle, dit-elle. Il n'y a pas lieu de s'inquiéter, mais je vous remercie de votre attention.

— Ne vous en faites pas , dit Daniel en passant un bras autour de la taille d'Easton. Je veille sur ma beauté.

Je la vois se raidir, mais elle sourit poliment. Je ne pourrais pas détester davantage cet enfoiré. *Quelle blague !* Il n'a aucune idée de ce qui s'est passé et, j'en suis sûr, il s'en fiche complètement. Tant qu'il a ses quelques minutes sous les projecteurs, c'est tout ce qu'il veut.

J'adresse à Daniel Rogers un regard de mort. Ils poursuivent leur lancée sur le tapis et s'éloignent. Je les suis à une distance discrète et je vois Easton se retourner, me cherchant du regard. Quand ses yeux verts rencontrent les miens, j'y vois du soulagement et elle me fait un demi-sourire. J'incline la tête dans sa direction et lui lance un clin d'œil.

Daniel dit quelque chose, puis s'éloigne pour parler à des hommes d'affaires. Mais Easton n'est pas seule plus d'une seconde avant qu'un groupe ne l'entoure. D'après ce que je peux voir, il s'agit de son attaché de presse et d'un représentant du studio. Ils parlent de la mini conférence de presse organisée près de la piscine à l'extérieur.

Alors qu'ils la guident vers la porte latérale, quelqu'un lui tend une coupe de champagne et mes yeux se rétrécissent. J'accélère le pas, me rapprochant d'elle, alors qu'ils installent Easton dans un fauteuil au bord de la piscine. Au moment où elle soulève le verre pour en boire une gorgée, je m'approche et enroule mes doigts autour de la tige, recouvrant sa main.

— Qui t'a donné ça ? dis-je alors que mes doigts se pressent contre les siens et je la regarde par-dessus le rebord.

Ses yeux verts s'écarquillent et ses lèvres rouges et pulpeuses forment un O parfait.

— Je ne suis pas sûre, dit-elle en fronçant les sourcils.

Je le soulève et le renifle. Ensuite, je le fais tourner, j'y trempe un doigt et j'y goûte.

— Mieux vaut prévenir que guérir, lui dis-je, et je le jette dans la plante en pot la plus proche.

— Merci, Jax, dit-elle à voix basse.

J'acquiesce et me fonds dans l'ombre. Il est important que je puisse garder un œil sur elle, mais je ne veux pas lui marcher sur les pieds et gâcher sa soirée. Elle doit travailler et je dois m'assurer qu'elle peut le faire en toute sécurité.

Et, bien que je veuille que cette soirée se termine rapidement, elle s'éternise pendant encore trois heures. Tout le monde veut parler à

Easton Ross. Après que la ronde des journalistes lui ait posé les mêmes questions à la piscine pendant près de deux heures, elle est bombardée par un millier d'autres personnes.

Je ne comprends pas comment elle peut rester aussi gracieuse et aimable. J'aurais envie de les envoyer promener et de me casser. Mais pas Easton. Elle est vraiment remarquable lorsqu'il s'agit de répondre aux questions, aux commentaires et aux compliments des gens, même s'ils sont personnels ou inappropriés.

J'admire vraiment cette femme. Non seulement elle est calme et posée dans une situation comme celle-ci, où tout le monde veut des infos, mais elle est aussi très forte. Tous ceux qui se sont fait tirer dessus tout à l'heure seraient probablement restés chez eux et n'auraient pas assisté à cette petite soirée.

Mais pas Easton.

C'est étrange, mais Daniel ne passe pas beaucoup de temps avec elle. Il vient la voir de temps en temps, mais si je n'étais pas au courant, je ne devinerais jamais qu'ils sont en couple. Il semble plus intéressé à parler affaires avec les autres qu'à être avec sa belle petite amie.

Mince. L'idée qu'il passe du temps avec elle sexuellement me donne envie de vomir dans la plante où j'ai vidé son verre. Je ne peux pas imaginer qu'il ait ce qu'il faut pour la satisfaire. L'idée de ses mains sur elle, de sa bouche sur elle, de sa bite en elle me fait sortir mon paquet de Marlboro froissé pour m'en allumer une.

Merde. J'essaie d'effacer cette image de ma tête et j'aspire la fumée à pleins poumons. Après quelques bouffées, je me sens un peu plus calme. Et puis, un connard s'approche et me dit que je dois l'éteindre.

— Je suis désolé, monsieur, mais il est interdit de fumer ici.

— Désolé, je grommelle, prends une autre dose rapide avant de l'écraser sous mon talon.

Putain de Californie. Tout le monde ici agit comme si fumer était l'un des sept péchés capitaux et pire que le meurtre. Je roule des yeux et cherche Easton.

Je ne suis pas surpris de voir qu'elle est toujours entourée d'un groupe de personnes. Elle a l'air un peu fatiguée et je la surprends en train d'ajuster l'écharpe sur son bras. Instantanément, je m'approche et me place derrière elle.

— Ton bras te fait mal ? lui demandé-je à l'oreille.

Elle lève ses yeux verts et je peux y lire la réponse.

— Viens, dis-je en l'entraînant à l'écart de la foule.

— Où allons-nous ? demande-t-elle en se dépêchant de suivre mes grandes enjambées.

— Chez toi.

— Jax, je ne peux pas partir tout de suite.

— On va voir, dis-je en désignant son bras d'un signe de tête.

Elle se retourne et mes longs doigts commencent à dérouler l'écharpe rose. *Merde.* Je vois le sang couler à travers le bandage.

— Nous partons. La blessure saigne et il faut changer le pansement.

Ses yeux s'écarquillent un peu en voyant le sang et elle acquiesce.

— Où est Daniel ? demande-t-elle.

— Pourquoi ?

— Eh bien, c'est notre chauffeur.

Je me mords la langue. Un jour ou l'autre, je vais lui dire ce que je pense de Daniel Rogers. Mais ce n'est pas le moment.

— Le voilà, dit-elle en se dirigeant vers l'endroit où il bavarde avec un couple de directeurs de studio.

Je reste en retrait, mais je vois bien qu'il n'est pas content quand elle interrompt la conversation et lui dit qu'elle veut partir. Elle lui montre son bras et il fait la grimace. *Ce type est incroyable.* Alors que je suis sur le point de m'approcher et d'exiger qu'il ramène son petit cul à la voiture, il soupire et dit au revoir.

Je les suis dans le hall et je sors par la porte d'entrée. Pendant que le voiturier ramène la voiture, Daniel me regarde comme s'il voulait dire quelque chose, mais il est trop trouillard pour l'ouvrir. J'aimerais bien qu'il commence à s'énerver avec moi parce que, croyez-moi, je lui tomberais dessus si vite qu'il ne saurait pas ce qui l'a frappé.

Daniel et Easton montent à l'avant et je me glisse à nouveau sur la banquette arrière. Je me détends et regarde les lumières d'Hollywood Boulevard passer devant la fenêtre. Ils ne se disent pas grand-chose et mon esprit commence à vagabonder, revenant sur le souvenir d'Easton à l'arrière de ma moto plus tôt dans la soirée.

C'est elle qui a commencé en passant ses mains sous mon t-shirt. Si elle ne voulait pas de moi, elle n'aurait jamais fait ça. Même après que je l'ai avertie de se tenir tranquille, elle a redoublé d'audace.

Une petite coquine. Eh bien, si elle me veut, elle peut m'avoir. La prochaine fois, je ne l'arrêterai pas et je doute sérieusement de pouvoir m'arrêter moi-même.

Lorsque nous retournons chez elle, Daniel s'engage dans l'allée circulaire et je sors avant que la voiture s'arrête. Je ne veux pas entendre leurs adieux ni même penser qu'il pourrait l'embrasser. Je me dirige vers la porte d'entrée, j'utilise ma clé et je coupe l'alarme. Au moment où je me retourne pour fermer la porte, je les vois sortir tous les deux de la voiture.

Putain. Il est censé partir, pas entrer avec nous, me dis-je, et je sens ma colère monter en flèche.

Lorsqu'ils atteignent la porte, Easton croise mon regard perçant et semble mal à l'aise. Elle peut, si elle a l'intention de nous faire passer tous les deux la nuit ici.

Daniel me lance un regard suffisant en passant et se dirige vers la chambre d'Easton.

Une fois qu'il est hors de portée de voix, je lève un sourcil.

— Il passe la nuit ici ?

Je n'essaie même pas de cacher la colère dans ma voix. Ou la jalousie flagrante.

— Jax, je vais juste lui parler...

Et merde. Je ne veux pas entendre d'excuses en rapport avec ce trou du cul. Et je ne veux surtout pas les entendre faire l'amour.

— Fais ce que tu veux. Assure-toi juste de changer ça, dis-je en faisant un signe de tête vers son bandage. Je serai dans la chambre d'amis dans l'autre aile.

Je lui lance un regard appuyé, puis je monte les escaliers à grands pas, comme un petit garçon qui n'a pas obtenu ce qu'il voulait. Ou comme un homme qui doit regarder sa femme partir avec un autre homme.

Je vois littéralement rouge. Je n'arrive pas à me faire à l'idée qu'elle soit avec Daniel. Je sais que je lui ai dit que je serais dans l'autre chambre d'amis, mais je me dirige vers l'endroit où j'ai dormi auparavant. Là où les escaliers en colimaçon relient sa chambre à la mienne.

Si une situation de vie ou de mort survient soudainement, je dois pouvoir me rendre à Easton le plus rapidement possible. Je ne pense pas pouvoir survivre à la culpabilité que représenterait la perte d'une autre femme dont j'ai la responsabilité.

Et puis, une partie perverse de moi s'en veut parce que je n'ai pas été là pour elle aujourd'hui quand elle avait besoin de moi.

Vaincu et rongé par la jalousie, je m'assois sur le bord du lit, me penche en avant et laisse tomber ma tête dans mes mains. En quelques instants, j'entends le son de leurs voix qui s'élèvent d'en bas.

17

EASTON

Je n'ai jamais vu un homme aussi jaloux. Jax était vert quand il a monté les escaliers. Je me sens mal, mais je dois parler à Daniel et mettre fin aux choses avant d'aller plus loin avec Jax.

S'il veut encore de moi.

Je sais qu'il n'était pas content que Daniel vienne ce soir à l'événement au Roosevelt, mais s'il n'était pas venu, on m'aurait posé des questions toute la soirée.

Où est Daniel ? Êtes-vous toujours ensemble ? Y a-t-il un problème entre vous ?

Même si c'était gênant, il valait mieux que Daniel vienne.

Alors que je me retourne pour lui parler, il enlève sa cravate et la jette sur une chaise. Lorsqu'il commence à déboutonner sa chemise, je lève la main.

— Il faut qu'on parle, dis-je.

Il s'approche de moi et pose une main sur ma taille.

— On pourra parler plus tard, dit-il en se penchant pour m'embrasser.

Rien n'a jamais été aussi mal joué.

Les lèvres de Daniel sont froides et minces lorsqu'elles se posent sur les miennes. Je ne trouve pas en moi la force de répondre. Ses yeux toujours ouverts, je m'éloigne de lui.

— Je suis désolée, je ne peux pas, dis-je.

Quelque chose brille dans ses yeux. Pas de la colère, mais plutôt de la clarté.

— Qu'est-ce qui se passe entre vous deux ? demande-t-il.

Malgré tous ses défauts, Daniel n'est pas stupide.

— Quoi ?

— Allez, E, j'ai des yeux. Tu le baises ?

— Non !

— Mais tu veux le faire.

Ce n'est pas une question et je ne peux pas le nier.

— Hé ben, vas-y, tu as mon accord. Ensuite, quand tu auras fini de t'encanailler avec ce type, allons de l'avant et oublions tout ça. Nous avons des choses plus importantes à gérer.

Je n'arrive pas à croire que ces mots insensibles sortent de sa bouche. Si j'avais des doutes sur ses sentiments, il vient de confirmer qu'il n'en a rien à faire de moi. Tout ce qui compte, c'est ce que je peux faire pour lui.

Je m'efforce de garder mon calme, mais je sens que je perds un peu le contrôle.

— Comme quoi ? demande-je en serrant les dents.

— Comme mon film, E. Je demande à Leo de rédiger le contrat et je veux que tu le signes dans la matinée. Tu as assez traîné les pieds. Et maintenant que ton autre film est en pause, tu peux te consacrer au mien.

Il a l'air ravi et je me demande comment je n'ai pas remarqué ce côté de lui plus tôt. Mon Dieu, c'est un tel narcissique.

Je secoue la tête.

— Non, je ne crois pas.

Pour la première fois depuis que nous avons commencé à parler, je vois le premier éclair de colère et sa voix s'élève.

— Comment ça « non » ?

— Daniel, ça ne marche pas. Je ne veux pas être avec toi plus longtemps.

— J'ai dit que je me fichais que tu baises ce trou du cul, Easton ! hurle-t-il.

— Ce n'est pas un trou du cul, dis-je en défendant Jax. Il me protège, ce qui est plus que ce que tu fais.

Il se met à rire.

— C'est vrai ? Tu ne le paies pas peut-être ?

Je ne nie rien.

— Réveille-toi, Easton ! Ce type est un minable qui aimerait bien te baiser pour pouvoir se vanter auprès de tous ses amis qu'il a baisé une star de cinéma.

Mon cœur s'affaisse.

— Ce n'est pas vrai, dis-je.

— Bien sûr que si. Ne sois pas naïve. Ce n'est rien d'autre qu'un rat de gouttière.

A-t-il raison ? se demande une petite partie de moi. Je n'ai jamais su choisir un bon mec, alors pourquoi Jax serait-il différent ? *Regarde les choses en face, Easton, c'est un bad boy jusqu'au bout des ongles. Tu le sais bien.*

Daniel me regarde d'un air boudeur.

— Le moins que tu puisses faire, c'est de jouer dans mon film. Enfin, E ! Tu sais combien d'actrices me suceraient pour ce rôle ? C'est quoi ton problème ?

— C'est toi le putain de problème, dit une voix mortelle depuis le bas de l'escalier.

Je me retourne et je vois Jax. Je ne l'ai même pas entendu descendre. Ses yeux sombres flamboient comme un feu d'enfer et ses mains sont crispées en poings.

— Va te faire foutre, lui dit Daniel comme s'il chassait une mouche.

Grosse erreur.

En trois grandes enjambées, Jax est en face de lui, le tirant par le col jusqu'à ce qu'il soit sur la pointe des pieds.

— Je crois qu'il est temps que tu te barres, dit-il en serrant les dents.

Daniel s'écarte, le visage rouge, en bafouillant :

— Ouais, ou quoi ? demande-t-il en se forgeant un peu de bravoure.

— Ou je t'y obligerai, dit Jax.

— Vas-y, essaye. Pose encore tes mains sales sur moi et je te poursuivrai en justice si vite...

Bam ! Avant même que je ne réalise ce qui se passe, Jax assène un coup de poing au niveau de la mâchoire de Daniel, qui pivote sous la force du coup.

Oh, mon Dieu. Je fais un pas en avant, mon regard passant de Jax à Daniel qui tient une main contre le côté de son visage enflé.

— Tu vas le regretter, crache-t-il avant de gémir sous l'effet de la douleur.

— Je ne fais que commencer, dit Jax en faisant un pas en avant.

Je m'élance entre eux et pose une main sur le torse de Jax.

— Ne fais pas ça, le supplie-je.

Son regard noir revient sur moi et il hoche la tête d'un coup sec.

Je me retourne vers Daniel.

— Laisse tomber, Daniel, dis-je d'une voix lasse.

Il secoue la tête avec dégoût en passant devant nous.

— Vous allez bien ensemble tous les deux, grogne-t-il.

Au moment où les mots sortent de sa bouche, Jax fait semblant de s'élancer et Daniel s'éloigne, accélère le pas et se précipite hors de ma chambre puis dans le couloir. Un instant plus tard, j'entends la porte d'entrée claquer si fort que toute la maison en tremble.

— Tu vas bien ? demande Jax.

Sa voix grave est empreinte d'inquiétude et je me tourne vers lui.

La férocité de son regard a disparu et, à la place, je vois ses yeux marron chocolat se fondre dans un caramel profond. Je cligne des yeux, mon attention glissant sur sa pommette haute, le long de sa mâchoire anguleuse, jusqu'à ses lèvres.

Et mon cœur commence à battre la chamade alors qu'une chaleur intense s'installe entre mes jambes.

Personne ne m'a jamais défendue comme ça. Jax est mon protecteur et je n'y réfléchis pas à deux fois avant de me blottir contre son corps ferme. Ses bras se lèvent instantanément et s'enroulent autour de moi tandis que je me redresse et trouve sa bouche.

Nos langues s'enchevêtrent, et je presse la longueur de mon corps contre le sien avec impatience. Je veux sentir chaque angle et chaque muscle, me dis-je, et je fais onduler mes hanches contre son érection qui grandit. Il gémit dans ma bouche, glisse ses mains sous mes fesses et me soulève.

J'enroule mes jambes autour de son corps et il me porte jusqu'au lit, dévorant ma bouche de baisers intenses et humides. Ma main glisse dans ses cheveux ébouriffés et je passe l'autre sur les poils de sa mâchoire. Lorsqu'il s'apprête à m'installer sur le lit, je déroule mes jambes et me tiens sur le bord pour être à hauteur de ses yeux. Je saisis le bord de sa chemise et la relève avec plus de force que je n'en avais l'intention.

Elle se déchire et son grand torse gronde d'un rire profond.

— Doucement, princesse, dit-il, puis il se penche et commence à embrasser mon cou d'une manière qui me chatouille les orteils. Je te laisserai me déshabiller. Mais seulement si je peux te déshabiller aussi.

Je sens mes joues s'enflammer et je laisse échapper un souffle tremblant lorsqu'il fait glisser très lentement la fermeture éclair de ma robe dans mon dos. Puis, quand elle s'ouvre, il baisse la tête et fait tournoyer sa langue sur le haut de mes seins.

Je me penche en avant, saisis d'une main la chaîne d'argent et la médaille qui pendent à son cou et enfonce mes doigts dans son épaule nue jusqu'à y laisser des marques en forme de croissant de lune avec l'autre. *Mon Dieu, je veux cet homme.* Je vois flou lorsque je sens ses mains desserrer la ceinture autour de ma taille et que la robe glisse sur moi et tombe au sol. Je le sens reculer, ses yeux brillants de passion s'imprègnent de chaque centimètre de moi, du soutien-gorge sans bretelles en dentelle qui se prolonge le long de mon ventre jusqu'à la culotte assortie.

— Mon Dieu, tu es belle, dit-il en faisant glisser ses grandes mains le long de mes hanches, sur mon ventre frémissant, puis sur mon soutien-gorge noir. Je vais te dévorer, me prévient-il en glissant ses mains dans les bonnets de dentelle avant de commencer à pétrir mes seins.

— Pas si je te dévore d'abord, dis-je en me pressant davantage dans ses mains, mes mamelons se resserrant en petites perles dures.

La chaleur monte dans son regard et il s'arrête, regardant le bout de mes doigts se promener sur le tatouage sur le côté gauche de son torse. Plus bas, je remarque plusieurs cicatrices sur le côté droit. De petites blessures circulaires. Je ne peux m'empêcher de penser qu'elles ressemblent à des impacts de balles et mon cœur se serre.

Ce n'est pas le moment de lui demander, alors je me concentre sur l'incroyable œuvre d'art qui recouvre ses pectoraux toniques. Le haut d'une croix décorative qui se transforme en crâne à travers des vrilles de fumée. C'est en noir et blanc avec des nuances de gris, comme ses autres tatouages, et cela lui donne un air dangereux.

— Je voulais faire ça depuis longtemps, dis-je en me penchant pour passer ma langue sur l'encre.

Je le sens frémir lorsque je passe ma langue sur son mamelon plat. Mes mains glissent le long de ses abdominaux et atteignent le bouton de son jean. Il avance ses hanches sculptées, me laissant faire ce que je veux, et je défais la fermeture éclair. En faisant glisser son jean jusqu'au sol, je m'abaisse également jusqu'à ce que mes genoux touchent le matelas.

Face à face avec son boxer, je déglutis bruyamment, je presse mes lèvres rouges l'une contre l'autre. *Wow. Impressionnant.*

Il écarte le jean et se met à ma hauteur, me repousse sur le lit et étend son long corps sur le mien. La chaîne en argent autour de son cou pend au-dessus de moi tandis qu'il s'appuie sur un coude. Il enfonce son autre main dans mes cheveux, incline mon visage vers lui pour un baiser torride. Lorsque son bassin s'écrase contre la dentelle entre mes jambes, je gémis et me cambre.

Il me fait tellement mouiller que je pourrais mourir.

Je suis perdue dans un brouillard de passion, alors quand j'entends du verre se briser, il me faut un moment pour réaliser ce qui se passe. Jax se redresse. Puis il saute du lit, prend son arme sur la table de nuit et se dirige rapidement vers les portes-fenêtres.

Je me lève d'un coup sec, remontant le drap autour de moi.

— Cache-toi, prévient Jax.

Il déverrouille les portes arrière et disparaît à l'extérieur.

La panique s'empare de moi et je glisse du lit. Une brique est posée sur le sol, un objet blanc y est accroché par un élastique.

On n'a jamais remis l'alarme en marche après que Daniel soit parti en trombe. Parce que je me suis jetée sur Jax. Je m'efforce de voir la lumière du patio et quelques minutes plus tard, il réapparaît. Il se penche et ramasse la brique.

— Attention, dis-je, alors qu'il contourne des éclats de verre.

Il prend le morceau de papier et le déplie. Un regard sombre s'installe sur son beau visage.

— Qu'est-ce que ça dit ? dis-je.

Il lève les yeux et je vois un muscle se contracter dans sa mâchoire. Puis il lit les mots de mauvais augure : *Oups. Je t'ai ratée aujourd'hui sur le plateau. Je suppose que je vais devoir réessayer. Fais de beaux rêves, Easton.*

L'air quitte mes poumons et je me sens faible. Je vacille et Jax me prend dans ses bras. Les larmes me brûlent les yeux et je commence à pleurer.

— Qui fait ça ? dis-je, en m'accrochant à lui.

— Je ne sais pas, mais je ne laisserai personne te faire du mal, dit-il en me berçant contre son torse lisse et nu. Je te le promets, murmure-t-il en déposant un baiser sur mon front.

18

JAX

J'allonge Easton sur le lit, remonte les couvertures jusqu'à son menton et enfile mon jean et mes bottes.

— Ne bouge pas, dis-je en déposant un baiser rapide sur son front. Je reviens tout de suite.

— Où vas-tu ? demande-t-elle.

— Je vais faire le tour de la maison. Voir si je trouve quelque chose.

— Fais vite, dit-elle.

D'un signe de tête, je vérifie mon Glock et je sors. Les choses s'aggravent et je ressens une légère panique. C'est ce que j'ai ressenti juste avant la mort de Madison.

Arrête, me dis-je. *C'est une situation complètement différente et tu la maîtrises. Easton est en sécurité, sous ta protection et il ne lui arrivera rien.*

Alors pourquoi ai-je l'impression de rater quelque chose ?

J'ouvre la porte d'entrée, je sors dans la nuit et je cherche des traces de l'intrus qui a jeté la brique à travers la vitre du patio. Je pense que l'intrus est entré dans la cour ou au moins jusqu'au bord de la cour, avec une sensation d'affaissement dans l'estomac. Je contourne la maison et longe les haies à la recherche de traces de pas.

Rien.

Au bord de la colline, les haies sont moins hautes et je peux voir directement sur le patio et dans la chambre d'Easton. Je m'agenouille et remarque des branches cassées. Celui qui a lancé la brique est passé ici et a dû se faufiler dans le patio et s'approcher pour être sûr d'atteindre sa cible.

Je soupire, me lève et retourne à l'intérieur.

Je ne peux pas activer l'alarme car la porte en verre est brisée. Alors, à la place, j'accroche un drap supplémentaire sur le trou béant pendant qu'Easton, vêtue de sa chemise de nuit soyeuse, ramasse le verre brisé.

— Tu penses pas que ce type reviendra ce soir, si ? demande-t-elle.

J'entends l'inquiétude dans sa voix et je secoue la tête.

— Non, pas ce soir. Mais s'il le fait, il aura à faire à moi.

Je lui prends la main et la guide vers le lit.

— Ne t'inquiète pas. Je vais rester ici avec toi toute la nuit.

Elle se glisse dans le lit et je relève le drap. Elle attrape ma main quand je commence à la retirer.

— Tu ne viens pas au lit ? demande-t-elle.

— Pas pour le moment, dis-je, la voix pleine de regrets.

Je serre sa main, puis elle la passe sous son menton et me regarde attraper une chaise à proximité et la traîner entre son lit et la porte en verre brisé.

Je m'assois, le Glock posé sur ma cuisse, et je me retourne, elle m'observe.

— Dors, princesse, lui dis-je. Tu es en sécurité.

Il serait si facile de retourner au lit avec elle, mais je ne peux pas. J'ai dit que je ne pensais pas que le type reviendrait, et je ne crois pas qu'il reviendra, mais je ne veux pas être pris au dépourvu à nouveau. Sa vie dépend de ma vigilance.

Et, après le conflit avec Daniel, elle est dans une position vulnérable. Je ne vais pas en profiter. Nous avons le temps, me dis-je, en regardant ses courbes sous le drap. Aucune femme ne m'a jamais aussi bien convenu. Et je ne parle pas seulement du physique.

Oui, son corps semble s'adapter parfaitement au mien. Mais sa personnalité tout autant. Soudain, alors que je la regarde s'endormir, je veux tout savoir sur Easton Ross. D'où elle vient, comment elle est devenue actrice, ce qui la fait rire, où et qui est sa famille, tout ce qu'elle aime. Je veux tout savoir sur ses rêves, ses espoirs, ses projets et ses désirs.

Surtout ses désirs, car j'ai l'intention de les satisfaire tous.

Je n'arrive pas à croire que je bande à nouveau. Rien que de penser à ce que nous avons fait tout à l'heure, j'ai envie de la réveiller et de finir ce que nous avons commencé.

Punaise. La façon dont elle s'est jetée sur moi ne laisse aucun doute sur le fait qu'elle le veut autant que moi. Je repense à ses lèvres rouges se déplacer sur mon torse, sur l'encre qui y est gravée. Je serre les poings et je sens une légère douleur le long de mes articulations droites, là où j'ai frappé Daniel.

Mais la douleur dans mon pantalon est bien plus douloureuse.

Demain soir, nous pourrons peut-être reprendre là où nous nous sommes arrêtés.

J'espère, sinon je risque de mourir de désir.

Je reste assis le reste de la nuit, à faire le guet, mais rien de plus ne se passe. Finalement, je pose l'arme sur le sol, j'étire mes jambes et je me repose brièvement les yeux. Mais je suis toujours en état d'alerte et prêt à bouger au moindre bruit suspect.

Malheureusement, cette chaise affreuse et délicate n'est pas faite pour un homme qui mesure plus d'un mètre quatre-vingt-dix et je ressens une douleur fulgurante dans le dos.

Je grogne de douleur, me lève et étire mes membres endoloris. Les yeux d'Easton s'ouvrent et un doux sourire ourle sa bouche.

— Viens, dit-elle d'une voix douce ensommeillée.

La nuit a été longue et je sais que je peux prendre une pause bien méritée dans les bras d'Easton sans menace imminente. Je retire mon jean et me glisse avec elle sous les couvertures chaudes. Mes bras entourent sa taille et la ramènent contre moi, son corps se courbe contre le mien. Je niche mon visage dans ses cheveux parfumés au jasmin et respire profondément.

— Tu sens si bon, murmure-je.

— J'aime aussi ton odeur. Même si tu fumes, ajoute-t-elle.

— Je viens d'arrêter, lui dis-je.

Je prends le lobe de son oreille dans ma bouche, je passe ma langue le long de son bord.

— Tu m'achèteras des chewing-gums à la nicotine ?

— Tout ce que tu veux, Jax, dit-elle en s'endormant.

Pendant la demi-heure qui suit, je la tiens dans mes bras. Et rien ne m'a jamais semblé aussi bon. Chaque fois que je couche avec une femme, je ne dors jamais. Je fais l'amour et je pars. Ou alors, je lui dis clairement que je veux qu'elle parte si nous sommes chez moi.

Je ne fais pas de câlins et je ne dors certainement pas contre une femme.

Du moins, jusqu'à présent.

Jusqu'à Easton.

Je ne sais pas quel sort elle m'a jeté, mais elle me plaît. Énormément. Et pour un bad boy comme moi, c'est vraiment nouveau et un peu effrayant.

À part ma mère et Madison, il n'y a aucune autre femme que j'ai aimée.

Aimer ? Punaise.

Le mot me terrifie un peu. Merde, je n'ai même pas encore couché avec elle. Je veux dire, je suis au lit avec elle, mais une fois que nous aurons fait l'amour et, probablement, ce sera ce soir, peut-être que ce besoin écrasant et dévorant pour elle disparaîtra.

Ou, du moins, sera atténué.

Je l'espère. Mais une partie de moi s'interroge.

Je sens Easton se retourner dans mes bras et déposer un baiser sur mes lèvres.

— Je dois me lever, murmure-t-elle. Mon coach sera là dans 15 minutes.

Je me rends compte que je me suis un peu assoupi et qu'il est maintenant 6 heures du matin. Elle se glisse hors du lit et se dirige vers la salle de bains. Je me retourne sur le dos et m'étire, appréciant la douceur de ses draps et l'odeur persistante du jasmin.

Je pourrais passer le reste de ma vie dans son lit, me dis-je avec un sourire satisfait.

Lorsqu'elle revient, je me mets sur un coude et je la regarde sortir des vêtements de sport d'un tiroir. Elle se retourne et me surprend en train de la regarder. Elle me demande :

— Quoi ?

— Rien. Je te regarde, réponds-je, la voix rauque.

Elle se mord la lèvre et ses joues rougissent. Je vois bien qu'elle hésite entre s'habiller devant moi ou retourner dans la salle de bains pour le faire. Je lève un sourcil, aux aguets.

À ma grande déception, elle va dans la salle de bains. Avec un petit rire, je me laisse retomber sur l'oreiller moelleux. Je me dis qu'elle n'était pas aussi pudique hier soir.

Pendant qu'Easton s'entraîne, j'appelle une entreprise de vitrerie locale et je passe commande pour une nouvelle vitre pour la porte. Ensuite, j'appelle Logan Sharpe. Je lui parle de la brique et du message menaçant.

— Que pouvons-nous faire ?

— Je peux poster des gardes devant la maison. Ça devrait permettre de dissuader tout incident futur.

— Très bien, dis-je.

Nous parlons encore quelques minutes, puis nous raccrochons. J'ai besoin d'un café et d'une cigarette. Mais, si je me souviens bien, je crois que j'ai arrêté de fumer après qu'Easton a fait une remarque sur le fait qu'elle n'aimait pas la fumée.

Alors, pas de cigarette, me dis-je, et j'enfile mon t-shirt. Je regarde la déchirure sur le côté et ne peux m'empêcher de sourire. Ce soir, j'ai l'intention de lui arracher ses vêtements.

Je me dirige vers la cuisine et me prépare une tasse de café noir. Alors que je soulève la tasse et bois une gorgée bien méritée, la hanche contre le comptoir, Easton et Liv entrent, discutant de son emploi du temps. Elles se tournent toutes les deux vers moi en même temps et je remarque quelque chose. Comme si elles préparaient quelque chose.

— Bonjour, dit Liv, et elle se dirige vers le réfrigérateur pour servir du jus d'orange frais.

Easton s'approche et s'assoit sur un tabouret près de moi. Elle me fait un sourire ravageur et une partie de moi fond. Avant que je puisse demander ce qui se passe, elles commencent à parler de la première d'un film et de l'after-party qui a lieu ce soir.

— As-tu déjà assisté à une première, Jax ? demande Liv.

— Quoi ? dis-je en détournant mon regard d'Easton. Euh, non.

— Tu devrais venir ce soir. C'est très amusant. Et l'after a lieu dans ce nouveau club en bas de la rue.

— Je vais là où Easton va, dis-je. Pour surveiller.

— Tu pourrais être son cavalier, dit Liv nonchalamment.

Puis elle part aussitôt.

— Je vais aller chercher des trucs pour plus tard, ajoute-t-elle juste avant de disparaître de mon champ de vision.

Son cavalier ? Je regarde et Easton rougit.

— Ils m'ont envoyé une entrée supplémentaire, explique-t-elle. Et puisque tu seras là de toute façon, autant être avec moi et ne pas rester dans l'ombre.

— Bien sûr, réponds-je lentement. Enfin, si tu veux.

— J'aimerais beaucoup, dit-elle, et mon cœur se met à battre la chamade dans ma poitrine.

Se préparer à aller à un événement avec Easton Ross n'est pas une partie de plaisir. Son entourage arrive à deux heures de l'après-midi et le film ne commence qu'à sept heures. Pendant qu'ils commencent à s'occuper d'elle, elle me dit de monter prendre une douche.

Je saute dans la douche de la chambre d'amis et me savonne. Dix minutes plus tard, je remets mon jean usé et mon t-shirt déchiré. Je devrais probablement retourner à mon appartement et prendre d'autres vêtements. Je baisse les yeux et, bien que je porte le t-shirt déchiré comme un insigne d'honneur, je ne pense pas que ce soit approprié pour la première de ce soir.

Ne sachant pas comment m'habiller, je redescends dans la grande salle où Micah travaille sur le visage déjà éblouissant d'Easton, et Sylvie coiffe ses cheveux. Ils me jettent tous un coup d'œil et je me déplace, mal à l'aise sous tous ces regards.

— Je pensais à l'Armani, dit Easton.

— Vraiment ? demande Sylvie. Pas le Givenchy ?

— Non, il a de trop grandes jambes.

— Et je pas sûr que ça lui aille les pantalons trois-quarts, ajoute Micah.

— Non, sûrement pas, dit Easton avec un rire chaleureux.

— Je suis ravi que mes longues jambes te fassent rire, dis-je.

— Je vais demander à Donna, qui s'occupe de ma garde-robe pour ce soir, de t'apporter un costume. Tu pourras te préparer ici sans avoir besoin de repasser chez toi.

C'est une bonne chose, car je ne pense même pas avoir de costume.

Après avoir fini d'épingler les cheveux d'Easton, Sylvie se tourne vers moi et tapote le tabouret.

— A ton tour.

Je fais une grimace.

— Ça ira, merci.

— Laisse-la te sécher les cheveux, Jax, dit Easton en souriant.

Je roule des yeux et me laisse tomber sur le tabouret.

— Je n'aime pas qu'on me chouchoute, me plains-je.

Tout le monde rit et Sylvie passe de la mousse dans mes longs cheveux sur le dessus de la tête, les lissant jusqu'aux mèches plus courtes sur ma nuque.

—Tu as de beaux cheveux, dit-elle, très épais et la coupe te va bien

.

— Merci.

Dix minutes plus tard, mes cheveux sont brillants et parfaitement ébouriffés. Je dois admettre qu'ils n'ont jamais été aussi beaux depuis longtemps. Normalement, je les laisse sécher à l'air libre. Ma routine beauté est inexistante comparée à celle d'Easton.

— Très sexy, dit Micah.

Je ne sais pas trop quoi répondre à cela et c'est donc un soulagement bienvenu lorsque l'ouvrier de l'entreprise de vitrerie arrive. Je me lève et je m'occupe de lui montrer la chambre et de l'aider à s'installer avec tout ce dont il a besoin. Je serai content quand ce sera réparé, car nous pourrons alors réenclencher l'alarme.

Le temps semble s'écouler rapidement et, avant même de m'en rendre compte, je suis dans la chambre d'amis en train d'enfiler un costume Giorgio Armani de luxe. Il est noir, avec une chemise et une cravate noires. Et Donna me propose aussi des chaussures, même si je préfère porter mes propres bottes.

Je me regarde dans le miroir et je me reconnais à peine. Je n'ai jamais été aussi bien habillé et je ne sais pas trop comment je me sens. Au-delà de l'allure chic, une seule chose compte pour moi, et c'est le Glock que je range dans la ceinture arrière, sous la veste.

Je descends l'escalier en colimaçon et m'arrête en voyant Easton. Elle porte une robe rouge qui flatte et souligne chaque courbe de son corps. Le corsage est composé d'une bande de foulards et de paillettes qui s'entrecroisent, épousent sa taille et ses hanches, puis tombent en cascade dans un chatoiement de soie rouge. Une fente audacieuse commence à la hauteur de sa cuisse gauche, à une hauteur presque indécente, et se termine par des talons rouges en satin.

Lorsqu'elle lève les yeux vers moi, je me rends compte que je retiens mon souffle.

Je n'ai jamais vu une femme aussi époustouflante. Ses cheveux corbeau tombent en cascade sur ses épaules et une fleur rouge est nichée derrière son oreille. Mon cœur fait une petite culbute lorsqu'elle s'approche et me tend les mains. Je descends automatiquement les dernières marches et je les prends dans les miennes.

— Tu es très beau, dit-elle en me regardant de haut en bas.

— Tu es éblouissante, princesse, dis-je, incapable de la quitter des yeux.

Elle bat des cils, la main toujours dans la mienne, alors que nous nous dirigeons vers la porte d'entrée, avec Donna, Micah et Sylvie qui se ruent à nos côtés pour apporter les dernières retouches.

— Tu vas les assommer ce soir sur le tapis, dit Sylvie.

— Le look monochrome était la bonne décision, dit Donna à Easton en redressant ma cravate.

— À tomber, s'exclame Micah en s'éventant d'une main.

Easton les remercie tous pour leur travail appliqué et ils s'empressent de sortir pendant que je règle l'alarme. Puis nous montons dans le taxi qui nous attend pour nous conduire au Grauman's Chinese Theatre.

Je n'ai aucune idée de ce qui m'attend, mais avec Easton à mes côtés, je me sens l'homme le plus chanceux du monde.

19

EASTON

Je ne peux pas m'empêcher de regarder Jax. Il est beau comme un dur à cuire, comme un bad boy. Il sait comment porter une veste en cuir et être sexy en fumant une cigarette.

Mais le voir en Giorgio Armani noir de la tête aux pieds me donne des palpitations. *Mon Dieu, il est saisissant.* Dans ce noir classique, avec ses yeux foncés et ses cheveux encore plus foncés. Je ne sais pas si je vais pouvoir m'empêcher de le toucher ce soir.

Déjà, je ne peux détacher mon regard et je me rapproche, pressant ma cuisse contre la sienne. Il lève une main gênée et tripote le nœud de sa cravate.

— Tu sais vraiment comment porter un costume, dis-je.

Puis je baisse la voix et me rapproche :

— Mais je n'arrête pas de penser à la façon dont j'aimerais l'arracher.

Lorsqu'il se tourne vers moi, je me penche et dépose un baiser sur ses lèvres.

— Easton...dit-il, la voix rauque et tendue.

Ses mains se lèvent, puis s'arrêtent. Je vois bien qu'il veut les passer dans mes cheveux, sur moi, mais il ne veut rien gâcher. Au lieu de cela, il les serre en poings et les presse contre ses cuisses.

Il est tellement adorable et j'ai hâte qu'on se retrouve chez moi, seuls, plus tard dans la soirée. J'ai l'impression que ce sera la plus longue avant-première de film à laquelle j'ai jamais assisté et j'ai l'intention de quitter l'after plus tôt que prévu. J'ai mieux à faire.

Comme continuer à explorer ce corps délicieux près de moi.

L'ouverture du Grauman's Chinese Theatre à Hollywood en 1927 fut un événement spectaculaire et les gens s'alignaient le long de la rue, dans l'objectif d'apercevoir les célébrités à leur arrivée. Ce soir, la situation n'est pas très différente et les fans se pressent contre les barrières de sécurité lorsque les taxis avec chauffeur arrivent et que les stars de cinéma en sortent.

Lorsque le chauffeur ouvre ma portière, je rassemble ma jupe longue et me glisse dehors. Jax attend sur le trottoir et a l'air un peu perdu lorsqu'il voit les innombrables paparazzis et journalistes qui longent le tapis rouge. Contrairement à l'autre soir, il s'agit d'un vrai tapis rouge et il nous faudra probablement 45 minutes pour le remonter et atteindre les portes du théâtre.

Normalement, sans toute la fanfare, cela prendrait à une personne moyenne 15 secondes au maximum.

Je monte sur le trottoir à côté de lui.

— Prêt ?

— Tu veux vraiment que je monte avec toi ? Parce que je peux te rejoindre à l'intérieur.

— Bien sûr que je veux que tu sois avec moi, lui dis-je. Tu es mon très beau cavalier et je veux te montrer.

Je vois sa bouche s'ouvrir et j'ai hâte de l'embrasser. Mais maintenant, il est temps d'affronter le public.

Mon attachée de presse, Holly, se faufile dans la foule et vient à notre rencontre.

— Easton, comment vas-tu, ma chérie ? demande-t-elle en envoyant deux baisers en l'air.

Elle et regarde Jax de haut en bas comme si elle voulait le dévorer tout entier.

— Voici Jaxon Wilder.

— Enchantée, dit-elle, et ils se serrent la main.

Puis elle se penche à mon oreille.

— As-tu enfin largué Daniel ?

Lorsque j'acquiesce, elle me fait un clin d'œil.

— C'est bien pour toi. C'est un grand pas en avant.

Je jette un coup d'œil à Jax, qui a l'air si grand et si impressionnant.

— Je pense que oui, réponds-je en chuchotant.

Holly jette un coup d'œil à son bloc-notes puis à la montre qu'elle porte au poignet.

— Pas plus de deux minutes avec chaque interlocuteur. Cela devrait te permettre d'arriver à la porte en 45 minutes, mais avec ce mystérieux beau gosse à ton bras...

Elle secoue la tête et fait une grimace.

— Tu auras de la chance si tu arrives à la porte en une heure. Mais ne t'en fais pas, je vous ferai avancer tous les deux.

— Merci, Holly, dis-je.

Puis, je regarde Jax qui tire à nouveau sur sa cravate comme si elle l'étouffait. Je vois bien qu'il n'a pas l'habitude d'en porter une. Je me retourne, j'écarte ses mains et je la desserre légèrement.

— Ça va mieux ?

Mes yeux se posent sur le côté gauche de son cou et mon estomac fait un petit bond quand je vois le haut de son tatouage de poignard dépasser.

Il hoche la tête d'un air absent, les yeux rivés sur les gens et l'agitation. Il a l'air nerveux, je me tourne vers lui et je prends ses deux grandes mains dans les miennes. Nos regards se croisent.

— Il n'y a que toi et moi, dis-je.

Il déglutit, entrelace ses doigts dans les miens.

Je le rassure :

— Tu as tout ce qu'il faut.

Puis, en nous tenant par la main, nous marchons sur le tapis.

Un murmure emplit l'air et, soudain, toutes les caméras se tournent vers nous et les flashs illuminent le ciel nocturne.

— Qui est avec Easton Ross ?

— Quel beau couple !

— Ils sont magnifiques ensemble !

— Qui est cet homme mystérieux et sexy ?

— Est-ce un acteur ? Il ressemble à un mannequin.

Le premier journaliste ne perd pas de temps.

— Allez, Easton, crachez le morceau. Qui est votre superbe cavalier ?

Je ris et je lui serre la main.

— Voici Jaxon Wilder.

— Et qui est Jaxon Wilder ? demande la femme en lui mettant le micro sous la bouche.

— Ce soir ? Un homme très chanceux, dit Jax en me rapprochant.

Même si Jax n'est pas dans son élément, il s'en sort à merveille. Alors que nous traversons le légendaire parvis avec ses empreintes de mains et de pieds emblématiques, passant d'un journaliste à l'autre, il se tient debout à côté de moi, ressemblant à un ange déchu tout de noir vêtu. Tout le monde veut savoir qui il est et lorsqu'on lui tend le micro, il joue la carte du charme avec une réponse simple et timide et un sourire ravageur. Il parvient à rester mystérieux et séduisant, et me laisse parler.

J'adore ça.

Enfin, Holly nous fait passer à travers la foule et les questions interminables, et doit écourter les interviews pour nous faire avancer rapidement. Ce n'est même pas mon film. Je ne suis qu'une invitée ce soir, mais avec toute cette attention, on pourrait croire que je suis la star.

Mais je sais qui est la vraie star, et c'est Jax.

Jax s'arrête entre les deux immenses colonnes de corail surmontées de masques en fer forgé et regarde l'extérieur du théâtre qui ressemble à une immense pagode chinoise. Entre les colonnes se trouve un dragon de près de dix mètres de haut sculpté dans la pierre.

— Je ne suis jamais entré ici, dit-il en levant les yeux, émerveillé.

— Jamais ? C'est magnifique

Nous passons devant les deux statues géantes du chien du ciel, originaires de Chine, qui gardent l'entrée et pénétrons dans le hall. Je guide Jax tout droit, ne voulant parler à personne d'autre, puis je m'arrête devant les portes ouvertes du majestueux théâtre pour lui permettre de bien le voir. Ses plafonds s'élèvent à près de trente mètres dans les airs et l'intérieur bronze et rouge lui donne une touche asiatique authentique.

Ensemble, alors que nous descendons le sol en pente jusqu'à nos sièges, je sens tous les regards se tourner vers nous. Un instant plus tard, nous nous asseyons dans des sièges en velours avec une vue parfaite sur l'écran géant. Jax s'affaisse dans son siège, relâche une respiration refoulée et desserre enfin son emprise sur ma main.

— Je ne sais pas comment tu fais pour faire ça tout le temps. C'est épuisant.—

Je ris.

— L'habitude. Tu t'es très bien débrouillé, d'ailleurs.

— Je ne sais pas, mais j'ai vraiment essayé de ne pas t'embarrasser et de ne pas dire de bêtises .

— T'avoir à mes côtés... je n'ai jamais été aussi fière, dis-je doucement.

Je vois sa poitrine se gonfler et il se redresse.

— C'est moi qui suis fier. Après tout ce que tu as traversé ces derniers jours... Tu es très courageuse, Easton.

— Je ne pense pas que j'aurais pu surmonter tout cela sans toi, admets-je.

Mon regard se pose sur nos doigts entrelacés et je regarde son pouce aller et venir sur ma main, caressant ma peau et réchauffant mes entrailles, attisant le feu au fond de mon ventre. Soudain, je me sens coquine et je me rapproche de lui, pressant mes seins contre son bras.

— Viens là, dis-je à son oreille.

Je le sens se crisper, puis se pencher vers moi, s'attendant à ce que je murmure quelque chose. Je couvre ma bouche et me rapproche de son oreille. Pour ceux qui regardent, on dirait que je partage un secret. Mais en réalité, j'attrape le lobe de son oreille dans ma bouche et je le mords et le suce à moitié.

Il soupire et ses yeux se ferment.

Je passe ma langue dans et autour de son oreille.

— J'ai hâte de te ramener à la maison, dis-je.

Sa mâchoire se crispe et je recule avec un sourire séducteur.

— Comment suis-je censé rester assis ici pendant les deux prochaines heures et regarder un film ensuite ?

Je retire ma main de la sienne et la fais glisser le long de sa cuisse dure comme de la pierre. Sa main arrête sa trajectoire ascendante et se resserre.

— Tu joues avec le feu, me prévient-il.

— D'ici à ce qu'on rentre à la maison, je veux que tu bandes à n'en plus pouvoir.

— C'est déjà le cas, bébé, dit-il.

S'il n'y avait pas eu des centaines de personnes autour de nous, j'aurais tendu la main pour vérifier. Mais je n'ai pas osé.

— Bien, lui dis-je avec un sourire coquin.

— Tu vas payer pour ce petit tour de passe-passe, promet-il, ses yeux noirs brillants de chaleur.

— Promis ?

— Coquine.

Soudain, les lumières s'éteignent et les conversations s'arrêtent alors que le film commence. À ce stade, je me fiche complètement du film. Je veux juste être seule avec Jax. Et il a raison. Les deux heures qui suivent sont une véritable torture et je ne pense qu'à son corps nu. Ses tatouages. Ses abdominaux durs et son large torse. Je veux qu'il soit en moi et le fait d'être assise ici avec toutes ces pensées chaudes fait bouillir mon sang.

Enfin, après le générique, nous pouvons nous lever et sortir. L'after se déroule dans une boîte de nuit populaire, un peu plus loin, et alors que je m'apprête à suggérer de ne pas y aller, mon ex-petit ami apparaît et me prend dans ses bras.

— Easton Ross ! s'exclame Lincoln Knight avant de déposer un baiser sur ma joue. Comment va ma belle ?

Je me retire avec un demi-sourire et je jette un coup d'œil vers Jax qui fait la grimace. Lincoln Knight est à peu près tel que je me souviens de lui, mais il a l'air plus vieux, comme s'il avait mûri. L'ancien « Golden Boy » a toujours des cheveux blonds, mais ils sont plus longs et un peu ondulés. Et ses yeux bleus autrefois brillants ne sont plus aussi étincelants qu'avant, ce que je mets sur le compte de tous les problèmes personnels qu'il a eus ces dernières années, depuis que nous nous sommes séparés.

Lincoln a succombé aux pièges typiquement hollywoodiens de la drogue, de l'alcool et des femmes. J'ai entendu dire qu'il essayait de faire le ménage et qu'il avait même fait un séjour en cure de désintoxication, mais je ne l'ai pas vu depuis des années.

— Bonjour, Lincoln, dis-je. Comment vas-tu ?

— Mieux que jamais. C'était un grand film, hein ? J'aurais adoré y jouer, mais les offres ont été un peu rares ces derniers temps. Mais elles vont reprendre. Je suis de nouveau dans le droit chemin. Je suis clean et je suis prêt à reprendre du poil de la bête.

— C'est génial, lui dis-je.

Et je le pense sincèrement. Je n'ai pas de mauvais souvenirs de la période où j'ai fréquenté Lincoln. Certes, au cours de l'année où nous avons été ensemble, nous avons probablement passé un total de deux semaines en compagnie l'un de l'autre. Nos emplois du temps ne s'accordaient jamais et la carrière passait avant tout pour chacun d'entre nous.

Je sens Jax se rapprocher et je me tourne vers lui pour saisir sa main froide.

— Lincoln, voici Jax. Jax, Lincoln Knight.

Ils semblent se jauger et finissent par se saluer d'un signe de tête. Je ne dirais pas que l'un ou l'autre est cordial, cependant, et je décide qu'il est temps que Jax et moi rentrions à la maison.

— Eh bien, c'était sympa de te voir, Lincoln.

— Tu vas à l'after, n'est-ce pas ?

— Oh, eh bien, je pense qu'on va peut-être faire autre chose...

— Pas question, interrompt-il. C'est du grand n'importe quoi. J'insiste pour que vous veniez tous les deux et que nous passions un moment ensemble. Je veux savoir comment tu vas Easton et, Jax, ce que tu as fait pour obtenir cette femme extraordinaire.

Je vois la poitrine de Jax se soulever avec agacement tandis qu'il inspire profondément. Je lève les yeux vers lui et hausse les épaules.

— Un verre ? dis-je.

— Comme tu voudras, dit-il.

— Génial ! répond Lincoln en me prenant ma main libre. Ma limousine est là-bas. On peut la prendre.

Il m'entraîne et Jax me lâche la main. Je jette un regard impuissant par-dessus mon épaule. Jax enfonce ses mains dans ses poches et fronce les sourcils.

— Désolée, dis-je.

Le trajet jusqu'au club est un peu gênant et je me sens soudain mal d'avoir accepté d'y aller. Je sais que Lincoln a eu quelques années difficiles et je me sens mal. Il a été blackboulé par tout le monde à Hollywood et je ne veux pas qu'il pense que je le laisse tomber.

Dix minutes plus tard, je me tiens entre Jax et Lincoln à l'intérieur du Vortex, une nouvelle salle de spectacle très en vogue sur Hollywood Boulevard. Elle est immense, avec un balcon à l'étage, une piste de danse, des écrans diffusant des images étranges et au moins dix bars.

Les serveurs déambulent avec des plateaux de champagne et de vin rouge. Je prends une flûte de champagne et, même si ce n'est pas du Taittinger, j'ai besoin de quelque chose pour me détendre. Jax et Lincoln refusent.

— Tu veux aller chercher quelque chose au bar ? demandé-je à Jax.

— Non, je ne bois pas quand je travaille, dit-il.

Je hausse un sourcil devant son ton froid. J'espère que je n'ai pas fait une énorme erreur en venant ici. Je vois que Jax n'est pas content et je tire sur son bras.

— Viens, dis-je.

— Où vas-tu, Easton ? demande Lincoln d'une voix plaintive.

— Je reviens dans un instant, dis-je par-dessus mo épaule dénudée.

— Je suppose que c'est 'Golden Boy' ? demande Jax, en traînant les pieds, alors que je le conduis vers un escalier.

Je soupire.

— Arrête. Je suis venue parce que je me sens mal pour lui. Les médias ont été très cruels et il essaie de reprendre sa vie et sa carrière en main.

Jax monte les marches à côté de moi et semble réfléchir.

— Vraiment ?

Je lève les yeux vers son profil ciselé et je suis surprise de voir autant de vulnérabilité. Je l'arrête, monte deux marches jusqu'à ce que je sois à sa hauteur. Puis, je me penche et l'embrasse, là, au milieu de l'escalier.

Je peux sentir la tension s'évacuer instantanément de son corps et il se presse contre moi, enroulant ses bras autour de ma taille, moulant sa bouche contre la mienne. Il me fait comprendre que je suis à lui et à personne d'autre. Ce baiser passionné ravive le feu en nous et quand je sens ses mains glisser sur la courbe de mon dos, je me retire avec un rire rauque.

— Tu essaies de donner la meilleure photo aux paparazzis ? dis-je en riant.

— J'emmerde les paparazzis, dit-il en prenant mon visage dans ses grandes mains, le regard brûlant. Je me fiche que le monde entier sache que je dors dans ton lit ce soir.

Je recule, soulève ma longue jupe et continue à monter les marches. Son regard se pose sur la fente révélatrice.

— Tu portes une culotte sous cette robe ? demande-t-il en me suivant comme un gros chat à l'affût.

— Tu le sauras bien assez tôt, promets-je.

Lorsqu'il se jette sur moi, je pousse un cri, me retourne et monte le reste de l'escalier à toute allure.

— Où allons-nous ? demande-t-il, me suivant à la trace.

Je jette un coup d'œil par-dessus mon épaule et hausse les épaules.

— Un endroit privé ?

— C'est la meilleure chose que j'ai entendue de toute la soirée, grommelle-t-il.

Je regarde autour de moi et je constate qu'il y a quelques personnes ici, la plupart se tenant au balcon et regardant la piste de danse en contrebas ou buvant au bar. Quand je vois un grand rideau de velours dans un coin, je m'y élance. Comme je l'espérais, il s'agit d'une cloison de séparation et nous nous glissons derrière le lourd tissu pour nous retrouver dans un salon VIP fermé et sombre.

Avant que mes yeux ne puissent s'ajuster, Jax m'attrape, me fait tourner sur moi-même et me plaque contre le mur le plus proche. Je laisse échapper un souffle de surprise. Sa main se glisse dans mes cheveux, tirant ma tête en arrière, et l'autre se glisse sous ma robe, soulevant la jupe en satin. Puis, sa paume commence à monter et descendre le long de ma cuisse dans une caresse qui me fait me demander où cette main va se diriger ensuite.

Je n'ai pas à attendre longtemps pour le savoir, car il se dirige vers l'intérieur de ma cuisse et trouve le bord de mon string en soie. Il passe un doigt sous l'élastique fragile et tire d'un coup sec. Je sursaute à nouveau, incapable de croire qu'il vient d'arracher ma culotte.

Mon estomac s'effondre et mon pouls s'accélère dans l'attente de ce qu'il va faire ensuite. Au moment où ses doigts se mettent à me caresser, mes genoux lâchent. Jax me soulève et me place dans une grande cabine à dossier haut à proximité.

Il fait si sombre, mais je peux voir son ombre s'abaisser devant moi. Il saisit mes chevilles et écarte mes jambes.

— Jax...

— Chut, dit-il en baissant la tête. Tu ne veux pas que les paparazzis nous trouvent dans une position compromettante, n'est-ce pas ?

Un rire guttural s'élève de ma gorge, puis se dissout au moment où il soulève ma jambe par la fente et la fait passer par-dessus son épaule. J'aspire un souffle rapide et il souffle légèrement sur l'intérieur de ma cuisse. *Oh, mon Dieu.* Mes yeux se ferment et ma tête heurte le siège en vinyle. Lorsque sa bouche brûlante remonte, sa mâchoire drue grattant la peau sensible, je frissonne.

Puis, sa bouche recouvre mon sexe.

Sa langue glisse sur mes plis, s'insinue entre eux, et je suis trempée. Lorsque ses lèvres entourent le petit bourgeon palpitant, le taquinant et le suçant, j'attrape les longs cheveux au sommet de sa tête, je le presse contre moi et me déhanche.

Mon Dieu, les choses qu'il fait avec sa bouche...

Je me tortille et gémit doucement quand ses mains soulèvent mes hanches pour qu'il puisse plonger plus profondément entre mes jambes.

— Jax, dis-je en serrant les dents.

— Je veux te voir jouir, princesse, dit-il en continuant cette douce torture.

La pression monte et je respire fort et lourdement lorsque deux de ses doigts se glissent en moi. Ils entrent et sortent de mon vagin lisse tandis que son pouce tourne sur mon clito, me poussant au bord du gouffre. Au moment où je pense ne plus pouvoir en supporter davantage, mon corps tout entier se soulève et atteint l'orgasme dans une explosion qui me laisse molle et vulnérable comme je ne l'ai jamais été auparavant.

Jax relâche ma jambe, attrape mes mains et me ramène en position assise. Il m'embrasse, déplace sa bouche sur la mienne d'une manière lente et sensuelle, glisse sa langue dans ma bouche et je goûte ma saveur sur ses lèvres.

Un peu étourdie, j'appuie ma tête contre la cabine et je touche le bord de sa mâchoire anguleuse.

— Je n'ai jamais ressenti ça dans ma vie, dis-je.

Il me promet d'attendre de voir quand on sera rentrés, puis il tourne son visage vers ma paume et l'embrasse.

— Si c'est une promesse, dis-je, je pourrais mourir de plaisir.

Sa bouche se relève et je le sens sourire contre ma main.

— Easton, bébé, je t'emmènerai jusqu'au bout et même au-delà, mais je serai toujours là pour te rattraper.

Je ravale l'émotion que je sens monter dans ma poitrine et je suis heureuse que nous soyons dans l'obscurité pour qu'il ne puisse pas voir l'éclat stupide des larmes qui remplissent mes yeux.

Je ne sais pas exactement comment, mais cet homme est devenu le centre de mon monde et quand je suis avec lui, je ne me sens plus seule.

20

JAX

Easton et moi nous faufilons par une sortie arrière et contournons le bâtiment. À mi-chemin de l'allée, je la pousse contre le mur de briques et j'incline ma bouche pour embrasser la sienne dans un baiser brûlant et avide.

Je ne peux pas la lâcher d'une semelle et ce soir, ça va être torride comme l'enfer. J'ai l'intention de prendre cette femme de toutes les façons possibles, et toute la nuit. J'espère qu'elle est prête parce que je n'ai jamais été excité comme ça de toute ma vie. L'attirance que je ressens m'envahit, consume mon esprit et mon corps.

Et je dois la satisfaire.

Cela a assez duré et rien ne pourra arrêter ce qui va se passer une fois que nous serons rentrés chez Easton. Rien n'éteindra le feu qui brûle entre nous et je passe une main anxieuse dans mes cheveux, impatient de me débarrasser de ce costume et de lui enlever cette délicieuse petite robe rouge.

Je me recule et j'étudie ses lèvres rouge vif. C'est étrange, on dirait qu'elle vient d'appliquer une nouvelle couche de rouge à lèvres. Il ne s'est pas enlevé, même si je l'ai embrassée jusqu'à plus soif.

— Quoi ? murmure-t-elle, un sourire courbant sa bouche parfaite.

— Je pensais que ton rouge à lèvres serait tout estompé, mais on ne voit même pas qu'on s'est embrassés, dis-je, un peu déçu. J'ai un peu envie que tout le monde sache qu'on s'est embrassé toute la nuit.

— Parce que c'est un rouge à lèvres liquide. American Doll d'Anastasia, qui résiste aux bavures.

Je lève un sourcil.

— Je ne sais pas vraiment ce que tu viens de dire, mais punaise ce truc est coriace.

Elle éclate de rire et passe son bras sous le mien. Lorsque nous arrivons au bout de la ruelle et que nous nous dirigeons vers le trottoir, le téléphone portable d'Easton émet un bip. Elle le sort de sa petite pochette et consulte le message.

— Liv a dit que le taxi devrait être là dans quelques minutes. Elle veut savoir pourquoi on part si tôt.

J'enroule mes bras autour de sa taille et l'attire contre moi.

— Dis-lui que la fête était nulle.

Quand elle me sourit ainsi, les yeux plus brillants que des émeraudes, mon cœur s'emballe. À cet instant, je me sens l'homme le plus chanceux du monde.

Comme tout le monde est encore à l'intérieur et fait la fête, personne d'autre n'est parti et le trafic est fluide, chaque voie avançant régulièrement, y compris celle qui est la plus proche de nous. Soudain, l'un des portiers siffle et nous fait signe. Il dit quelque chose, mais je n'arrive pas à l'entendre à cause du bruit.

— Qu'est-ce qu'il dit ? demande Easton.

— Je ne suis pas sûr. Attends, je vais voir.

Je relâche mon emprise sur elle et m'éloigne, me dirigeant à nouveau vers le club quand, du coin de l'œil, je vois un SUV manger le trottoir à une quinzaine de mètres de là et foncer droit sur Easton.

La panique me prend aux tripes. Elle me regarde et ne voit pas le véhicule sombre, feux éteints, qui fonce sur elle. Le cœur dans la gorge, je me jette sur elle et parviens à la protéger juste avant que le SUV passe en trombe, pneus crissant.

Nous avons heurté le trottoir de plein fouet et je l'ai recouverte de mon corps en roulant sur elle. Elle a le souffle coupé et elle me regarde avec un air hébété et effrayé.

— Tu vas bien ? lui dis-je en la regardant.

Elle est un peu éraflée au coude et à la cuisse, là où la fente n'a pas assez protégé sa peau délicate lorsque nous avons heurté le trottoir. Mais à part ça, elle est en un seul morceau. Elle est juste un peu sonnée. Je l'aide à se relever et la guide sous l'auvent du club.

— C'est quoi ce bordel ? s'exclame le portier. Ça va ?

Easton parvient à hocher la tête.

— Je pense que oui, dit-elle, la voix tremblante.

— Vous avez relevé la plaque d'immatriculation ? demandé-je au portier.

Il secoue la tête.

— Non. Tout s'est passé si vite. Je l'ai même pas vu jusqu'à la dernière seconde, quand la voiture a grimpé sur le trottoir et a failli vous percuter, Mlle Ross.

Une colère noire éclate en moi, se propageant dans tout mon corps. Ce qui vient de se passer était intentionnel et n'était pas un accident.

À ce moment-là, notre berline avec chauffeur s'arrête.

— Qu'avez-vous dit tout à l'heure ? Quand nous étions sur le trottoir ? lui dis-je.

Il se gratte la tête.

— Oh, rien. Je demandais juste si vous aviez perdu votre portefeuille. Quelqu'un en a trouvé un dans le club et a dit qu'il pensait qu'il vous appartenait.

— Où est-il ?

Le portier fait le tour de son estrade et sort un portefeuille en cuir qui n'est pas le mien. Je secoue la tête.

— Ce n'est pas le mien. Mais merci.

Je passe mon bras sur les épaules d'Easton, me demandant si le portefeuille n'était pas un stratagème pour m'éloigner d'elle. Devant la berline, le chauffeur lui ouvre la portière. Je la sens trembler et je suppose que le chauffeur le voit aussi, car il marque une pause avant de refermer la portière.

— Tout va bien, Mlle Easton ? demande-t-il.

— Elle vient de manquer de se faire renverser par un 4x4, dis-je.

— Oh, dit-il en retenant son souffle. Les conducteurs sont fous, marmonne-t-il en refermant la portière.

Après avoir fait le tour de la berline et s'être glissé à nouveau dans le siège du conducteur, il nous regarde dans le rétroviseur.

— Je vous ramène chez vous ? demande-t-il.

— Chez moi, dis-je en donnant mon adresse.

Easton s'appuie dans le creux de mon bras et je peux voir qu'elle fait de gros efforts pour ne pas s'effondrer. Je lui dis :

— On va chez moi, où tu seras en sécurité.

— Merci, murmure-t-elle.

Vingt-cinq minutes plus tard, nous nous arrêtons devant mon appartement à East Hollywood. J'aide Easton à sortir et je remercie le chauffeur. Puis je la prends dans mes bras avant qu'elle ne tombe. Je la porte jusqu'à l'entrée, je déverrouille la porte et je franchis le seuil.

Elle a l'air si fragile et si délicate, le visage pressé contre mon torse, les bras serrés dans mon cou.

— C'est bon, bébé, dis-je en fermant la porte d'un coup de pied.

Je la verrouille et j'allume les lumières. Elle lève la tête et ses yeux verts curieux regardent les lieux.

Il n'y a pas grand-chose à voir. Un canapé usé, un fauteuil inclinable, une table basse ébréchée et une télévision à grand écran accrochée au mur. Je la pose sur le canapé et me laisse tomber à côté d'elle en sortant mon arme et mon téléphone. Je pose l'arme sur la table basse, j'enlève ma veste de costume et je compose le numéro de Logan.

— Sharpe, répond-il.

— C'est Jax, dis-je en déboutonnant mes manchettes et en desserrant la cravate qui m'a étranglé toute la soirée. On vient d'avoir une tentative de délit de fuite impliquant Easton. L'enfoiré a grimpé sur le trottoir. Il n'y a aucun doute sur ses intentions.

— Bon sang, jure Logan. J'ai deux officiers postés chez elle en ce moment. Vous y êtes ?

— Non, je l'ai amenée à mon appartement. Je pense qu'on peut dormir ici ce soir. Rester hors du radar de cet enfoiré au cas où il tenterait quelque chose d'autre. En plus, dis-je, en mêlant ma main à la sienne, elle est plutôt secouée et ne veut pas avoir à gérer d'autres appels, balles ou briques ce soir.

— Vous voulez que j'envoie une voiture chez vous ?

— Non, je pense que ça ira. Personne ne sait que nous sommes ici à part vous.

— D'accord. Eh bien, faites profil bas et parlons-en dans la matinée. Envoyez-moi par texto l'endroit où ça s'est passé et je récupérerai les images des caméras voisines. Avec un peu de chance, on aura une piste. Marque et modèle, plaque d'immatriculation, profil du conducteur.

— Ça me paraît bien. Merci, Logan.

Je raccroche et j'observe mon appartement miteux.

— Désolé que mon appartement ne corresponde pas un peu plus à tes attentes, dis-je.

Easton se retire et lève une main pour prendre mon visage dans ses bras.

— Tu n'as aucune idée de qui je suis, Jax, dit-elle.

Je fronce les sourcils, ne comprenant pas ce qu'elle veut dire.

— Je ne sais même pas qui je suis, avoue-t-elle d'une voix douce et triste.

21

EASTON

Jax m'observe pendant un long moment.

— Qu'est-ce que tu veux dire ? demande-t-il.

J'enlève mes chaussures et je cale mes jambes sous moi. Ensuite, je jette un coup d'œil à son appartement, qui est simple, propre et masculin, tout comme lui. Je me sens en sécurité pour la première fois depuis longtemps. Je ne sais pas pourquoi, mais quelque chose m'envahit et j'ai envie de me confier à cet homme. Je veux partager des choses sur mon passé que je n'ai jamais dites à personne d'autre.

— Je ne suis pas la parfaite snob qui a grandi avec une cuillère en argent dans la bouche, comme tu le penses probablement.

— Je ne pense pas que tu sois snob , dit-il.

— Peut-être pas maintenant, mais quand nous nous sommes rencontrés pour la première fois...

— Je pensais que tu étais la femme la plus belle et la plus classe que j'aie jamais rencontrée.

— J'en doute, lui dis-je. Je me souviens de la façon dont tu as regardé ma maison, pensant probablement qu'elle était bien trop extravagante et que j'allais être une vraie riche emmerdeuse.

Un sourire se dessine sur sa bouche.

— J'aime quand tu jures. Tu devrais le faire plus souvent, dit-il.

Puis il incline la tête.

— Je l'admets, je pensais que tu étais bien trop riche pour un type comme moi, dit-il en embrassant le bout de mon nez. Mais plus maintenant.

Je respire profondément.

— Aurais-tu moins d'estime pour moi si je te disais que j'ai grandi dans un foyer ?

— Un foyer ? Tes parents ne pouvaient pas s'occuper de toi ?

— Je ne sais même pas qui sont mes parents, admets-je. Ma mère m'a déposé dans un poste de police alors que je n'avais que quelques heures.

Je vois une vague de sympathie déferler sur son visage et il me prend les mains pour les serrer.

— Je n'ai jamais eu personne en grandissant. Pas de famille, en tout cas. Juste quelques amis que je me suis fait à l'orphelinat, mais nous étions toujours déplacés, donc un jour là, le lendemain ailleurs, tu vois ?

Je me décale, regarde nos mains entrelacées.

— Easton Ross n'est même pas mon vrai nom.

Il ne demande pas, il attend patiemment. Lorsqu'une larme roule sur ma joue, il se penche et appuie son front sur le mien.

— Nous ne sommes pas obligés de parler de ça, dit-il.

Mais ce soir, je ne veux pas jouer un personnage. Je veux juste être moi-même et aimer cet homme.

— J'ai travaillé très dur pour échapper à mon passé, murmure-je. Et maintenant, je suis dans une grande maison au sommet d'une colline, toute seule. Parfois, je me sens si seule que j'en étouffe.

Il prend mon visage dans ses grandes mains et me soulève la tête pour me regarder de ses yeux sombres.

— Reste avec moi, Easton, et je ne te laisserai plus jamais seule.

Quand sa bouche s'empare de la mienne, elle est douce et tendre. Je fonds dans ses bras et la chaleur de tout à l'heure s'enflamme à nouveau. Soudain, j'ai besoin d'être aussi proche de lui que possible. J'approfondis le baiser, j'en veux plus. Il sent mon empressement et réagit en enfonçant sa langue dans ma bouche et en me poussant en arrière sur le canapé.

J'attrape sa cravate, le tirant vers moi, et il s'installe entre mes jambes. Une mèche de cheveux noirs lui tombe devant les yeux et je la repousse, passant mes mains dans ses cheveux épais et grattant la base de son cou.

Je penche la tête en arrière pour lui donner un meilleur accès et je sens immédiatement sa bouche, ses lèvres se faufiler le long de mon cou et de ma clavicule. J'essaie de me tourner, mais l'étroitesse de la robe me rend la tâche difficile.

— Je ne peux pas bouger, me plains-je. Déshabille-moi. S'il te plaît, dis-je dans un murmure pressant.

Jax n'a pas besoin de plus. Il se lève, m'entraîne avec lui et, en un clin d'œil, une pile de soie rouge se trouve à mes pieds. Je ne sais pas ce qu'il est advenu de mon string après qu'il l'a arraché dans la salle VIP du club, mais il a disparu depuis longtemps, et maintenant je me tiens devant lui, nue, et complètement vulnérable.

Le vrai moi.

Son regard sombre parcourt mon corps nu et lorsque je lève une main gênée, il la saisit et me rapproche.

— Ne te cache pas, dit-il. Tu es trop belle.

Il retire sa cravate et je commence à déboutonner sa chemise noire, mes yeux se posant sur la médaille qui pend à son cou. Je me rends compte qu'il s'agit de *Saint Michel.* Mes mains tremblent et lorsque je tâtonne dans ma hâte d'enlever la chemise, il m'aide.

— Attention, me taquine-t-il d'une voix rauque, cette chemise n'est pas à moi.

Avec un petit sourire, je la fais glisser sur ses larges épaules et laisse mon regard se promener sur le haut de son corps parfait. Il est tonique et ciselé et j'en ai le souffle coupé. Je fais glisser mes ongles sur son torse et ma bouche sur la croix et le crâne tatoués sur son côté gauche. Il laisse échapper un doux soupir et je me dirige vers son épaule où je peux enfin voir l'image de Saint Michel planant en triomphe sur le diable.

Quelque part au fond de mon esprit, je crois me souvenir que saint Michel est le patron des policiers.

Avec la légèreté d'une plume, je laisse le bout de mes doigts effleurer la manche de son tatouage et absorber chaque détail de l'encre.

— Tu me donnes envie de me faire tatouer, dis-je, et je me penche pour laisser une traînée de baisers papillon d'un dessin à l'autre.

— Tu devrais. Un tatouage serait hyper sexy sur toi, dit-il.

Je me redresse et passe lentement derrière lui, passant mes mains sur son flanc, observant les trois cicatrices qui ne peuvent être que le résultat d'une blessure par balle. J'en touche une et ses yeux se ferment.

Il se tient si immobile qu'on dirait une statue. Un dieu grec ancien et sombre, comme Hadès, maître maudit des enfers.

Je crois qu'il attend que je lui demande, mais je ne le fais pas. Au lieu de cela, je laisse ma main glisser le long de sa colonne vertébrale et je glisse mes doigts entre son dos lisse et la ceinture de son pantalon. L'endroit où il garde toujours son arme. Sa respiration s'accélère et je les accroche au bord du tissu. Puis, je tourne autour, faisant glisser mes doigts sous le bord de son pantalon jusqu'à ce que je sois à nouveau devant lui. Je laisse tomber ma main et trace le bout de mes doigts sur le devant de son pantalon noir, là où il est dur comme de l'acier et sur le point de céder.

— *Putain*, souffle-t-il, et ses yeux sombres s'ouvrent brusquement.

Je vois un frisson parcourir son corps.

— Déshabille-moi, dit-il, reprenant mes paroles précédentes.

Je défais le bouton, tire sur la fermeture éclair et descends le pantalon et son boxer jusqu'aux chevilles. Je crois que quelque chose se déchire, mais je m'en fiche.

— Bordel, dit-il. Tu aimes m'arracher mes vêtements, n'est-ce pas ?

D'un seul geste, il me soulève et m'entraîne dans le couloir jusqu'à sa chambre. Il tire les couvertures et me pose sur le matelas. Je m'allonge sur une pile d'oreillers, entourée de son odeur masculine. Il y a une odeur de propre. Un mélange de savon et de lessive.

Peut-être qu'il a vraiment arrêté de fumer, me dis-je, l'esprit embrumé, tandis qu'il se déplace au-dessus de moi. Même s'il s'appuie sur un coude, je sens le poids de son corps se poser contre moi, se déplacer entre mes cuisses.

Mon corps se cambre, mouillé et prêt, mais il n'est pas pressé. En fait, j'ai l'impression qu'il veut me torturer. Je tends la main vers le bas, enroule mes doigts autour de sa longueur dure, déterminée à le sentir en moi. Avec un gémissement, il saisit ma main, la tire vers le haut et la plaque sur le lit. Il fait tourner sa langue sur l'un de mes seins, tout en pétrissant l'autre avec sa main.

— Nous avons toute la nuit devant nous.

Il souffle sur un mamelon et j'émets un gémissement tremblant.

Je ne suis pas sûre de pouvoir en supporter davantage. Avec les deux autres hommes avec qui j'ai été, ça avait duré cinq minutes, alors que Jax est si attentif qu'il me rend frénétique. Ce genre de préliminaires m'est complètement étranger et, même si j'aime ça, c'est difficile à gérer.

— Je ne peux pas...

Ma tête tombe en arrière quand sa main se glisse entre mes jambes.

Il me caresse avec ses longs doigts jusqu'à ce que je me torde et me pousse contre sa paume.

— Je n'en peux plus, souffle-je.

— Bébé, je ne fais que commencer.

Je relève la tête.

— Tu plaisantes ? dis-je en le regardant avec ce qui doit être une expression comique car les coins de ses yeux se plissent et il étouffe un rire contre mon épaule.

Puis il m'embrasse, profondément et plus chaudement que jamais. Sa langue, comme ses doigts, entre et sort, et je halète, je sens mes hanches se soulever du lit.

— Tu dégoulines, dit-il, et il commence à glisser le long de mon corps, sa bouche chaude est déterminée.

— Jax, s'il te plaît, dis-je en passant mes doigts dans ses cheveux.

— S'il te plaît quoi ?

Sa langue tourbillonne autour de mon nombril.

Mon Dieu, d'où lui vient cette maîtrise de soi ?

— S'il te plaît, arrête de me torturer.

Il décide d'avoir pitié de moi et j'entends un paquet d'aluminium s'ouvrir.

Oh, Dieu merci.

Lorsqu'il se rapproche de mon centre douloureux, j'agrippe ses épaules, le poussant à entrer, voulant qu'il s'enfonce profondément. Et il ne me déçoit pas. Il ne se contente plus d'être taquin et lent, il monte en flèche et me pénètre d'un seul coup. Je crie et il soulève mes hanches, il s'enfonce plus profondément.

Je ne peux pas me passer de lui et alors que nous commençons à bouger ensemble, j'enroule mes jambes autour de sa taille et je serre, mon corps se resserre autour de sa dureté, l'attirant encore plus profondément.

— *Putain de merde*, jure-t-il, en poussant plus fort, le contrôle qu'il avait auparavant ayant disparu depuis longtemps.

Soudain, je ressens une explosion, une libération qui se produit d'un seul coup, et je crie. Des vagues de plaisir m'envahissent et tout mon corps picote. Comme si des ailes battaient à l'intérieur de moi.

Jax atteint son paroxysme quelques instants plus tard. Il gémit, les draps serrés dans une main, et je sens tout son corps trembler. Puis il se laisse tomber, passant ses mains dans mes cheveux, respirant fort et me murmurant à l'oreille qu'il n'a jamais joui aussi fort de sa vie.

Moi non plus, me dis-je.

22

JAX

Pour la première fois depuis très longtemps, je dors comme un bébé.

Après les ébats époustouflants avec Easton, mon corps est rassasié et épuisé. Je dors profondément, en paix, mes bras autour de cette femme étonnante qui a réussi à atteindre une partie de moi intouchable auparavant.

Je n'arrive pas à croire que je la laisse entrer dans ma bulle et que je devienne dépendante d'elle. Cela ne me ressemble pas. Au premier signe de dépendance émotionnelle ou de besoin envers une femme, je disparais plus vite qu'une balle tirée.

Cela m'effraie au plus haut point, car je suis maintenant responsable d'elle. Et, après tout ce qui s'est passé, je me promets de rester à ses côtés et de la protéger. Je n'ai pas pu sauver Maddy et cela me hantera pour le reste de ma vie.

Mais je suis sûr que cet enfoiré pourrait réussir à blesser Easton.

Je donnerai ma vie pour la protéger. Je n'en doute pas car l'alternative est impensable. Complètement insupportable.

Parce que si quelque chose arrive à Easton, je mourrai.

Je me soucie d'elle et c'est mon rôle de m'assurer que celui qui essaie de lui faire du mal soit arrêté. Et j'irai très loin pour m'assurer que ce psychopathe est enfermé et que la clé est jetée.

Lorsque les premiers rayons chauds du soleil traversent les stores, je me réveille. Pas de cauchemars. Je n'arrive pas à y croire. Au lieu de cela, les souvenirs alléchants d'Easton flottent dans mon esprit.

Elle est recroquevillée contre moi et mon bras repose sur sa hanche. Je sens sa douce respiration, sa poitrine se soulevant et s'abaissant à chaque inspiration, et je respire le parfum enivrant du jasmin qui émane d'elle.

Je me demande ce que ce serait de me réveiller chaque matin avec elle dans mes bras.

Le bonheur, dit une petite voix.

Je pourrais facilement m'y habituer. Lorsqu'elle se réveille, je me redresse sur un coude et je la regarde. Ses yeux verts somnolents me regardent et un doux sourire ourle sa bouche pulpeuse.

— Bonjour, dis-je.

— Bonjour, dit-elle en s'étirant comme un chat, pressant son corps incurvé contre le mien.

Je deviens instantanément dur.

— Annule ton entraînement de ce matin parce que tu restes avec moi. En fait, annule tout parce que je ne veux pas te perdre de vue.

— Promis ?

Je l'embrasse sur le front.

— Promis.

Même si j'aimerais me prélasser dans le lit avec elle pour le reste de la journée, le reste de ma vie, en fait, je me redresse et passe mes jambes sur le côté du matelas avant que les choses ne deviennent trop torrides. Je suis bien trop faible pour la repousser, alors il vaut mieux que je me lève et que je bouge mon cul tout de suite.

Parce qu'il est temps d'élaborer un plan pour faire tomber celui qui en a après elle une fois pour toutes.

— Je vais prendre une douche rapide, dis-je. Je te demanderais bien de te joindre à moi, mais il faut qu'on aille au bureau et qu'on parle à Logan. Voir ce qu'il a découvert.

— La douche est remise à plus tard alors ? demande-t-elle en haussant un sourcil.

Je m'approche et l'embrasse sur la bouche.

— Parfaitement.

Moins d'une heure plus tard, Easton et moi entrons dans le bureau de Platinum Security avec un plateau de cafés et une boîte de beignets. Griff m'a envoyé un texto pour me dire que Ryker et lui étaient déjà là avec quelques seaux de peinture, en train de remettre l'endroit en état.

Peut-être que notre groupe hétéroclite allait réussir dans cette entreprise après tout. Soudain, j'ai un très bon pressentiment.

Je pose la boîte de beignets sur une table et les deux gars arrêtent de peindre et se retournent pour nous saluer.

— Easton, voici Ryker et tu as déjà rencontré Griff.

Un an plus jeune que moi et presque un pouce plus grand, Ryker Flynn a des cheveux courts et foncés et des yeux couleur whisky. Ancien Navy SEAL, il est toujours dans une forme incroyable et a conservé une allure athlétique. C'est sans doute à cause de son passé militaire. Contrairement à Griff et moi, il n'a qu'un seul tatouage sur le haut du bras. Il est un peu solitaire, mais lorsqu'il apparaît, les femmes se pâment.

Je n'ai jamais vu Ryker montrer beaucoup d'émotion, mais ses yeux normalement à demi-clos s'agrandissent lorsqu'il les pose sur Easton. Il s'avance et tend une large main.

— Enchanté, dit-il.

Easton lui serre la main.

— Pareillement, Ryker, dit-elle en lui proposant un café sur le plateau.

— Merci, dit-il avec un sourire de garçon, incapable de détacher son regard d'elle.

Je me sens hérisser le poil et Griff s'interpose pratiquement devant Ryker pour l'atteindre.

— Je suis sûr que tu ne t'en souviens pas, mais nous nous sommes rencontrés chez toi. J'ai aidé Jax à installer le nouveau système de sécurité.

— Bien sûr, je m'en souviens, dit-elle en lui tendant un café. Et merci. Je me sens tellement plus en sécurité avec.

— Si jamais tu as des problèmes avec, fais-le moi savoir, dit Griff.

Ses yeux bleus brillent et je ressens une vague d'agacement. Mes amis, d'ordinaire maussades, se comportaient comme des ados amoureux.

Il s'agit d'une première.

Et je n'aime pas ça.

Easton est à moi et même si j'ai prêché qu'on ne couche pas avec les clientes, je veux qu'on sache clairement qu'elle est à moi. Je glisse un bras possessif autour de sa taille et ignore le haussement de sourcil de Griff.

— On a attenté à la vie d'Easton la nuit dernière. Délit de fuite.

Leurs mâchoires se serrent, leurs yeux se rétrécissent.

— Merde, dit Griff. Content que tu ailles bien, ajoute-t-il.

Elle hoche la tête et se penche vers moi. Quelque chose qu'ils remarquent tous les deux immédiatement.

— J'ai appelé Sharpe. On attend de voir s'ils trouvent quelque chose sur les caméras dans les environs.

— Où est-ce que ça s'est passé ? demande Ryker.

— Hollywood. Devant le Vortex.

— Le Vortex ? dit Ryker en fronçant les sourcils.

— Nouveau club branché, explique Griff avant de sourire. Il donne une tape dans le dos de Ryker. Il faut que tu sortes plus, Flynn.

Ryker se renfrogne.

— Je ne traîne pas dans les boîtes de nuit avec des filles de 21 ans comme toi, Lawson.

— Ils organisaient une after-party, dis-je. Pour une première à laquelle nous sommes allés hier soir.

— Première ? La première d'un *film* ? demande Griff. Parce qu'aux dernières nouvelles, Jax Wilder n'a pas le temps de regarder des films.

Ryker et lui gloussent.

J'ai envie de lui botter le cul pour ce commentaire. Au lieu de cela, je regarde Easton et je hausse les épaules.

— Je travaillais, dis-je.

Mais même à mes propres oreilles, ça sonne faux. Et, avouons-le, j'ai du mal à qualifier de travail ce qui s'est passé dans le salon VIP. C'était plutôt un plaisir indéniable.

— Heureusement qu'il était là, dit Easton. Il m'a sauvé la vie.

Ils dégrisent tous les deux instantanément.

— Tu es entre de bonnes mains, dit Griff.

— Les meilleurs, lui assure Ryker.

Easton lève les yeux vers moi et sourit.

— Je pense, oui, dit-elle.

Je tends le bras et j'entrelace mes doigts dans les siens.

— Nous allons appeler Sharpe, dis-je en la guidant vers mon bureau. Bonne séance de peinture, les gars, dis-je par-dessus mon épaule.

Je les entends grommeler derrière nous. Même si nous nous moquons sans cesse les uns des autres, Griff et Ryker me soutiennent et inversement. Ce sont mes frères.

Je m'assois sur ma chaise et je remarque à peine le ruban adhésif. Je suis trop absorbé par la belle femme qui est assise en face de moi.

— Je les aime bien, confie-t-elle.

Quand je plisse les yeux, elle sourit.

— Pas comme je t'aime bien toi, mais ils ont l'air d'être de bons gars.

— C'est le cas. Mais garde tes distances. Ces deux-là pourraient séduire une nonne.

Je confie ma vie à Griff et à Ryker, mais cela ne veut pas dire que je veux qu'Easton les fréquente trop longtemps. Griff est un trop beau garçon et Ryker est bâti comme un dieu. Sans parler du fait qu'il ressemble à un Colin Farrell propre sur lui.

— Le seul que je veux séduire ici, c'est vous, M. Wilder.

— Bien, dis-je, et je consulte mon courrier électronique.

Rien de très important, alors je passe un coup de fil à Logan Sharpe.

— J'allais justement vous appeler, dit Sharpe. La caméra de la supérette de l'autre côté de la rue a tout filmé. La plaque d'immatriculation n'est pas visible, mais nous avons la marque et le modèle de la voiture, nous allons vérifier les dossiers du DMV. Je leur demande également d'essayer d'améliorer la netteté de l'image. On ne sait jamais ce qu'on pourrait voir d'autre. J'ai également parlé à deux témoins qui disent avoir vu un homme au volant, avec un chapeau sombre baissé sur les yeux.

— Merci, Logan.

— Ma recommandation ? Faire profil bas. Peut-être quitter la ville pour quelques jours.

— Mmm. Oui, je pense que vous avez raison.

Je pense immédiatement au chalet de mes parents près du lac Big Bear.

— Un endroit sûr, dit Logan, où personne ne vous trouvera. Les choses sont devenues trop dangereuses pour elle. En attendant, si je trouve quelque chose de nouveau, je t'appellerai sur ton portable.

— Merci, dis-je avant de raccrocher, puis je transmets ce que Logan m'a dit à Easton.

— J'espérais qu'ils avaient relevé le numéro de la plaque d'immatriculation, dit-elle.

— Ils peuvent encore le faire, lui dis-je. En attendant, je pense que Sharpe a raison de proposer qu'on quitte la ville. Je connais un endroit où nous pouvons aller, que personne ne connaît à part mon frère. Et Griff et Ryker, bien sûr.

— Tu as un frère ?

Je réalise que je ne lui ai rien dit de ma famille.

— Je dirais que Sebastian Wilder est plus un handicap qu'autre chose. Ce gamin a constamment des ennuis.

— Quel âge a-t-il ?

— Trente ans et bientôt treize, dis-je.

Elle s'esclaffe.

— Je suppose que tout le monde ne peut pas être aussi responsable que toi, dit-elle en plaisantant. Alors c'est toi l'aîné ?

J'acquiesce.

— Oui, j'ai trente-cinq ans.

— D'autres frères et sœurs ?

Une image de Madison me vient à l'esprit.

— Non, dis-je en reculant du bureau. Je vais voir si on peut emprunter la Ford Expedition de Ryker. Je reviens tout de suite.

Dans la partie principale du bureau, Griff et Ryker peignent à tour de bras.

— Y a-t-il une chance que je puisse emprunter l'Expedition ?

Ryker sort les clés de sa poche et les lance.

— Seulement si tu passes au lavage auto avant de revenir.

— Merci. Sharpe pense que nous devrions faire profil bas pendant quelques jours.

— Où allez-vous ? demande Griff en tirant une cigarette d'un paquet de Marlboro.

— Le chalet de mes parents.

C'est bizarre, mais je n'ai pas envie d'en fumer une.

— Bonne idée, dit Griff et Ryker acquiesce. On s'occupera du reste.

— Merci, les gars.

— Si vous avez besoin de quoi que ce soit, appelez-moi.

— J'y compte bien. Oh, et au fait, dis-je en m'approchant de Griff pendant qu'il s'allume une cigarette.

J'arrache la cigarette de sa bouche et l'éteins.

— On ne fume plus dans le bureau.

— Ah… dit Ryker.

Griff fronce les sourcils.

— Oh, c'est bon, mec.

— Tu peux sortir. Ou alors arrêter, comme moi.

— On se connait ? demande Griff.

Je lui donne un coup de poing sur le bras.

— Je suis ton patron. Bon, continuez à peindre, les gars. Ça a de la gueule.

23

EASTON

Une fois de plus, Jax délaisse sa moto pour la Ford. Ensuite, nous nous arrêtons à nos lieux de résidence respectifs et nous préparons un sac avec des vêtements et des affaires pour plusieurs jours. Ce qui, pour moi, n'est pas facile. Jax se moque de moi alors que j'abandonne à regret mes vêtements habituels pour choisir des leggings confortables, des t-shirts, un tube de mascara et, bien sûr, mon rouge à lèvres liquide Anastasia American Doll.

Je me plains :

— Tu parles d'une vie !

Il rit.

— Tu es belle avec ou sans tout ça.

C'est gentil de sa part, mais je ne suis pas d'accord. J'aurai trente ans demain et, plus que jamais, j'ai besoin de toutes mes lotions et crèmes anti-âge.

Nous faisons le plein, nous achetons quelques provisions à la station-service et nous prenons la route.

— Alors, où allons-nous exactement ?

— Big Bear, dit-il en s'engageant sur l'autoroute 210 E. J'ai un chalet là-bas.

Je ne suis jamais allée à Big Bear et, même si c'est pour nous cacher, j'ai soudain hâte de passer les prochains jours avec Jax. C'est l'été, le temps est parfait et j'imagine un grand et beau lac bleu.

— Tu y vas souvent ?

Pendant un moment, il ne dit rien. Il se concentre sur la route et la circulation autour de nous. Finalement, il marmonne :

— Non.

Comme il n'en dit pas plus, je me penche vers lui. Sa mâchoire rugueuse est ferme, mais je veux en savoir plus sur cet homme. Je ne veux pas qu'il se ferme à moi. Surtout après la nuit dernière.

J'ai l'impression que sous ses airs de brute, Jax cache de sombres secrets. Parfois, je sens une certain poids dans son comportement et si je pouvais l'aider à alléger cette charge, je le ferais en un clin d'œil.

Même si j'offre seulement une oreille attentive.

— Pourquoi le garder alors ?

Je le vois réfléchir à mes paroles, puis il émet un faible soupir.

— J'ai essayé de le vendre. Lorsque j'ai lancé Platinum Security il y a un mois environ, j'avais besoin d'argent. C'est toujours le cas, admet-il. Mais je n'ai pas pu.

J'attends patiemment qu'il continue.

— Il appartenait à mes parents. Ils sont décédés quand j'avais 15 ans.

— Je suis désolée, dis-je, et je pose main sur la sienne.

Il entrelace ses doigts dans les miens, tout en gardant les yeux sur la route.

— Nous avons vécu de bons moments là-bas, alors... je ne peux pas le vendre, tu vois ?

Je me mords la lèvre.

— Tu as de la chance d'avoir eu une famille, même si tu l'as perdue très jeune.

— Je sais.

Je veux qu'il m'en dise plus, mais je sens ses murs, hauts et imprenables. Et puis, soudain, ils s'abaissent un tout petit peu.

— Ils sont morts dans un accident de voiture. Ensuite, nous sommes allés vivre avec ma tante Rita.

— Toi et Sebastian ?

Il tient le volant de sa main gauche et je ne sais pas s'il s'en rend compte, mais il serre aussi ma main très fort.

— Moi, Bastian et Madison, dit-il.

Une sœur ? Pourquoi ne l'a-t-il pas mentionnée plus tôt quand je lui ai demandé s'il avait d'autres frères et sœurs ?

— Madison ?

Il acquiesce.

— Ma soeur. Elle est morte l'année dernière.

J'entends l'angoisse dans sa voix. J'entends aussi ce qui ressemble à de la culpabilité. Lourde et dévorante. Je ressens littéralement sa douleur et les larmes me montent aux yeux.

— On dirait que vous étiez proches.

Il fait un signe de tête brusque.

— Je suis vraiment désolée, Jax.

— Je l'ai mal pris. Je suis l'aîné et c'était à moi de m'occuper d'elle. Et j'ai échoué.

— Non. Ne dis pas ça. À un moment donné, on peut pas tout faire. Tu n'es qu'un être humain.

— Oui, mais j'aurais pu faire mieux. Bastian est le plus grand connard que j'aie jamais connu.

— Il a 30 ans. Comme je l'ai dit, il doit assumer la responsabilité de ses actes et de ses décisions. Tu ne peux pas vivre sa vie à sa place.

— Tu ne connais pas Bastian. Il est sauvage, impétueux et s'il peut se planter et prendre la mauvaise décision, il le fera.

— Peut-être qu'il a juste besoin de passer plus de temps avec son grand frère responsable, lui dis-je.

Jax se met à rire.

— Oui, c'est ça. Si tu m'avais connu l'année dernière à la même époque...sa voix s'éteint et je le vois se replier sur lui-même.

— Je ne te connaissais pas à l'époque, mais je suis très heureuse de te connaître maintenant.

Il me jette un coup d'œil et je vois ses yeux caramel se réchauffer.

— Je suppose que tu sais comment faire ressortir ce qu'il y a de meilleur en moi, dit-il d'un ton bourru et soulève ma main pour y déposer un baiser.

Le trajet jusqu'à Big Bear dure environ trois heures, bien que la ville ne soit située qu'à une centaine de kilomètres à l'est de Los Angeles. La circulation ne semble jamais coopérer autour de la Cité des Anges. Nous remontons la CA-18, bordée par la forêt nationale de San Bernardino, et sortons à Pine Knot. Mon premier aperçu de Big Bear Lake ne me déçoit pas.

— C'est tellement beau, dis-je en me penchant pour mieux voir.

— Nous avions l'habitude de venir ici tout le temps quand nous étions enfants. J'ai beaucoup de bons souvenirs ici. C'est l'une des raisons pour lesquelles je ne pouvais pas vendre.

Je regarde et j'étudie son profil sérieux. Même s'il le cache la plupart du temps, Jax a un côté sensible. Et je le trouve incroyablement gentil.

— Wow, quelle est la taille du lac ?

Il semble interminable.

— Près de 10 miles de long et jusqu'à 20 mètres de profondeur à certains endroits. On peut y pêcher, faire du bateau et du ski nautique. Il y a beaucoup à faire ici.

— Ça a l'air sympa, dis-je.

Jax quitte la route principale et après quelques virages, il gare l'Expedition devant un petit chalet. J'ouvre ma porte, saute dehors et m'étire. Les oiseaux chantent, la brise bruisse entre les arbres et le ciel bleu est éclatant.

C'est un enchantement.

Nous prenons nos sacs et je suis Jax jusqu'au patio.

— Ça fait un moment que je ne suis pas venu ici, alors je m'excuse pour la poussière et la saleté.

Il déverrouille la porte et nous entrons.

— Ça ne me dérange pas, dis-je. Et, crois-le ou non, je sais me servir d'un balai.

Il frappe mon bras valide avec son épaule.

— Je n'aurais jamais deviné.

— Tu serais surpris de voir à quel point je m'adapte facilement.

— Si tu survis trois jours sans toute ton équipe, je serai impressionné.

Je le gifle gentiment, mais il se contente de sourire en allumant une lampe.

L'endroit est charmant. Tout en boiseries, avec de grandes fenêtres et une cheminée en pierre. Je tire les rideaux et ouvre les fenêtres pour aérer et Jax commence à inspecter les lieux.

— Alors, quel est le plan pour le reste de la journée ?

Il s'approche et glisse ses bras autour de ma taille.

— Tout ce que tu veux, bébé.

Puis il se penche et m'embrasse sans retenue.

Quand Jax m'embrasse, le reste du monde cesse d'exister. C'est comme si tout le reste disparaissait et qu'il n'y avait que lui et moi. Je me sens en paix, mais surtout, je me sens chez moi.

De plus, un chalet est un luxe que je n'avais jamais eu auparavant, c'est donc un sentiment vraiment agréable et nouveau.

— Pouvons-nous explorer le coin ?

— Bien sûr, dit-il en me tendant la main.

L'après-midi passe en un clin d'œil. Nous nous promenons dans les sentiers boisés et au bord du lac, où nous nous asseyons au bord de l'eau pour regarder les canards et les oies barboter. Jax m'en dit un peu plus sur le temps qu'il a passé ici avec sa famille, mais j'ai toujours l'impression qu'il omet quelque chose d'important.

Je me dis que lorsqu'il sera prêt, il s'ouvrira à moi.

En attendant, nous apprécions la compagnie l'un de l'autre et le fait d'être entourés par la nature. C'est un gros changement par rapport à l'agitation et aux quatre millions d'habitants de Los Angeles. Honnêtement, tant que Jax est avec moi, je pense que je peux aller à peu près n'importe où et être heureuse.

Lorsque j'ai appelé Jaxon Wilder pour la première fois et que j'ai entendu sa voix rauque, je ne savais pas du tout à quoi m'attendre. Puis, lorsqu'il est venu chez moi et que j'ai vu son physique de bad boy avec son casque de moto sous le bras, j'ai su que j'allais avoir des ennuis. Depuis cette première impression, je me suis rendu compte que cet homme est bien plus qu'un physique et plus j'apprends à le connaître, plus il s'ouvre et partage avec moi, plus je me sens sous le charme.

Mon estomac s'effondre et je suis frappée de plein fouet. Je suis en train de tomber amoureuse de lui.

Je suis un peu paniquée à l'idée que cela puisse se terminer bien. Dès qu'ils auront trouvé le type qui me harcèle et qu'ils l'auront mis derrière les barreaux, que se passera-t-il ? Jax aura terminé le travail pour lequel je l'ai engagé et ce sera fini.

Fini. La vie reprendra son cours normal, comme avant.

Mais c'est la dernière chose que je veux. Je ne veux plus jamais retourner dans cette grande maison solitaire de Blue Jay Way. Sauf si Jax est avec moi.

J'aimerais savoir ce qu'il pense, où se situe son cœur quand il s'agit de tout cela.

Je pense que nous allons passer environ trois jours ici. J'espère que le temps que nous passerons ensemble nous aidera à clarifier la situation et à renforcer nos liens.

Car s'il y a une chose dont je suis sûre, c'est que je ne pourrai pas m'éloigner de Jax une fois que tout sera terminé.

Du moins, pas sans avoir le cœur brisé.

24

JAX

Je regarde Easton du coin de l'œil et une idée me frappe de plein fouet. Comme un coup de poing dans le ventre.

Cette femme pourrait me briser le cœur.

Si je suis assez intelligent, je devrais m'éloigner et me protéger. Mais bizarrement, elle continue à me soutirer de plus en plus d'informations. Et je me retrouve à m'ouvrir lentement et à révéler des choses que je n'ai jamais partagées avec une autre femme.

Apparemment, je ne suis pas très intelligent.

Easton, cependant, a un esprit intelligent et je peux dire qu'elle comprend qu'il y a des choses que je ne dis pas. Mais elle est patiente et n'insiste pas, ce que j'apprécie car il n'est pas facile pour moi de parler de Maddy et de ce qui s'est passé l'année dernière.

C'est vraiment très dur.

Le seul à connaître toute l'histoire, c'est Griff. Il était là pour moi quand mon monde s'est effondré et je ferais n'importe quoi pour lui rendre la pareille. Logan et Ryker en connaissent des bribes, mais je n'en parle pas.

Étrangement, une partie de moi envisage de s'ouvrir à Easton et de dévoiler ces sombres secrets que j'essaie tant bien que mal de garder sous clé.

Mais si c'est plus que ce qu'elle veut entendre ? Et si elle ne pouvait pas accepter les mauvaises choses que j'ai faites ? Ce n'est pas pour rien que je passe beaucoup de temps dans l'ombre, que je succombe à la culpabilité et que je me ferme aux autres, en particulier aux femmes et aux relations.

Je ne peux pas me pardonner.

Comment puis-je espérer que quelqu'un d'autre comprenne ?

Alors que des pensées sombres tourbillonnent dans ma tête, Easton et moi retournons au chalet. L'air est beaucoup plus frais car le soleil commence à se coucher. J'ouvre la porte et je vois Easton frissonner.

— Ça te dirait un feu ?

— Super ! Il commence à faire froid.

— Oui, c'est comme ça la nuit.

Je m'agenouille devant la cheminée et ouvre le clapet. Elle n'a pas été utilisée depuis des lustres et j'ai hâte de la remettre en marche. Elle semble assez propre et prête à fonctionner, alors je froisse du papier journal, j'empile du petit bois et je place quelques bûches au-dessus. Il y a une boîte d'allumettes sur la cheminée et Easton me les tend.

Je gratte une allumette sur le côté de la boîte et une flamme s'allume. Je l'abaisse sur le papier et, en quelques instants, le feu prend vie.

Easton pose une couverture sur le sol et soulève ses mains pour les réchauffer. Je recule et m'installe à côté d'elle.

— Comment va ton bras ? Il faudrait probablement changer le bandage.

— Ça va mieux, dit-elle, et elle tend la main pour toucher le pansement.

— Allez, montre.

Je me penche et commence lentement à défaire le bandage et la gaze, puis je soulève délicatement la compresse.

— Ça a l'air d'aller, dis-je en l'examinant. La cicatrisation est bonne.

— Je n'aurais jamais pensé pouvoir dire que j'ai une cicatrice due à une blessure par balle.

— Oh, bébé, dis-je avec un ton triste en déposant un baiser sur le haut de son épaule. Ça va guérir.

Le feu crépite, chassant le froid du salon, et Easton se met à genoux, se penche en avant et commence à m'embrasser dans le cou. Mes yeux se ferment et j'émets un faible soupir. Ses délicieuses lèvres rouges font battre mon pouls et durcir ma bite.

Soudain, elle est sur moi et j'adore ça. Le goût sucré de sa bouche, l'odeur enivrante de son jasmin, les courbes douces de son corps. Elle soulève ma chemise, la fait passer par-dessus ma tête et la jette.

— Allonge-toi, m'ordonne-t-elle.

Je m'allonge sur la couverture, appuyé sur mes coudes, et je décide de la laisser faire. Son côté autoritaire m'excite beaucoup et je suis curieux de voir ce qu'elle fera ensuite.

Ses mains glissent sur mon torse nu, ses ongles griffent, et ma respiration s'accélère. Lorsque sa tête s'abaisse, j'enfonce mes doigts dans la couverture et je serre les poings. Je sens sa bouche douce remonter le long de mes abdominaux, sa langue chaude me caresser, ses cheveux me chatouiller le long de mon ventre et de ma poitrine nus.

Je ne suis pas sûr de pouvoir supporter tout ça et lorsque j'essaie de me redresser, elle place une main contre ma poitrine et me pousse jusqu'au bout.

— Uh-uh, dit-elle en m'enjambant. Je contrôle la situation maintenant et, après la nuit dernière, j'ai l'intention d'y aller très, très lentement. Comme une douce torture.

Elle m'effleure le téton et je gémis en m'agrippant à ses hanches. La vengeance est terrible, je pense, mais je prendrai ce genre de douce vengeance n'importe quand.

L'instant d'après, elle se lève et recule d'un pas. Je veux qu'elle se rapproche de moi, pas qu'elle s'éloigne, et je fronce les sourcils.

— Qu'est-ce que tu...

Easton pose un doigt sur ses lèvres.

— Chut.

Puis elle retire lentement son tee-shirt. Il tombe sur le sol à côté de moi et je déglutis difficilement. Elle porte un soutien-gorge rouge vif, parfaitement assorti à la couleur de son rouge à lèvres. Et il est suffisamment transparent pour me mettre l'eau à la bouche.

Alors qu'elle glisse hors de son legging et l'écarte d'un coup de pied, la culotte rouge assortie fait frémir mes narines. J'ai envie de l'arracher, mais quand je me redresse, elle recule encore d'un pas.

— Allonge-toi, dit-elle. Complètement.

Je dis « coquine » et je me laisse tomber sur la couverture. Le feu crépite et brille derrière elle, soulignant chaque courbe, et mes mains me démangent de la toucher. Mais pour l'instant, c'est elle qui contrôle la situation et qui me fait comprendre que je dois suivre ses règles.

J'ai l'habitude d'être celui qui commande et qui domine, alors ça va être un vrai changement. Je passe une main derrière la tête et décide de lui laisser les rênes.

Quand elle voit que je me détends, elle s'approche en souriant.

— Tu as l'habitude de faire les choses à ta façon, n'est-ce pas ? D'avoir le contrôle ?

Elle s'abaisse, se place à nouveau à califourchon sur moi, et ses yeux vert émeraude irradient de chaleur.

J'acquiesce, la regardant étendre ses mains sur mon ventre, les remontant pour caresser les tatouages. Avec un regard brûlant, elle fait glisser son corps le long du mien, frôlant mon torse de ses seins lourds, et je saisis ses hanches, enfonçant mes doigts dans ses courbes.

Easton s'empare de ma bouche, ses lèvres sont douces et chaudes, et sa langue plonge pour rencontrer la mienne. Je réponds avec une lenteur paresseuse, appréciant la profondeur du baiser et la façon dont ses seins s'écrasent contre moi.

C'est une torture douce et bénie comme je n'en ai jamais connue auparavant.

Un instant plus tard, elle se retire et sa tête glisse sur moi, m'embrasse en descendant le long de la pente de ma mâchoire rugueuse jusqu'à la courbe de mon cou et de mon épaule. Je me cambre pour lui donner un meilleur accès tandis que sa bouche laisse une traînée de baisers humides le long de mes pectoraux, puis tourbillonne autour de mon nombril.

Quand je sens qu'elle tire sur mon jean, je suis prêt. J'ai hâte de me libérer enfin de ce jean et de me jeter sur elle. Je l'ai obligée à y aller doucement hier soir et maintenant je commence à comprendre ce qu'elle a ressenti.

J'enlève mon jean et mon caleçon. *Enfin,* me dis-je, et je tends la main pour soulever ses hanches et la faire descendre sur mon érection palpitante.

Mais, au lieu de cela, Easton s'installe un peu plus bas et enroule sa main autour de ma longueur dure et palpitante.

— Easton, dis-je et mes hanches se soulèvent d'elles-mêmes.

— Doucement, bébé, dit-elle en reprenant mes mots de la nuit dernière, et en faisant courir ses mains de haut en bas et tout autour. Nous avons toute la nuit devant nous.

– *Putaiin,* gémis-je.

Lorsque sa tête descend et que ses lèvres rouge vif prennent ma dureté dans sa bouche, je ne peux pas détourner le regard, seulement enfiler mes doigts dans ses cheveux noir de jais et gémir. Le plaisir est trop intense et avec la façon dont cette bouche pulpeuse glisse et suce, je ne pense pas pouvoir tenir longtemps.

— Je veux te prendre. *Maintenant,* grincé-je entre mes dents serrées, en déchirant un préservatif.

Easton lève la tête, lèche ses lèvres rouges pulpeuses et enlève sa culotte en dentelle avant que je ne l'arrache à nouveau. Pendant que j'enfile la capote d'une main tremblante, elle décroche son soutien-gorge rouge et le laisse glisser le long de ses bras. Ensuite, elle descend sur moi, m'attirant en elle, centimètre par centimètre. Je m'élance, je la pénètre, submergé par des sensations si intenses que je n'arrive même pas à penser clairement.

Je ne peux que ressentir.

Sous les éclats du feu, Easton se balance au-dessus de moi, les mains posées sur mon torse, la tête en arrière, les lèvres écartées, et la voir en proie à une extase flamboyante suffit à me faire basculer dans l'orgasme. Je me déhanche et je sens l'orgasme le plus intense de ma vie me traverser.

Après avoir cessé de frémir, de trembler et de gémir, une délicieuse sensation de picotement parcourt mon corps et je reste allongé sous elle, complètement émerveillé.

Putain de merde, c'était intense. Je ne sais pas si j'ai envie de pleurer ou de vérifier si ma bite est toujours là.

Juste après mon orgasme, Easton se cambre et crie avant de se laisser tomber sur moi. *Mon Dieu, elle est si belle.* Au-delà de tout, me dis-je, alors qu'elle dépose un baiser sur mon torse. Je passe mes mains dans son dos, sur ses fesses parfaites et je les serre.

— J'ai failli mourir avec ton petit jeu, murmuré-je dans un souffle rauque.

Elle se retourne pour me regarder avec un sourire hébété, mais très malicieux.

— Pauvre bébé, dit-elle.

Épuisé et complètement rassasié, j'attrape quelques oreillers et une couverture. Puis je prends Easton dans mes bras et nous nous blottissons l'un contre l'autre devant le feu qui crépite. La pièce est maintenant très chaude et nous nous endormons tous les deux en quelques minutes.

Mais, contrairement au sommeil paisible de la nuit dernière, je me retrouve pris dans les mâchoires d'un autre cauchemar.

Une fois de plus, je me retrouve sur le sol de la salle de bain, berçant le cadavre de ma sœur.

Huit impacts de balles.

Je déteste le chiffre huit. Je le déteste de toutes mes forces.

Je baisse les yeux et je vois son sang sur mes mains. Il est encore chaud. Je ne suis pas arrivé à temps. Je l'ai encore déçue. Submergé par la culpabilité et le désespoir, mes yeux se ferment.

Lorsqu'ils s'ouvrent, je ne suis plus dans la salle de bains de l'appartement. Au lieu de cela, je me retrouve dans la deuxième partie de mon cauchemar. Je suis dans un entrepôt crasseux, quelque part dans le centre de Los Angeles, et je suis accroupi derrière une grande caisse, mon Glock à la main. La transpiration coule sur mon front et mes tempes et je l'essuie du revers de la main.

La caisse n'est pas la meilleure des couvertures, mais c'est la seule que je puisse trouver avant que les balles ne commencent à voler. Elles traversent l'air, frappent le mur derrière moi, et je sens quelques morceaux de béton tranchant m'érafler la joue.

Soudain, une balle arrache un morceau de la caisse en bois. Elle se brise près de mon visage et je sais que je dois bouger maintenant ou je vais être piégé par les tirs.

Je m'élance accroupi, courbant ma grande carcasse autant que possible et me dirigeant vers le mur lorsque les coups de feu retentissent à nouveau. Une balle siffle au-dessus de ma tête, manquant de me scalper, et je saute, dérapant sur le sol en béton. Le cœur dans la gorge, je roule derrière un tonneau, je me hisse et je commence à tirer.

Pop, pop, pop !

L'un des gangsters pousse un cri de douleur. Il reste deux cibles, me dis-je, et j'insère un autre chargeur dans le Glock. Je retourne l'arme et la charge. J'appuie sur la gâchette une fois, deux fois, trois fois.

Soudain, le silence règne dans l'entrepôt. *Je les ai eus.*

Je sors de derrière le tonneau un peu trop tôt.

Ils sont pas deux.

Mais trois.

Bon sang de bonsoir. Je me retourne et je tire, pour toucher l'enfoiré qui se faufile sur ma gauche, mais il est trop tard. Il tire le premier et une douleur me transperce le flanc. Je ne sais pas combien de fois j'ai été touché, mais je m'écroule violemment, le visage contre le sol.

Je roule sur le dos, en état de choc, la bouche ouverte, mais aucun son ne sort. Je n'arrive pas à trouver les mots. Je n'arrive pas à trouver ma voix pour appeler à l'aide. Alors que la pire douleur que j'aie jamais ressentie se transforme en un élancement sourd et douloureux, je sais que je vais mourir. Me vider de mon sang, ici, sur ce sol en béton, tout seul.

Comme Maddy.

Au moins, je sais que j'ai éliminé les salauds responsables de son meurtre.

L'obscurité commence à se resserrer, réduisant ma vision, et j'ai beau me battre pour rester éveillé, pour garder les yeux ouverts et le doigt sur la gâchette, c'est inutile. Je m'évanouis.

Quand j'ouvre les yeux, je vois Griff agenouillé au-dessus de moi, appliquant une pression sur mes blessures, me disant de tenir bon parce que les secours arrivent. La douleur revient, chaque terminaison nerveuse de mon corps est à vif à cause des balles logées dans mon flanc.

Je m'évanouis à nouveau.

Dans le cauchemar, quand je rouvre les yeux, ce n'est pas Griff qui est agenouillé au-dessus de moi.

C'est un quatrième gangster. *Comment ai-je pu le rater ?* se demande mon esprit embrumé. Et puis, il lève son arme et la vide sur moi. Je ferme les yeux, j'entends le bruit sec et...

Je me réveille en sursaut, les bras ballants et le corps sautillant comme si on me tirait encore dessus, sans savoir où je suis. Lorsque mon regard se fixe enfin, ce n'est pas la voix de Griff que j'entends. C'est celle d'Easton et sa voix est pleine de peur et de panique, mais je ne peux pas comprendre ses mots.

Je secoue la tête, essayant de me débarrasser des restes du cauchemar, essayant de me concentrer. Ma poitrine se soulève, ma respiration est difficile et rapide, et une couche de sueur me recouvre. Il fait trop chaud ici et je pousse la couverture. Il me faut une minute pour me rappeler que je suis au chalet de Big Bear.

— Putain, dis-je en laissant tomber ma tête dans mes mains.

— Jax ?

Sa voix semble incertaine, timide. Ce n'est pas l'Easton que je connais. Quand elle pose une main sur mon bras, je m'éloigne.

Je ne veux pas qu'elle me voie comme ça. Je ne veux pas qu'elle ait de la pitié. *Putain de cauchemars.* Je n'arrive pas à m'en débarrasser et, depuis un an, j'en fais presque toutes les nuits.

— S'il te plaît, ne me repousse pas, dit-elle.

Lorsque je lève enfin les yeux, je ne vois pas la pitié que je m'attendais à voir dans ses magnifiques yeux verts.

Je vois de l'amour.

Peut-être suis-je encore en train de rêver, me dis-je, et je soupire.

— Tu peux me parler.

Elle tend à nouveau la main, caresse mon avant-bras tatoué, et cette fois, je ne m'éloigne pas.

— Tout va bien, ajoute-t-elle.

Sa voix apaisante me réconforte et je ne sais pas trop pourquoi, mais soudain, j'ai envie de tout dire. Toute la culpabilité et la douleur que j'ai retenues. C'est devenu si lourd et le fardeau si pesant que je ne pense pas pouvoir le porter plus longtemps.

Easton prend mon visage dans ses mains, se penche et dépose un baiser sur mes lèvres. Mes bras se tendent instantanément et s'enroulent autour d'elle. Je lui rends son baiser, me sentant incertain et très perdu.

— Nous sommes en sécurité, murmure-t-elle.

Je pousse un soupir, je l'attire contre moi et j'enfouis mon visage dans ses cheveux.

— Je suis désolé, dis-je. Je ne voulais pas te faire peur. J'ai juste...

Ma voix s'arrête. Elle attend que je continue, toujours patiente, sans jamais me pousser.

— Des cauchemars, dis-je en respirant profondément son parfum, savourant la façon dont son odeur de jasmin m'apaise.

— Je sais que c'est difficile, mais parfois, le fait de parler des choses aide.

Elle a peut-être raison. Parce que je sais pertinemment que le fait de l'enfouir au plus profond de moi n'a pas aidé. Et l'ignorer n'a pas beaucoup aidé non plus. Rien ne m'a permis d'oublier ou d'atténuer la culpabilité écrasante.

L'année dernière, la culpabilité et la douleur liées à la mort de Maddy se sont envenimées.

Je ne sais même pas par où commencer, alors je commence à parler.

— J'ai été flic. Je ne sais pas si c'est parce que je suis l'aîné ou quoi, mais j'ai toujours pensé que c'était à moi de m'occuper de Bastian et Maddy après la mort de mes parents. Rejoindre les forces de police m'a semblé être la chose naturelle à faire.

— C'est dans ta nature, dit Easton. Tu as fait du bon travail en prenant soin de moi. À plus d'un titre, ajoute-t-elle, et je sens ma bouche s'approcher de sa tempe.

— Ma sœur était la personne la plus gentille qui soit, mais elle a fait l'erreur de tomber amoureuse d'un très mauvais type. Il s'appelait Tony Zerillo et il devait beaucoup d'argent aux mauvaises personnes. Ils ont fini par venir le chercher. Mais Zerillo était déjà en prison. Alors, comme il n'y était pas, ils ont décidé de lui donner une leçon. Ils ont assassiné ma sœur.

— Oh, mon Dieu.

— Elle m'a appelé quand ils sont entrés par effraction et elle était si effrayée. Elle avait tellement peur, putain, et je suis arrivé aussi vite que j'ai pu, mais je suis arrivé trop tard. Je l'ai trouvée par terre dans la salle de bain, tuée par balle.

Ma voix se bloque et mes yeux brûlent.

— Il y avait tellement de sang et je ne pouvais pas, je ne pouvais pas le supporter. J'ai perdu la tête le jour où je l'ai perdue.

Je sens les doigts d'Easton s'enrouler autour du médaillon de Saint-Michel.

Je jette un coup d'œil vers le bas.

— Maddy me l'a donné le jour où j'ai été diplômé de police.

— Le saint patron des policiers, c'est ça ?

— C'est un protecteur, un guerrier et l'ange de la mort.

Comme moi, me dis-je. Je sens un petit frisson parcourir le corps d'Easton.

— Après la mort de Madison, j'ai juré de trouver le responsable. J'ai utilisé toutes les relations et ressources possibles pour me venger. Je me suis éloigné de tout le monde, surtout de Sharpe, qui était mon meilleur ami au commissariat. Nous avons été diplômés de l'école de police ensemble. Mais je ne voulais pas l'entraîner dans ma chute. La vengeance me consumait et c'était la seule chose qui me faisait sortir du lit le matin.

— Qu'est-ce qui s'est passé ? demande Easton, en s'enfonçant plus profondément dans mon étreinte.

— Un indice est tombé et j'ai pu retrouver les gars que je cherchais. Nous nous sommes retrouvés dans un entrepôt du centre-ville. Je suis allé au bout seul et, lorsque je suis entré dans cet entrepôt sans aucun renfort, une partie de moi ne pensait pas que j'en ressortirais. Mais je m'en fichais. J'ai laissé tomber Maddy et j'étais prêt à faire tout ce qu'il fallait pour faire tomber ces types. Même si cela signifiait mourir.

— Oh, Jax, murmure-t-elle.

— Il y a eu une fusillade et j'ai merdé. Je pensais les avoir tous eus, mais j'en avais raté un et il a tiré quelques secondes avant moi. J'ai reçu trois balles. Je serais mort sans Griff. Je n'avais pas réalisé qu'il était inquiet et qu'il m'avait suivi. Il est arrivé juste à temps. Il a appelé les secours et m'a empêché de me vider de mon sang. Je dois la vie à Griff.

Je la sens saisir ma main et la serrer.

— C'est pour ça que c'est si important pour moi que Platinum Security réussisse. Les gars comme moi, Griff et Ryker n'ont pas beaucoup d'options. Nous avons des compétences spécifiques et les gens qui nous ont formés nous ont abandonnés. C'est à moi de m'assurer qu'on s'occupe de nous maintenant.

— Tu es un homme bon, Jax, dit-elle et je ne peux m'empêcher de rire d'un rire noir.

— Tu n'as aucune idée de ce dont je suis capable, Easton. J'ai été entraîné à tuer. Et je n'ai eu aucun problème à utiliser ce que j'ai appris pour éliminer mes ennemis. Je ne le regrette pas.

— Tu as vengé ta sœur et tu as éliminé des hommes ignobles. Je comprends pourquoi tu l'as fait. Mais je parie que la police de Los Angeles non.

— Non, c'est ça. Mais je pense que j'ai de la chance de ne pas pourrir dans une cellule de prison en ce moment. Les flics se protègent les uns les autres et, techniquement, c'était de la légitime défense. Du moins, c'est ce que nous avons dit. J'ai été contraint de démissionner pour mauvaise conduite. Après dix ans dans la police, c'était humiliant de voir ma carrière se terminer comme ça. Les stigmates du « mauvais flic » durent toute une vie.

— Logan et toi semblez toujours bien vous entendre.

— Par ton biais.

— Qu'est-ce que tu veux dire ?

— Nous ne nous étions pas parlé depuis près d'un an. Je l'ai croisé dans un bar près du bureau et nous avons parlé un peu. Il a dû se sentir mal parce qu'il m'a parlé de toi.

— Je suis si heureuse qu'il l'ait fait, dit-elle en prenant mon visage dans ses mains.

Quand elle m'embrasse, j'ai l'impression que sa lumière chasse au loin les ténèbres de mon âme.

25

EASTON

Je me retire et balaie tendrement une mèche de cheveux du visage de Jax. Je n'ai jamais vu cet homme fort et compétent paraître aussi vulnérable et mon cœur se serre. Le fait qu'il se soit confié sur son passé douloureux est très important pour moi.

Si mes sentiments n'étaient pas évidents avant, ils le sont maintenant. Je tombe amoureuse. L'amour est une chose étrange, merveilleuse et folle et, lorsque je regarde les yeux bruns de Jax, je me sens comme chez moi. Il n'y a rien que je veuille plus que Jax Wilder dans ma vie.

Le problème, c'est que je ne sais pas ce qui se passe dans sa tête. Je sais qu'il tient à moi. *Sans aucun doute.* Mais ça ne veut pas dire qu'il veut une relation ou qu'il m'aime. Après tout ce qu'il a vécu, un homme comme Jax pourrait penser qu'il n'est même plus capable d'aimer une femme.

Je vais devoir lui prouver qu'il a tort.

Il doit cesser de se punir pour ce qui s'est passé. S'en vouloir pour la mort de Maddy est autodestructeur et cela l'empêche d'avancer dans la vie. Mais je vais faire tout ce qui est en mon pouvoir pour l'aider à se pardonner.

Il est étrange d'éprouver de tels sentiments à l'égard d'un homme. Je n'ai jamais ressenti ça pour Daniel ou Lincoln. J'ai toujours été trop occupée, trop impliquée dans mon travail. Mais maintenant que les choses ont ralenti et qu'il n'y a plus que Jax et moi, j'ai le temps de réfléchir. Et je peux voir et comprendre les choses plus clairement.

Et si je sais une chose, c'est que je ne veux plus jamais revenir à la vie chaotique et solitaire que j'ai connue. J'aspire à nouveau à une vie plus simple et mes pensées deviennent plus traditionnelles, ce qui est fou pour moi. Le mariage et les enfants sont deux choses auxquelles je n'ai jamais pensé parce qu'elles ne faisaient pas partie de mes projets.

Mais maintenant, en regardant Jax, une partie de moi commence à se dire que j'aimerais avoir une vie normale avec lui. Peut-être fonder une famille ensemble. Il serait un mari et un père formidable. Il possède les bonnes qualités : loyal, protecteur et attentionné.

Jax est un peu sauvage, cependant, et je ne pense pas qu'il sera jamais complètement apprivoisé. Et j'aime ça, je peux l'accepter, parce que je suis sûrement un peu ainsi moi aussi.

Je pourrais tomber amoureuse de lui, mais il y a un côté de moi qui restera toujours libre. Nous nous complétons très bien, je crois.

Jax se penche, m'embrasse fort, puis se retire en soupirant.

— Je suis affamé, dit-il.

Je me glisse hors de ses genoux et nous nous levons. Pendant qu'il enfile son jean, je ramasse son t-shirt et le passe par-dessus ma tête.

— Ça ne te dérange pas, n'est-ce pas ?

Il fait chaud dans le chalet grâce au feu et j'ai envie de sentir son odeur sur moi.

Il me lance un sourire, me prend la main et m'attire contre lui.

— J'aime ça, dit-il en m'embrassant sur la tempe.

Lorsqu'il prononce le mot « aimer », mon cœur s'emballe.

Nous nous dirigeons vers la cuisine et je cherche des assiettes tandis que Jax ouvre le réfrigérateur et récupère une partie de la nourriture que nous avons apportée. Sandwichs, salade de pâtes et quelques bouteilles d'eau.

Je n'avais pas réalisé à quel point j'avais faim jusqu'à ce que nous commencions à tout déballer. Je prends une bouchée de mon sandwich végétarien et je me souviens soudain que nous sommes le 17 juillet. C'est *mon anniversaire*. J'ai officiellement 30 ans et je me sens étonnamment bien.

Même si je redoutais ce jour, ce passage à l'âge adulte, cela ne me dérange plus du tout. En fait, je crois que je ne me suis jamais sentie aussi bien. J'ai l'impression que c'est grâce au bel homme à côté de moi qui mange un sandwich italien.

Je le regarde mâcher, les yeux rivés sur sa bouche, et un frisson me parcourt lorsque je pense aux endroits de mon corps où cette bouche est passée. Au plaisir qu'elle m'a donné. J'avale une bouchée, j'attrape mon eau et je bois une longue gorgée dont j'ai bien besoin. Il fait trop chaud et j'ai besoin de me rafraîchir car mes pensées s'affolent.

Puis il croise mon regard embué, pose son sandwich et boit une longue gorgée d'eau, la gorge serrée, ses yeux caramel rivés sur les miens.

— Quoi ? demande-t-il d'une voix rauque.

— Je viens de me rappeler que nous sommes le 17 juillet.

— Et ?

— Et c'est mon anniversaire, dis-je avec un petit sourire.

Il s'appuie d'un coude sur le comptoir et me lance un sourire ravageur.

— Joyeux anniversaire.

Je me sens timide tout à coup, et stupide d'en avoir parlé.

— Merci.

— Quel âge as-tu ?

Je fronce le nez.

— Trente ans.

Jax se glisse vers moi, m'entoure de ses bras et dépose un baiser dans mon cou.

— Tu n'es qu'un bébé, dit-il.

Ses mains glissent sur mon ventre et il m'attire contre lui, sa langue effleurant la courbe de mon cou. Je déglutis difficilement, aimant la sensation de son torse nu pressé contre mon dos. Sans parler de la bosse qui durcit dans son jean.

Puis, sans crier gare, il s'éloigne, me retourne et me fait un demi-sourire sulfureux.

— Faisons un gâteau.

— Quoi ? dis-je en riant.

— C'est ton jour et il n'y a pas d'anniversaire sans gâteau.

— Ce n'est pas grave.

— Tu dois faire un vœu, comment tu vas faire si tu n'as pas de bougies sur un gâteau ?

Sa logique est adorable et, avant que je réalise ce qui se passe, nous sommes habillés, dans l'Expedition et nous nous dirigeons vers le magasin du coin, même s'il est presque dix heures du soir. Je choisis un sachet de préparation pour gâteau au chocolat, des pépites de chocolat au lait à ajouter à la pâte et une boîte de glaçage au caramel. Il trouve une petite boîte de bougies, des œufs et de l'huile pour le gâteau et quelques autres fournitures. Chargés de sacs de courses, nous sommes de retour au chalet en un temps record.

Le feu rugissant de tout à l'heure n'est plus qu'un tas de cendres chaudes. Dans la cuisine, je préchauffe le four pendant que Jax trouve des bols, des tasses à mesurer et une pile d'ustensiles aléatoires dont il pense que nous pourrions avoir besoin.

— Tu as déjà fait un gâteau ? demandé-je en riant, quand il sort une autre spatule.

— Non, admet-il. Mais on n'a jamais trop de cuillères, n'est-ce pas ?

— C'est une spatule, pas une cuillère !

L'expression de son visage est attachante et il me fait rire si fort que j'ai mal aux côtes.

Alors que nous mesurons les ingrédients et que nous nous taquinons mutuellement, mon cœur s'illumine. Toute la noirceur de tout à l'heure se dissipe et Jax a l'air heureux. Presque insouciant, ce que je n'ai jamais vu auparavant.

J'ajoute les pépites de chocolat et il plonge un doigt dans la pâte.

— Mmm, dit-il en léchant la pâte.

— Bonne ?

Lorsqu'il plonge à nouveau son doigt dans le gâteau, je lui donne un coup.

— Si tu manges tout, il n'y aura plus de gâteau.

— Encore une, dit-il.

Mais cette fois, après en avoir prélevé un peu, il lève son index vers ma bouche.

— Goûte.

Le regard fixé sur le sien, j'ouvre la bouche et enroule mes lèvres autour de son doigt, aspirant la pâte. Je vois sa poitrine se contracter, sa respiration s'accélérer, et je maintiens sa main. Même s'il n'y a plus de pâte, je continue à sucer son doigt, passant d'un doigt à l'autre. Je lèche le haut et le bas de son majeur, puis je retourne sa main et j'enroule ma langue autour de sa paume, où je dépose un baiser humide, la bouche ouverte.

Sur le bord de son poignet, j'aperçois rapidement un « M » cursif tatoué.

Jax se penche, saisit mon t-shirt dans ses grandes mains et le fait passer par-dessus ma tête. Un instant plus tard, il dégrafe mon soutien-gorge d'une main et, en même temps, fait glisser mon legging de l'autre.

Je me dis qu'il a de *multiples talents,* puis je sens qu'il m'attrape par les hanches et qu'il me soulève. D'un bras, il écarte les bols, les spatules et tout ce qui gêne, et m'allonge sur le comptoir. Étendue devant lui avec seulement ma culotte en dentelle, je sens le désir m'envahir et une chaleur liquide se répandre entre mes jambes.

Il passe entre mes cuisses, plonge un doigt dans la pâte et l'étale sur ma clavicule. J'aspire une bouffée d'air en le regardant laisser une traînée de chocolat, encerclant mes mamelons puis glissant dans la vallée entre mes seins. Il étale du chocolat sur mon ventre et tout autour de mon nombril.

Puis il baisse la tête et, à partir de ma clavicule, il retrace la piste du chocolat. Mais cette fois, c'est avec sa langue.

Je laisse échapper une respiration rauque et un tremblement parcourt mon corps. Je sais où il veut en venir et tandis qu'il lèche la ligne de pâte, descendant plus bas, je saisis ses cheveux noirs dans mes mains et me sens fondre.

Les doigts de Jax glissent sous l'élastique de ma culotte et, avec le plus grand soin et une lenteur aguicheuse, il la fait glisser vers le bas. Sur mes cuisses, autour de la courbe de mes genoux, puis le long de mes mollets et de mes chevilles, où elle tombe et touche le sol.

Mes yeux se ferment lorsque ses mains écartent davantage mes jambes. Sa bouche quitte mon nombril, passe sur ma hanche, puis se dirige vers mon centre. Je retombe complètement contre le comptoir avec un doux gémissement lorsque ses mains agrippent le haut de mes cuisses, me tenant ouverte et immobile, et que sa bouche plonge pour saisir mon centre chaud et humide dans un baiser ténébreux comme je n'en ai jamais connu auparavant.

— Jax, dis-je en haletant.

Mais il n'écoute pas et tout ce que je peux faire, c'est me tortiller sous ses lèvres et sa langue.

— Allez, bébé, dit-il entre ces baisers brûlants et ténébreux. Jouis pour moi.

Lorsque je gémis, ses mains glissent dans mon dos et me soulèvent pour avoir un meilleur accès.

— Oh, mon Dieu, crié-je en me tortillant les hanches, tirant sur ses cheveux.

La sensation douce et tourbillonnante me laisse complètement détachée et je remue les hanches, impuissante face au plaisir intense que sa bouche me procure. — S'il te plaît, je te supplie.

Après avoir léché une dernière fois mon sexe, il se redresse et commence à embrasser lentement mon corps tremblant.

— Dis-moi ce que tu veux , dit-il, ses grandes mains se posant sur mes seins.

— Toi, dis-je dans un souffle. En moi. *S'il te plaît.*

Il descend sa fermeture éclair et enlève son jean. Une fois qu'il se redresse, sa longueur dure commence à glisser à l'intérieur de moi et j'ai envie de pleurer.

Jax est d'une virilité puissante et j'enroule mes jambes autour de lui et soulève mes hanches pour répondre à ses coups. Il a un tel contrôle et peut passer d'une lenteur douloureuse à une vitesse fulgurante, puis revenir à la lenteur en un clin d'œil. Je ne sais pas comment il fait, mais la sensation est si délicieuse et me laisse trempée et suppliante.

— Tu es si bonne, gémit-il, me pilonnant plus fort, faisant basculer mes hanches vers lui.

Un vrai bad boy.

— Mon bad boy...

Je n'avais pas l'intention de prononcer ces mots à haute voix et j'ai senti mes joues s'embraser.

Son regard sombre et à demi-clos rencontre le mien.

— Jure, dit-il.

Quoi ?

— Je ne sais pas...

— Fais-le.

J'ouvre la bouche et rien ne sort sauf un doux gémissement de plaisir. Comme je ne fais pas ce qu'il dit, il ralentit, commence à se retirer.

— Non ! Ne t'arrête pas, gémis-je.

— Alors, dis-moi de ne pas m'arrêter, putain.

— *Ne t'arrête pas, putain !* crié-je, resserrant mes jambes autour de sa taille, ne le laissant pas s'éloigner davantage.

Un sourire malicieux se dessine au coin de sa bouche et il s'enfonce en moi, accélérant à nouveau le rythme.

En quelques instants, j'explose violemment et je retombe sur le comptoir, essoufflée et haletante. J'ai du mal à jurer et j'évite de le faire, mais sachant que Jax aime ça, je me rends compte que je vais devoir parler comme ça pour lui de temps en temps.

Et cela m'excite un peu.

Jax s'enfonce en moi et joui avec un gémissement. Un instant plus tard, il se retire et s'éloigne pour retirer le préservatif usagé. Je peux à peine bouger. Mon corps est tellement rassasié et j'ai l'impression d'être quelque part dans les nuages. Jax revient, me met en position assise sur le bord du comptoir, passe entre mes jambes et m'embrasse à pleine bouche.

Après le retour à la réalité, nous mettons ce qui reste du gâteau au four, nous nous enveloppons dans des couvertures, nous nous asseyons à table et nous parlons de tout et de rien. De nos films préférés aux aliments qu'on déteste.

— Des cornichons ? dit-il en faisant une grimace.

— Je peux les mettre sur n'importe quoi, chaud ou froid.

Il fait une grimace et je lui donne un coup sur l'avant-bras.

— C'est peut-être ce que devrait être ton tatouage. Un cornichon, me taquine-t-il.

— J'ai vraiment envie de le faire. Tu m'y emmèneras ?

Il acquiesce.

— Qu'est-ce que tu veux faire ?

— Je n'ai pas encore pris ma décision, dis-je en passant le bout de mon doigt sur son tatouage.

Je tourne son poignet et regarde le « M » sur son poignet, juste au-dessus du cubitus.

— C'est pour ta sœur ? demandé-je.

Il acquiesce.

— Je voulais lui rendre hommage d'une manière ou d'une autre, c'est pour ça que j'ai choisi sa première initiale et le Saint Michel sur mon épaule.

— Ton frère a aussi des tatouages ?

— Bastian ? Oui, dit-il avec un petit rire. Plus que moi.

— Quand l'as-tu vu pour la dernière fois ?

— À l'enterrement de Maddy.

— Il y a un an ?

— Bastian a tendance à fuir, à s'éclipser pendant un certain temps. Mais il réapparaît toujours à un moment ou à un autre. En général, quand il veut quelque chose.

— Tu as dit que vous n'étiez plus aussi proches qu'avant, hein ?

Jax se contente de hausser les épaules.

— C'est mon frère, alors s'il a besoin de mon aide, je serai là pour lui. Tout comme je le suis pour Griff et Ryker. C'est comme ça.

Sa loyauté est profonde et il prend soin des personnes qui lui sont chères.

Soudain, mon cœur se dilate d'amour pour cet homme et, avant qu'il ne puisse lire mon expression, le four sonne. *Dieu merci,* me dis-je, et je me lève d'un bond pour attraper un gant de cuisine. Je ne veux surtout pas l'effrayer.

Je sors le gâteau et nous le laissons refroidir quelques minutes. Ensuite, j'étale le glaçage au caramel à l'aide d'un couteau. Jax saupoudre le gâteau de pépites de chocolat et y plante des bougies. Il les allume et rapproche le gâteau de moi.

— Joyeux anniversaire, princesse, dit-il en me faisant un sourire à tomber. Fais un vœu.

Je ne veux qu'une chose et mes yeux rencontrent les siens à la lueur des bougies. *Je veux que tu tombes amoureux de moi comme je tombe amoureuse de toi.*

Ensuite, je souffle les bougies.

26

JAX

Après avoir partagé un morceau de gâteau d'anniversaire, Easton et moi montons à l'étage. Il est tard et nous avons eu une longue journée. Je me brosse les dents, je me passe un peu d'eau sur le visage et je suis prêt à partir. Easton, quant à elle, a toute une routine.

Je m'adosse au mur et la regarde disposer de nombreux flacons de voyage le long du comptoir. Après s'être lavé le visage avec un savon liquide qui sent bon, elle applique diverses crèmes en les faisant pénétrer dans sa peau du bout de ses doigts délicats.

Elle croise mon regard curieux dans le miroir et sourit.

— Tu fais ça tous les soirs ?

— Ce n'est que la moitié de mon rituel habituel du soir, dit-elle.

Je me place derrière elle et passe mes bras autour de sa taille.

— Toi, ma princesse, tu es ce qu'on appelle très exigeante.

— Tu as sacrément raison, dit-elle et je ricane.

Lorsque nous nous blottissons enfin l'un contre l'autre sous les couvertures, je l'attire contre moi et je pense que nous nous endormons tous les deux à la minute où nos têtes touchent l'oreiller.

C'est probablement la meilleure nuit de sommeil que j'ai eue dans ma vie.

C'est agréable de pouvoir faire la grasse matinée sans se soucier du travail, des messages menaçants ou d'un type qui essaie de faire du mal à Easton. Ici, dans notre petite bulle de Big Bear, le monde est un endroit sûr et magnifique.

Nous nous levons, nous nous habillons et nous prenons notre petit-déjeuner dans un charmant restaurant qui ressemble à une cabane en rondins, un peu plus loin sur la route. Après tous nos efforts de la nuit dernière, nous sommes affamés et dégustons des assiettes de crêpes, de saucisses, de pâtisseries et de fruits. Je bois un café noir tandis qu'Easton sirote son habituel jus d'orange fraîchement pressé.

C'est presque comme si nous étions un couple normal.

Je ne me suis jamais senti aussi à l'aise avec une femme. Une partie de moi pourrait vraiment s'y habituer. Une autre partie de moi est terrifiée à l'idée que, dès que nous retournerons à Los Angeles, tout redeviendra comme avant et que je devrai ramasser les morceaux brisés de notre liaison.

Parce qu'Easton Ross est une star de cinéma qui gagne des millions de dollars, qui a des fans qui la vénèrent et une industrie qui la fait travailler en permanence.

Et moi, qui suis-je ?

Personne. Juste un clochard qui a eu la chance d'avoir une aventure avec la femme la plus belle et la plus étonnante du monde. J'aime le fait qu'elle ne soit pas parfaitement maquillée en ce moment. Elle porte juste un peu de mascara et de brillant à lèvres rose pâle, et ses cheveux sont tirés vers l'arrière en une queue de cheval lâche, et elle n'a jamais été aussi belle à mes yeux.

Le retour va faire très mal, mais il est inévitable.

— Ça va ? demande-t-elle.

Je dois avoir l'air d'être à des millions de kilomètres. J'ai envie de me défouler.

— Tu veux aller tirer des coups de feu ? lui demandé-je.

Il y a un stand de tir pas très loin et en moins d'une demi-heure, je lui remets une paire de bouchons d'oreille et des lunettes de protection. Elle a l'air un peu tendue, alors je lui attrape les épaules et les frotte un peu.

— Tu es prête ?

— Je crois que je suis un peu stressée.

— N'aie pas peur.

— Je n'ai pas peur, me corrige-t-elle. J'ai juste peur de mal viser et de ne pas pouvoir atteindre la cible.

Je ris. *Bien sûr. Cette femme forte, dure, insolente.* Comment ai-je pu penser qu'elle ne serait pas prête pour ça ?

— Chaque chose en son temps, lui dis-je. Règles de sécurité.

— C'est *toi* M. Sécurité, dit-elle en guise de taquinerie.

Je lève un sourcil.

— Ce qui veut dire quoi ?

— Oh, tu sais. Jax Wilder est toujours... prêt.

Tout à fait vrai. Qu'il s'agisse de sexe ou d'armes à feu, je ne prends aucun risque.

— Mieux vaut prévenir que guérir, dis-je. Maintenant, les règles de base des armes à feu : toujours traiter une arme comme si elle était chargée. Ne touche pas à la gâchette. Ne la pointe pas sur quelque chose que tu ne veux pas détruire. Et il faut connaître sa cible et au-delà.

Easton me regarde attentivement pendant que je lui enseigne comment charger le Glock.

— Tiens la base du chargeur contre ta paume et garde ton index sur le côté. Cela t'aidera à garder le contrôle sur le chargeur. Tourne le pistolet, insère le chargeur et frappe fort.

Je fais claquer ma paume contre le chargeur, en guise de démonstration.

— Ensuite, fais-le pivoter à l'envers et enclenche-le en place.

Je fais glisser la partie supérieure du G22 vers l'arrière en un clin d'œil.

— L'enclencher ?

— La détente de la glissière. Ça permet d'immobiliser l'action et d'introduire une cartouche du chargeur dans la chambre du canon. Le pistolet est alors prêt à tirer.

Elle acquiesce, très attentive.

— Je peux essayer ?

J'éjecte le chargeur, puis j'ouvre la culasse pour extraire toute cartouche qui pourrait se trouver dans la chambre. Je lui remets le Glock et le chargeur.

— Pistolet dans ta main droite, chargeur dans ta main gauche.

Je couvre ses mains avec les miennes et je passe en revue ses gestes, en m'assurant qu'elle les fait correctement. Quand elle appuie sa paume sur le chargeur, je crois que je bande.

Elle est naturellement douée.

— Bon travail, lui dis-je en reprenant l'arme. Maintenant, tirons. Tu dois garder les yeux ouverts à tout moment et être consciente de ce qui t'entoure.

— Tirer sans ciller ?

J'acquiesce.

— C'est un défi pour les débutants. Le truc, c'est de plisser les yeux très fort.

— D'accord, j'ai compris.

Elle prend la bonne position et s'entraîne à plisser les yeux.

Mon Dieu, je pourrais aimer cette femme. Absolument sans peur et intelligente comme pas possible.

— Tu dois le tenir fermement, en gardant le canon dans l'axe de ton bras, l'index pointé vers la cible. Concentre-toi sur la mire avant, puis aligne-toi. Place-le « au point mort » sur la zone de la cible que tu veux atteindre.

J'appuie sur la gâchette et la balle atteint le centre de la cible.

— Impressionnant, dit-elle.

— Voyons ce que tu sais faire, princesse.

Je lui tends l'arme et m'avance derrière elle. Mes pensées reviennent instantanément à cette nuit dans la chambre d'amis chez elle, lorsque nous nous sommes embrassés pour la première fois. Une fois de plus, j'ajuste ses pieds.

— N'oublie pas ta respiration.

— Expirer une partie, retenir, puis tirer.

— Tout à fait.

Easton lève les bras, les redresse et presse la détente. Le pistolet se relève légèrement et elle manque la cible.

— Bon sang, jure-t-elle et je ne peux m'empêcher de rire.

— Ce n'est pas grave. Il faut de l'entraînement.

Elle essaie à nouveau. Et elle rate encore une fois. Je frappe légèrement ses bras avec mon poing fermé et ils se lèvent d'un coup sec.

— Une prise ferme, pas des bras en spaghetti, dis-je.

Avec un froncement de sourcils, Easton réajuste sa position et tire à nouveau. Cette fois, elle touche le coin inférieur droit.

— Tu as réussi !

Elle pousse un cri d'excitation et nous nous entraînons encore un peu. Il ne faut pas longtemps pour qu'elle vise avec une précision et une exactitude impressionnantes. Puis elle me rend le Glock.

— Je veux te regarder faire plusieurs fois. Étudier ta posture, ajoute-t-elle en souriant.

Je m'esclaffe.

— Si tu insistes.

Je sais que je suis rapide et précis. Alors, pourquoi ne pas lui montrer un peu ?

En un clin d'œil, 3,9 secondes exactement, je sors l'arme de son étui, je la fais pivoter et j'appuie sur le bouton de déverrouillage du chargeur. Au moment où il tombe, ma main gauche se dirige immédiatement vers le chargeur suivant. Je l'insère rapidement, je le claque. Il se verrouille, je le retourne, j'ouvre la culasse, je baisse le coude, je tire, j'aligne les sites sur la cible et je tire.

Bang !

— En plein dans le mille, dit Easton. Mon Dieu, tu es rapide.

— C'est le monde réel. Mais je n'ai pas toujours été aussi rapide, admets-je.

Elle pose une main sur mon flanc, touche la zone où se trouvent les cicatrices de la balle et j'aspire une forte respiration.

— Tu m'étonnes beaucoup, tu sais ?

Un sourire se dessine sur ma bouche. *Oui, je suis peut-être en train de tomber amoureux de cette femme,* me dis-je encore, de plus en plus à l'aise avec cette idée.

La journée est parfaite avec un temps chaud et ensoleillé et Easton Ross à mes côtés. Qu'est-ce que je pourrais vouloir de plus ?

Nous retournons au chalet, puis nous marchons à nouveau jusqu'au lac. Cette fois, nous apportons du pain et nourrissons les oiseaux.

Tout semble si juste, si paisible.

J'aurais dû savoir que c'était le calme avant la tempête.

Plus tard, lorsque nous retournons au chalet et que nous mangeons une autre part de gâteau d'anniversaire, le téléphone portable d'Easton sonne. Nos deux téléphones étaient silencieux, c'est donc un peu choquant et inattendu.

Elle décroche quand elle voit que c'est Olivia.

— Bonjour Liv, comment ça va ?

Le visage d'Easton s'effondre.

— Qu'est-ce qu'il y a ? Oh, mon Dieu.

Je me rapproche et elle lève les yeux vers moi.

— Quelqu'un a essayé de s'introduire dans la maison la nuit dernière. Liv a dit que l'alarme les avait fait fuir.

— Putain.

Soudain, mon téléphone sonne et nous échangeons un regard. Ça ne peut pas être bon signe. Je le déverrouille et je vois que c'est Logan Sharpe.

— Logan, dis-je.

— Avez-vous entendu parler de la tentative de cambriolage chez Easton ?

— Oui, Easton est au téléphone avec son assistante en ce moment même.

— J'avais des officiers postés à proximité. Ils ont pu apercevoir le coupable, mais il était tout de noir vêtu et s'est enfui lorsqu'il les a vus. Il a cependant laissé un autre message.

— Quel genre de message ?

— Un poème un peu fou. Je te l'enverrai par texto.

Je soupire.

— Ça commence à trop durer. Il faut qu'on attrape cet enfoiré, dis-je.

— Nous avons parlé à des témoins qui étaient à l'extérieur du Vortex l'autre nuit. Je suis une piste et je devrais avoir quelques infos si ça marche. Quoi qu'il en soit, on reste en contact.

— Merci, Logan, dis-je en raccrochant.

Easton s'assoit sur le canapé et je m'approche pour m'asseoir à côté d'elle.

— Tiens bon, d'accord ? Sharpe a dit qu'il pourrait avoir une piste pour nous très bientôt.

Mon téléphone émet un bip, je baisse les yeux et je vois un message de Logan. Je l'ouvre et aspire une bouffée d'air en lisant les mots sinistres.

— Qu'est-ce que c'est ? demande-t-elle.

— Un autre message.

— Il l'a laissé hier soir ?

Je hoche la tête. Elle attend d'entendre et je laisse échapper un long soupir.

— Les roses sont rouges, les violettes sont bleues, tu as brisé mon cœur, et maintenant je vais te briser.

Son joli visage se décompose et elle passe une main dans ses cheveux noirs.

— Je ne veux pas y retourner, murmure-t-elle.

Je l'attire dans mes bras et lui dis :

— Nous pouvons rester ici aussi longtemps que tu le souhaites. Je veux que tu te sentes en sécurité, Easton.

— Merci, dit-elle en reniflant doucement. Tant que tu es avec moi, je me sens en sécurité.

Je la serre très fort contre moi, je ne veux plus la laisser partir. Parce que si quelque chose de grave arrive à cette femme, je perdrai la boule d'une manière incompréhensible. Perdre Madison a été un cauchemar et il m'a fallu un an pour remettre ma vie sur les rails et apprendre qu'il y a encore des choses qui valent la peine d'être vécues.

Des gens comme Griff, Ryker et Easton.

Une fois de plus, je jure de protéger Easton, sachant que je ferai tout ce qu'il faut pour qu'elle soit en sécurité. Parce qu'aujourd'hui, sur le champ de tir, j'ai eu une révélation : je suis éperdument amoureux d'Easton Ross.

Et cela signifie que je prendrai soin d'elle. Comme l'archange Michel que je porte autour du cou et sur le bras, je serai le protecteur d'Easton, son guerrier et, si besoin est, son ange de la mort.

27

EASTON

Bien qu'il soit l'heure de déjeuner, je n'ai pas faim. Après avoir entendu l'horrible message laissé chez moi, j'ai envie de pleurer. Toute cette histoire est devenue si frustrante et si effrayante. Il est clair que quelqu'un veut ma mort.

Et je n'ai aucune idée de qui.

Heureusement que j'ai Jax, me dis-je. Malgré tout ce qui se passe, il est mon roc et je ne pense pas que je pourrais m'en sortir sans lui.

Néanmoins, j'ai besoin d'un peu de temps pour être seule et réfléchir.

— Je vais juste descendre un peu au bord de l'eau, lui dis-je en l'embrassant rapidement.

Il n'a pas l'air très emballé, se lève et me suit jusqu'à la porte.

— Par là. À la vue de tous, dis-je lorsqu'il commence à objecter.

— D'accord, grogne-t-il. Mais je vais m'asseoir là et garder un œil sur toi.

— Je sais, dis-je en lui adressant un petit sourire.

Je me dirige vers le lac bleu et m'assois sur une souche d'arbre. Tant de pensées tourbillonnent dans ma tête et j'ai besoin de les apaiser. J'ai du mal à faire taire mon esprit et la méditation ne fonctionne jamais. Il y a toujours un million de choses qui se bousculent dans mon cerveau, qu'il s'agisse de lignes de scénario, d'événements à venir ou de réunions.

Maintenant, je dois aussi m'inquiéter d'un harceleur qui veut ma mort.

J'ai entendu dire que la plupart des meurtres sont commis par quelqu'un que la victime connaît. Si c'est vrai, peut-être que je sais déjà qui me cause ça. Je fais le tri parmi toutes les personnes qui entrent et sortent de ma vie. Et il y en a beaucoup.

La liste mentale que je dresse (les personnes que je côtoie le plus) comprend mon assistante Olivia, mon ex-petit ami Daniel, ma publiciste Holly, mon équipe Micah, Sylvie et Donna, mon entraîneur Bobby, ma masseuse Rodney, mon chef Jacques, mon manager, mes quatre agents, divers producteurs et réalisateurs, sans oublier la gouvernante et plusieurs femmes de ménage, les jardiniers, le spécialiste des plantes d'intérieur, le piscinier...

Oh, mon Dieu, pourquoi ai-je besoin de tous ces gens ? Cette pensée me frappe et je me sens soudain comme une enfant gâtée et pourrie. Au cours des dix dernières années, j'ai été choyée, et plus probablement tolérée, par une horde de personnes sans fin.

Pas étonnant que je sois si malheureuse ces derniers temps. Bien que je sois constamment entourée, mes relations avec toutes ces personnes sont soit assez superficielles, soit unilatérales. Rien de bien profond. À l'exception d'Olivia, dont je me sens proche et que je considère comme une amie.

Je décide qu'il faut que je fasse des changements importants.

Je me retourne et jette un coup d'œil par-dessus mon épaule au premier changement à considérer : m'assurer que Jax Wilder fait partie intégrante de ma vie. Il m'observe comme un faucon et je lui fais un petit signe de la main. Il lève la main pour me saluer, la posture alerte.

Je regarde les petites vagues arriver, frapper la rive du lac et je me demande comment je vais pouvoir le garder près de moi. Si j'avais à deviner, je dirais que Jax est un don juan. Dès qu'une femme essaie de s'approcher, il fuit. Il reste avec moi pour l'instant parce que je le paie, mais dès que le travail sera terminé, il s'en ira ?

L'idée est tout à fait déprimante.

Alors que j'essaie d'élaborer un plan pour qu'il commence à tomber amoureux de moi, j'entends son téléphone sonner. Je me retourne et le vois commencer à faire les cent pas comme un tigre en cage et parler à quelqu'un. Il relève pour regarder dans ma direction.

Un sentiment étrange et désagréable me traverse.

Après avoir raccroché, il commence à descendre sur l'herbe, marchant vers moi d'un pas décidé.

— Sharpe vient d'appeler, me dit-il, et ses yeux noirs brillent. Il dit qu'un témoin les a aidés à retrouver la voiture du tentative de délit de fuite. Apparemment, elle appartient à D.L. Productions.

Mon estomac se serre.

— C'est la société de Daniel et Léo.

— C'est ça, dit-il. Et le 4x4 lui-même est enregistré au nom de Daniel Rogers.

Mes yeux s'écarquillent de stupeur.

— Comment c'est possible ?

— Ils l'emmènent pour l'interroger en ce moment même.

Mon visage se décompose. Je n'arrive pas à croire que c'est Daniel qui est derrière tout ça.

— Tu n'as pas l'air contente, dit-il avec désinvolture. Nous venons d'obtenir une avancée considérable dans l'affaire.

— Je n'arrive pas à me faire à l'idée. Tu crois vraiment que Daniel a essayé de me tuer ?

— Les preuves indiquent qu'il est impliqué. C'est tout ce que je sais.

— C'est juste que...

Il attend que je continue, mais je peux voir la lueur de contrariété. Pourquoi s'énerve-t-il ? Parce que je ne suis pas totalement convaincue de la culpabilité de Daniel ?

Il insiste :

— Que quoi ?

— Ca ne peut pas être *Daniel.*

— Qu'est-ce que ça veut dire ? dit-il en haussant le ton et je sens l'agacement, la colère.

— Pourquoi tu t'énerves ?

Jax se serre la mâchoire, on dirait qu'il se force à se calmer et à compter jusqu'à dix. Puis, après une profonde inspiration, il hausse les épaules.

— Je m'énerve pas. Je trouve juste intéressant que tu défendes ton ex mollasson.

— Je ne le défends pas. Daniel est beaucoup de choses, mais je pense pas qu'il me ferait du mal. Arrogant, égocentrique, égoïste, bien sûr. Un tueur ? Non.

— Personne ne dit que c'est un tueur, Easton. Mais, n'a-t-il pas mentionné plusieurs fois qu'avoir un harceleur est une bonne publicité ?

— Il plaisantait, dis-je.

— Tu crois ? Parce que je n'ai pas eu cette impression.

Je déteste le ton méchant de sa voix.

— Je pense que tout ce qui préoccupe Daniel, c'est de faire un film à succès. C'est pour ça qu'il me voulait absolument dans son nouveau film.

Je vois les sourcils de Jax se soulever.

— Tu lui as donné une réponse ? Il t'a mis la pression ?

— Non. Enfin, un peu.

Les yeux noirs de Jax se rétrécissent.

— J'ai refusé. Mais il voulait que j'y réfléchisse, dis-je, choisissant mes mots avec soin, ne voulant pas faire paraître Daniel plus coupable qu'il ne l'est déjà.

— On dirait que Daniel aurait fait n'importe quoi pour t'avoir dans ce film. Je suis sûr qu'il n'était pas très content quand tu as dit non.

— C'est vrai, mais ça ne veut pas dire qu'il me ferait du mal.

Jax secoue la tête, lève les bras.

— Ouvre les yeux, Easton. Il ne se soucie pas de toi. D'après ce dont je me souviens, il est plus intéressé par les ventes de billets que par ta sécurité.

— Jax...

— Quoi ? s'emporte-t-il.

— Tu m'as dit que tu faisais confiance à ton instinct. Eh bien, je fais confiance au mien aussi. Et je ne crois pas que Daniel Rogers soit derrière tout ça.

En levant les yeux au ciel, Jax s'écarte et croise les bras.

— Peut-être qu'il est devenu jaloux, dit-il d'un ton narquois.

— Jaloux ?

— Oui, dit-il en se retournant vers moi. Soudain, il y a un nouveau gars qui traîne dans le coin et il te sent t'éloigner. Parce que c'est ce que tu as fait. Tu es tombée dans mes bras et Daniel s'est contenté de regarder ce qui se passait.

Je sursaute à ses paroles froides.

— Tu es extrêmement arrogant.

— Vraiment ? demande-t-il en me tirant brutalement dans ses bras. Tu m'as désiré dès que tu m'as vu, admets-le. Tu crois que je n'ai pas vu ces petits regards torrides sur mes tatouages ? Je me souviens que tu t'es retournée dans mes bras et que tu m'as embrassé. Je ne l'oublierai jamais, ajoute-t-il avec fougue, avant d'écraser ses lèvres sur les miennes dans un baiser violent, presque punitif.

Tout à coup, je suis tellement en colère contre lui que je ne vois plus clair. Il donne l'impression que cette attirance est unilatérale. *Pratique.* Maintenant que notre temps touche à sa fin, Jaxon Wilder prend la fuite.

Je sens un picotement derrière mes yeux et j'éloigne ma bouche de la sienne, repoussant son torse. Je ne le laisserai pas me voir pleurer. Ses bras s'écartent de moi et je pars vers le chalet.

Soudain, j'ai l'impression que tout mon monde s'écroule.

— Putain ! Easton, attends !

Mais je ne m'arrête pas, je continue à marcher. Je l'entends courir pour me rattraper et il m'attrape le bras.

— Je suis désolé, dit-il en me tournant face à lui.

Je retire mon bras.

— C'est peut-être mieux ainsi, lui dis-je. Mettons fin à tout ça tout de suite. Enfin, pourquoi prolonger les choses, n'est-ce pas ? C'est inévitable, putain.

Ses yeux s'écarquillent quand je jure, puis deviennent noirs et se remplissent d'indignation. Je crois que je ne l'ai jamais vu aussi furieux.

Pendant un long moment, il ne dit rien.

— Ce n'est pas fini tant qu'on n'a pas attrapé l'enfoiré responsable. Ou tant que tu n'auras pas payé ce que tu me dois.

Je murmure :

— Tu es un trou du cul.

Ses yeux se transforment en deux trous noirs insondables, totalement dépourvus d'émotion.

— Il vaut mieux que tu t'en souviennes.

— Oh, je le ferai.

— Nous devrions retourner à Los Angeles, dit-il.

Je hoche vivement la tête et m'éloigne, n'ayant plus rien à dire dans cette conversation.

J'en ai complètement fini avec Jax.

Aucun de nous ne dit un mot alors que nous faisons nos bagages et que nous nous préparons à quitter le chalet. J'ai le cœur lourd à l'idée de retourner à Los Angeles. Mais vingt minutes plus tard, je monte dans l'Expedition et je vois le joli chalet disparaître dans le rétroviseur latéral.

Notre silence dure plus d'une heure parce que nous sommes les deux personnes les plus têtues qui soient. Honnêtement, je n'ai rien de gentil à dire, alors je me dis que je devrais me taire. Il m'a vraiment blessée et je sens des murs autour de lui. Comme une forteresse impénétrable.

C'est très différent de la nuit dernière, quand il m'a parlé de Madison et du fait qu'il mourait presque d'envie de se venger. Je l'étudie subrepticement du coin de l'œil. Je ne sais même plus qui est l'homme à côté de moi. C'est comme s'il était un parfait inconnu, si froid, distant et fermé.

— Quoi ? demande-t-il d'une voix dangereusement douce.

J'aurais dû savoir qu'il sentirait mon regard. Il est perspicace. Je parie qu'il était un bon flic quand il suivait les règles.

Mais Jax Wilder ne suit pas les règles. Il les brise.

Inutile de prétendre que je ne regardais pas. De toute façon, il saura que je mens.

— Rien, dis-je.

Il soupire et je vois un muscle se contracter sur sa joue.

Mon téléphone portable sonne, je plonge la main dans mon sac et je vois « Numéro inconnu » . Mon cœur se serre. Comme je ne réponds pas, Jax me regarde.

— Qui est-ce ? demande-t-il.

— Je ne sais pas, dis-je, et je lui montre l'écran.

Je sens que mes paumes commencent à transpirer.

— Réponds et mets le haut-parleur, ordonne-t-il.

J'acquiesce et je fais ce qu'il me dit.

— Allô ?

La connexion n'est pas très bonne car nous sommes au milieu de nulle part. Mais, entre un peu de sifflement et de parasites, j'entends une voix grave.

— Easton ? Hé, c'est Lincoln. Qu'est-ce qui t'est arrivé l'autre soir ? Je pensais qu'on allait boire un verre et passer du temps ensemble.

Mes épaules s'affaissent de soulagement. Ce n'est que Lincoln Knight.

— Bonjour, Lincoln. Oui, désolé d'avoir disparue comme ça. J'ai fini par partir plus tôt.

Pour faire l'amour avec Jax toute la nuit. Je sens son regard noir sur moi, mais je refuse de le regarder.

— Eh bien, retrouvons-nous et rattrapons le temps perdu.

Cette fois, je me retourne pour voir la réaction de Jax. Il a le visage impassible et regarde à nouveau droit devant lui. Il ne veut peut-être pas de moi, mais on dirait que Lincoln est intéressé.

Le problème, c'est que je ne veux pas de Lincoln. Je veux Jax.

Imbécile, me dis-je. Parce qu'il ne veut pas de toi.

— Hum...

— Où es-tu ? Tu as l'air d'être à des millions de kilomètres.

— J'ai quitté la ville pour quelques jours. Mais je suis sur le chemin du retour à L.A. en ce moment même.

— Ah, c'est parfait. Tarantino organise une fête au Sunset Tower ce soir. Fais-moi plaisir et sois mon invitée ?

J'avais oublié à quel point Lincoln pouvait être amusant et je sens ma bouche se retrousser. Jusqu'à ce que je voie les jointures de Jax devenir blanches parce qu'il s'agrippe si fort au volant.

C'est bien. Qu'il soit jaloux.

— J'aimerais bien, dis-je.

Peut-être que Lincoln Knight est justement la distraction dont j'ai besoin.

— Génial ! Je passe te prendre à huit heures.

— A plus tard, dis-je et je raccroche.

Je sens que Jax est furieux sur le siège à côté de moi, mais je ne dis pas un mot.

Finalement, il desserre sa mâchoire assez longtemps pour me faire la morale.

— Tu devrais rester à la maison, là où tu es en sécurité. Pas errer dans toute la ville.

— Ça va aller.

— Ne sois pas si naïve.

— Selon toi, Daniel est le méchant et il est retenu par la police en ce moment. Alors, qu'est-ce que ça peut faire si je sors avec un ami plus tard ?

— Tu ne comprends pas, n'est-ce pas ? demande-t-il en haussant le ton. Chaque fois que tu sors de chez toi, tu te mets en danger. Comment suis-je censé te protéger si tu m'écoutes pas ?

— Je ne peux pas rester enfermée dans cette maison pour le reste de ma vie, Jax. Et même si je le fais, regarde ce qui s'est passé la nuit dernière. Quelqu'un a essayé d'entrer par effraction !

— C'est quand même mieux d'être chez toi, avec l'alarme et moi qui veille sur toi, plutôt que de se balader dans toute la ville, hurle-t-il.

— Peut-être que je ne veux plus que tu veilles sur moi !

Il tressaille comme si je venais de le gifler. Je regrette immédiatement d'avoir dit ça. Ce n'est pas vrai, mais je dois le tenir à distance et me protéger. Il faut rompre avant de s'attacher davantage. Il peut trouver facile de ne pas s'impliquer émotionnellement, mais pas moi.

— Vraiment ? parvient-il à demander en serrant les dents.

C'est l'occasion. Je rassemble toute la force que je peux rassembler et je le dis.

— Je ne pense pas avoir besoin de tes services plus longtemps.

28

JAX

Ses mots m'atteignent comme une balle. Mais cette fois, c'est mon cœur qui est touché.

Je ne peux pas croire qu'après tout ce qui s'est passé entre nous, c'est ainsi que tout va se terminer.

Qu'est-ce que je suis censé répondre à ça ? *Ok, super, je t'envoie ma facture. Et je m'assurerai d'inclure une réduction de 10 pour cent... un prix spécial Platinum Services pour tout le sexe époustouflant.*

Mes yeux se ferment pendant un moment, puis je les rouvre de force pour regarder la route. C'est ma faute. Je n'aurais pas dû coucher avec elle. J'ai enfreint ma règle numéro un et j'ai couché avec une cliente. Et maintenant, je suis puni pour ça.

Je soulève la console centrale et sors mon paquet de Marlboro. Si j'ai bien besoin d'une cigarette, c'est maintenant. Alors que je l'allume, je sens la désapprobation d'Easton. *Qu'est-ce que j'en ai à faire ?* J'inspire, appréciant la façon dont la fumée remplit mes poumons et la légère sensation d'euphorie que je ressens après avoir expiré.

Ça faisait trop longtemps, punaise, je pense, et je tire à nouveau dessus.

Quand elle tousse, je souris. *Bien, j'espère que ça la dérange.*

Je ne sais pas si elle s'attend à ce que je dise quelque chose, mais je reste silencieux. En moins de deux heures, nous sommes passés d'un bonheur splendide à Big Bear à mon licenciement et au silence. J'ai l'impression que je viens d'affronter Sylvester Stallone dans The Expendables et qu'il m'a botté le cul.

Tout cela me rend perdu et déséquilibré. *Je ne peux pas arrêter de veiller sur elle.* Il y a peut-être des signaux d'alarme concernant Daniel, mais ce n'est que circonstanciel. Si je pars maintenant, où sera-t-elle ? Seule et sans personne pour la défendre en cas de besoin.

Je ne lui ferai pas ça. Je vais aller jusqu'au bout, avec ou sans son accord.

Lorsque nous arrivons enfin chez elle, elle prend son sac à l'arrière avant même que j'aie garé la voiture. Qu'est-ce que je suis censé faire ? Lui courir après ? Il est évident qu'elle ne veut rien avoir à faire avec moi.

Et, honnêtement, je ne peux pas lui en vouloir.

Elle claque la portière arrière et toute la voiture tremble. Sans un regard en arrière, Easton marche jusqu'à la porte d'entrée et disparaît chez elle. Elle retourne dans son monde et quitte le mien.

Elle ferait mieux de mettre cette putain d'alarme.

Je jette un coup d'œil à l'horloge et constate qu'il est 17 h 45. Cela me laisse le temps de passer au bureau et de poser la voiture de Ryker. Lavée et avec le plein, bien sûr.

Je m'occupe de ça puis je me dirige vers P.S. Je déverrouille la porte et je suis surpris de voir des lumières allumées. Ryker sort la tête de mon bureau, puis il me fait signe de m'approcher.

Je dépose mon sac par terre et j'entre dans mon bureau. Mais il ne ressemble pas du tout à ce dont je me souviens. Il y a une couche de peinture fraîche sur les murs, un bureau tout neuf et une chaise qui pivote sur elle-même. Je souris et m'assois pour la tester.

— C'est super. Merci, dis-je, avant de remarquer quelques affiches de films encadrées au mur.

— The Expendables... et l'un des films d'Easton.

Ryker doit remarquer mon expression contrariée, car il regarde l'affiche puis fronce les sourcils. Il s'assied sur le bord du bureau et dit :

— Griff a trouvé ça drôle. Je suppose que Big Bear était nul ?

— Non, c'était vraiment génial. Mais elle vient de me virer, dis-je d'une voix morose.

— Quoi ? Pourquoi ?—

— Sharpe a appelé cet après-midi et la voiture qui a failli renverser Easton est enregistrée au nom de son ex. Dès que je lui ai dit ça, elle s'est énervée et a défendu ce connard. Ce qui m'a mis hors de moi. On s'est disputés et je l'ai déposée chez elle. Pour qu'elle puisse se préparer pour son rendez-vous de ce soir avec Lincoln Knight.

Ryker grimace.

— Bon sang.

— C'est pour ça que je m'implique jamais sérieusement. C'est trop d'efforts, putain.

— Je te comprends.

Je soupire, je mets mes pieds sur le bureau, je croise les chevilles et je m'adosse à la nouvelle chaise confortable. Je me frotte les yeux avec mes paumes et j'aimerais pouvoir recommencer toute cette journée.

— Le problème, c'est que j'arrête pas de penser à elle. Je devrais cesser, admettre que c'est fini. Mais je peux pas.

Ryker se déplace, de plus en plus mal à l'aise avec la tournure que prend la conversation. C'est peut-être un ancien SEAL costaud qui connaît vingt façons différentes de tuer une personne en moins de trois secondes, mais lui demander de parler de sentiments ? Pas question. Il se tait instantanément.

— Désolé, dis-je. Je ne voulais pas déverser mes problèmes sur toi.

Il passe une main dans ses cheveux courts et noirs.

— Les problèmes, je peux les gérer. Les femmes, pas tellement.

— Tu m'étonnes. J'arrive pas à croire qu'elle aille à une fête avec ce type ce soir. Je veux dire, après qu'on... ma voix s'interrompt, mais Ryker devine le reste. C'est pour ça qu'on ne couche pas avec la clientèle féminine, dis-je.

Ryker croise ses grands bras musclés et plisse les yeux.

— Bon sang, Jax, elle t'a pris aux tripes.

— J'ai vraiment craqué pour elle, Ryker, admets-je en poussant un long soupir.

— Tu vas faire quoi ?

— En ce qui concerne l'affaire, je vais aller jusqu'au bout. Avec ou sans son accord. En ce qui la concerne ? Je hausse misérablement les épaules. Elle ne veut plus rien avoir à faire avec moi et je ne lui en veux pas. Même si elle me donne une autre chance, je ne peux pas lui donner ce qu'elle veut. Je ne suis pas du genre à avoir des relations et j'ai un passé trop lourd.

Ryker acquiesce.

— Je te comprends, mon frère.

Et je le crois. Ryker, Griff et moi sommes des âmes perdues. Bien trop abîmés pour avoir une relation normale avec une femme.

— Garde la tête haute. Ne laisse pas les choses avec Easton te distraire de ce qui se passe, prévient Ryker. Et si tu as besoin d'aide, appelle-moi.

— Merci, mec.

Nous sortons et je donne ses clés à Ryker. Puis j'enfile mon casque et mes gants, je démarre ma moto et je me dirige vers West Hollywood. Retour à Blue Jay Way et à Miss Easton Ross.

Je me gare de l'autre côté de la rue et je descends un peu le pâté de maisons, garant ma Norton derrière une grande haie. Ensuite, j'avance et je me positionne de l'autre côté de la rue. Par chance, l'endroit est en construction et je peux me cacher derrière un tas de pavés sans que personne ne me voie.

Je jette un coup d'œil à ma montre. Presque 20 heures. C'est l'heure où le Golden Boy arrive et récupère ma nana pour aller faire la fête jusqu'au bout de la nuit. Je réprime un gémissement d'irritation et lève les yeux, étudiant la maison. Mon estomac se serre lorsque je remarque que la porte d'entrée est ouverte d'un centimètre.

Qu'est-ce que c'est que ce bordel ?

Je me lève d'un bond et traverse la rue discrètement en attrapant mon Glock. Je me dirige prudemment vers la porte et la pousse avec le canon de l'arme. Les lumières sont allumées à l'arrière de la maison, mais c'est très calme. Je n'entends pas le bavardage habituel de son entourage qui devrait être en train de mettre la touche finale à son maquillage en ce moment même.

Je chasse la panique qui tente de m'envahir et me dirige silencieusement vers sa chambre. Coude plié, pistolet près du corps, j'entre dans sa chambre en m'attendant au pire des scénarios.

Au lieu de ça, je vois Easton assise à sa table de toilette, toute seule.

Lorsqu'elle aperçoit mon reflet dans le miroir, elle se retourne en poussant un cri.

— Jax ! Qu'est-ce que tu fais là ? Tu as failli me faire faire une crise cardiaque.

J'abaisse mon arme, mon regard balayant la pièce. RAS.

— Ta porte d'entrée était grande ouverte ! Pourquoi l'alarme n'est pas activée ?

Elle semble un peu troublée et passe une main sur ses cheveux parfaitement coiffés.

— Ils viennent de partir. Je suppose que la porte s'est mal refermée.

— Tu supposes ? dis-je en ricanant..

— Pourquoi être un tel crétin ?

— Pourquoi être si négligente ? Je m'attendais à trouver ton putain de cadavre.

Mes mots sont durs et semblent enfin attirer toute son attention.

— J'aurais dû les raccompagner et activer l'alarme.

— Oui, tu aurais dû. Je ne sais pas ce que je dois faire pour te le faire comprendre.

Easton se lève et, l'espace d'un instant, toute ma colère s'évanouit. Elle est superbe et mon cœur cogne contre ma poitrine. Elle porte une robe argentée trop courte et des diamants scintillent à ses oreilles et pendent à ses poignets. Ses yeux verts sont maquillées d'une ombre métallique et ses lèvres rouge vif réduisent mes entrailles en bouillie.

Comment appelait-elle la couleur qui me tourmente jour et nuit ? *Oh, oui, American Doll.*

Je brûle pour elle et il me faut toute ma volonté pour ne pas l'attirer contre moi et enfouir mon visage dans ses mèches parfumées au jasmin.

Soudain, j'entends quelqu'un derrière moi. Je pivote, lève le Glock et vise le cœur de Lincoln Knight.

— Whoa, dit-il en levant les mains.

— Désolé, dis-je en glissant l'arme dans la ceinture arrière de mon jean.

— On s'est rencontrés l'autre soir au Vortex, non ?

— Oui, dis-je en reportant mon regard sur Easton.

Il y a tellement de choses que je voudrais lui dire, mais à quoi bon ? Elle a clairement exprimé ses sentiments et elle ne veut pas de moi dans sa vie.

Plus important encore, je n'ai pas ma place dans sa vie.

— Ai-je, euh, interrompu quelque chose ? demande Lincoln, en nous regardant.

Je détache enfin mon regard des yeux vides et émeraude d'Easton.

— Non. J'allais partir.

Nous nous dirigeons tous vers la porte d'entrée, un petit trio dysfonctionnel.

— Si tu as besoin de quelque chose, pour quelque raison que ce soit, je veux que tu m'appelles. D'accord ? lui dis-je.

Elle fait un petit signe de tête puis croise mon regard.

— Je ne peux pas vivre ma vie dans la peur, Jax.

— Sois prudente.

Je transperce Lincoln d'un regard noir qu'il ne mérite probablement pas et je sors.

Mais je ne vais pas bien loin. Je les regarde sortir et, heureusement, elle enclenche l'alarme. Puis elle s'installe sur le siège passager de la Mercedes de Lincoln et ils descendent la colline en direction de Sunset Boulevard.

J'enfourche ma Norton et les suis à distance, phares éteints. Lincoln avait dit que la fête se déroulait au Sunset Tower Hotel, à environ deux minutes en voiture de la maison d'Easton, de l'autre côté de la rue du célèbre Saddle Ranch.

Si elle pense que je vais simplement faire demi-tour et rentrer chez moi, c'est une autre paire de manches qui l'attend. J'ai l'intention de rester près d'elle en permanence, qu'elle le veuille ou non.

Ils s'arrêtent et garent la voiture. J'attends qu'ils entrent et je gare ma moto devant, sur un emplacement réservé aux motos. C'est l'avantage d'avoir une moto à Los Angeles : il y a plein de places de parking au premier rang et il est facile de se faufiler dans le trafic incessant.

Je n'ai jamais été dans cet hôtel, mais quand on a vu un hôtel haut de gamme à Hollywood, on les as tous vus. Je laisse mon casque sur ma moto, enfile mes gants dans ma veste en cuir et passe la porte d'entrée.

Beaucoup de clients se promènent dans le hall, mais si vous voulez savoir où se passe la vraie fête, le mieux est de suivre le Walk of Fame. Et il me mène directement à la piscine, au bar et au restaurant attenants.

Il y a des centaines de représentants de cinéma qui parlent affaires et loisirs. Beaucoup de stars, je présume. Honnêtement, je ne reconnais personne et je suis trop occupé à chercher une starlette aux cheveux noir de jais en particulier.

Quand je l'aperçois enfin, elle est entourée d'une foule en adoration, comme d'habitude. Les gens s'extasient devant Easton et Lincoln et je sens la jalousie m'envahir.

Je ne peux pas le nier, ils vont bien ensemble. Et le fait qu'ils aient été ensemble m'irrite. Je sais qu'elle a dit qu'ils s'étaient peu vus parce que leurs carrières passaient avant, mais soyons honnêtes. Ils ont couché ensemble de nombreuses fois au cours de l'année ou des deux années qu'ils ont passées ensemble.

Cette idée me donne envie de vomir.

Lincoln Knight est de taille moyenne, environ 1,80 m dans les bons jours. Ses cheveux blonds et ses yeux bleus renforcent son allure et sa réputation de golden boy américain. Malheureusement pour lui, cette réputation est au plus bas parce qu'il n'a pas pu s'empêcher de sniffer de la coke et de baiser des prostituées.

Qu'est-ce que tu fous, Easton ? D'abord Lincoln, puis Daniel et enfin moi. Elle sait comment les choisir. On est tous des losers alors qu'elle pourrait avoir n'importe quel homme dans le monde.

Elle doit être attirée par les bad boys. Ou alors, sa capacité de sélection est complètement à côté de la plaque.

— Mon bad boy...

Je n'oublierai jamais la façon dont son corps était étendu sur le comptoir, parsemé de pâte à gâteau au chocolat, offert à moi. La façon dont elle a crié, me suppliant de ne pas m'arrêter.

— *T'arrête pas, putain !*

J'adore entendre sa petite bouche jurer. Elle s'exprime si bien, elle a tellement de classe et elle est toujours si propre sur elle. Alors, bien sûr, le bâtard pervers qui est en moi aime beaucoup quand elle craque, surtout dans les affres de la passion, et qu'elle jure comme un marin.

Lincoln a peut-être un regard angélique, mais les cheveux noir de jais d'Easton, ses yeux émeraude étincelants et ses courbes à couper le souffle font naître en moi des pensées plus diaboliques. Elle m'attire définitivement et me remplit la tête de désirs charnels.

Je n'arrête pas de dire que je vais la protéger, mais en réalité, je dois me protéger moi-même. Easton Ross a le pouvoir de me détruire, alors je dois finir ce travail, garder mes murs hauts et m'en aller.

Malheureusement, ce sera probablement la chose la plus difficile que j'aurai jamais à faire.

29

EASTON

La Sunset Tower, un immeuble Art déco haut de gamme, attire des célébrités depuis qu'elle a été un immeuble d'appartements de luxe à l'époque pour des stars comme Marilyn Monroe. Ce soir n'est pas différent et j'aperçois de nombreux visages célèbres.

Il est amusant de constater que les gens partent du principe que, parce qu'ils travaillent dans le même secteur, tout le monde se connaît. Je ne saurais vous dire combien de fois les gens m'ont posé des questions sur d'autres célébrités comme s'il s'agissait de mes meilleurs amis. Malheureusement, je ne connais pas Angelina Jolie, je n'ai jamais rencontré Sandra Bullock et Margot Robbie n'est pas ma voisine. C'est juste une gentille fille avec qui j'ai tourné un film l'année dernière et que j'ai perdue de vue depuis.

Lincoln s'arrête pour discuter avec tout le monde et il est vraiment en train de faire du schmoozing comme je ne l'ai jamais vu auparavant. Je commence à me fatiguer et je bois une gorgée de mon Blanc de Blancs Taittinger. Mon champagne m'avait manqué ces derniers jours.

Je touche le bras de Lincoln et me penche pour lui dire que je reviens tout de suite. J'ai besoin de m'éloigner, de prendre de la distance par rapport à la foule. Je contourne la piscine de 10 mètres par 10 sur la terrasse élégante et je m'approche de la balustrade. Je m'y appuie et regarde au loin, profitant de la vue dégagée sur le centre-ville de Los Angeles.

Mon cœur est lourd et je n'arrête pas de penser à Jax. J'aimerais qu'il soit là avec moi.

Comme si l'Univers entendait mes pensées, je sens quelqu'un s'approcher de moi. Les restes d'une cigarette récemment fumée me picotent le nez et je me retourne en souhaitant, en espérant de tout mon cœur, voir Jax.

Mais ce n'est pas lui.

Déçue, je bois une gorgée de champagne.

— Vous êtes Easton Ross, dit le jeune homme d'une vingtaine d'années à côté de moi.

Au fond de moi, je grimace. Venir ici ce soir n'était peut-être pas une bonne idée. Je ne suis pas d'humeur à me mêler à la foule et je n'ai certainement pas la force de sourire et d'éblouir tout le monde. Néanmoins, je me force à sourire.

— C'est moi, dis-je.

— Wow, je suis ravi de vous rencontrer. J'ai vu tous vos films, s'extasie-t-il. Je peux prendre une photo ?

Il sort déjà son téléphone portable pour prendre un selfie et, même si je préférerais ne pas le faire, je ne dirais jamais un fan pour quelque chose d'aussi simple qu'une photo ou une conversation de deux minutes.

— Bien sûr, lui dis-je.

Je suis reconnaissante à chaque personne qui voit mes films et je suis assez intelligente pour comprendre que sans eux, je ne serais pas là où je suis aujourd'hui.

Il soulève l'appareil photo et je souris. Le flash m'aveugle momentanément, mais je jure que j'aperçois Jax à côté d'un palmier en pot de l'autre côté de la piscine.

— Merci beaucoup, dit l'homme et il s'éloigne dans la foule.

Lorsque mes yeux s'adaptent de nouveau à la faible luminosité, l'homme très grand au blouson de cuir a disparu. Je fronce les sourcils et me dirige dans cette direction. Si ce n'est pas lui, c'est que j'ai des hallucinations. Plusieurs serveurs me proposent de la nourriture ou des boissons sur un plateau, mais je secoue la tête et continue d'avancer, déterminée à le retrouver.

Lorsque j'arrive à l'énorme palmier en pot, je le contourne. *Où es-tu ?*

La foule de plus en plus nombreuse est de plus en plus bruyante et la musique se déverse dans les haut-parleurs, tandis qu'un DJ s'active au bord de la piscine. Il n'y a ni lune ni étoiles visibles au-dessus de la piscine et la seule lumière provient des torches tiki qui brûlent. Soudain, une profonde obscurité semble envahir l'espace extérieur.

Mon regard scrute les ombres car c'est là qu'il doit être et il est trop grand pour se fondre dans la masse.

C'est vrai, mon bad boy se démarque. Jaxon Wilder est trop remarquable pour être relégué à l'arrière-plan.

Soudain, un bref mouvement attire mon attention et une silhouette vêtue de noir s'enfonce dans un coin sombre, essayant de rester discret. Je me déplace rapidement et, avant qu'il ne puisse s'échapper, je bloque l'alcôve entre le bord du pont et la terrasse du restaurant au bord de la piscine.

Mon cœur bat plus fort quand je vois que c'est Jax qui s'appuie contre le mur, à l'abri des regards, les mains enfoncées dans les poches de son jean, un air belliqueux sur son visage froid.

— Qu'est-ce que tu fais ici ? dis-je en mettant les mains sur les hanches. Je croyais t'avoir viré.

— Cela n'a pas d'importance, dit-il d'une voix bourrue. J'ai promis d'aller jusqu'au bout et c'est ce que je vais faire.

— Parce que tu es un homme de parole ?

— Non, dit-il, la voix grave. Parce que je tiens à toi.

Mon estomac se retourne. *Qu'est-ce que ça veut dire ?* Il tient à moi comme à une sœur ? Comme une cliente ? Comme une amante ? Tout ce qu'il fait, c'est envoyer des signaux contradictoires. Je lève les mains et appuie mes doigts sur mes tempes pour les masser.

— Qu'est-ce que ça veut dire ? dis-je dans un murmure rauque.

— Je ne vais pas mentir. Je ne fais pas dans les relations sérieuses,

Easton. Je ne sais même pas comment faire. Mais je ne peux pas rester loin de toi.

Soudain, ses mains sortent de ses poches et s'enroulent autour de mes poignets. Plus vite qu'un éclair, il m'entraîne avec lui dans le coin. Il me fait tourner sur moi-même, me pousse contre le mur, et incline sa bouche vers moi.

J'enroule mes bras autour de son cou, passe mes doigts dans les cheveux à la base de son cou et je l'embrasse avec tout ce que j'ai. Quelque chose de chaud et de pulsant commence à palpiter en moi, tout comme le rythme de la musique qui résonne autour de nous.

Jax soulève ma jambe, fait courir ses longs doigts le long de ma cuisse, puis les fait glisser pour pétrir la courbe charnue de mes fesses. Il pousse son corps dur contre le mien, me poussant vers le haut, pressant mon dos contre le mur, et je gémis dans sa bouche.

Alors que sa langue se mêle à la mienne, toute pensée rationnelle disparaît. Ma robe moulante remonte assez haut pour révéler une culotte en dentelle noire et il déplace son bassin en lents cercles contre mon centre humide. Cela suffit à me rendre folle de désir. Il joue au plus malin et je ne peux pas résister. Il est si dur et je suis trempée pour lui. Je me sens excitée, désespérée qu'il enfonce sa queue en moi.

Si nous n'étions pas au milieu de cette stupide fête, je lui arracherais ses vêtements.

Même si nous sommes cachés dans un recoin sombre, n'importe qui pourrait passer. J'éloigne ma bouche de la sienne, haletante. Hébétée, je saisis sa mâchoire entre mes mains et plonge mon regard dans ses yeux noirs.

— On ne peut pas faire ça ici. Quelqu'un va nous voir.

Il pose une main sur la mienne, entrelace ses doigts dans les miens, tandis que l'autre est toujours sous ma robe et commence à faire des choses très coquines.

— Prenons une chambre, râle-t-il.

Je ne veux rien de plus, mais je ne peux pas continuer comme ça. C'est ce que me dit mon esprit. Mais le bas de mon corps semble avoir sa propre volonté. Et, en ce moment même, il pousse contre sa paume, voulant que ces longs doigts se glissent en moi.

Je me mords la lèvre et hoche vivement la tête. Jax retire sa délicieuse main et réajuste ma robe. Mes talons s'accrochent et je manque de tomber, mais il me rattrape avec un sourire satisfait.

Ce regard arrogant me fait réfléchir.

Est-ce que tout cela n'est qu'un jeu pour lui ? me dis-je, n'aimant pas ce demi-sourire complice. S'il pense qu'il me tient par le bout du nez, c'est qu'il a une autre idée en tête.

— Attends, dis-je en reculant.

Je réajuste ma robe et me retire mentalement de l'atmosphère sulfureuse et des rythmes lancinants du DJ.

Si tu vas dans une chambre avec lui maintenant, tu fais une énorme erreur, me dit une voix. Il va te briser le cœur en mille morceaux et te laisser en plan. C'est sûr.

Il vient de me dire qu'il ne faisait pas dans les relations. Qu'il ne sait même pas comment faire.

Je secoue la tête, essayant de réfléchir.

— Je ne peux pas, dis-je.

Lorsqu'il me tend la main, je la retire.

— Easton ? demande une voix.

Nous nous retournons tous les deux et nous voyons Lincoln.

— Qu'est-ce que tu fais là ?

— Rien, dis-je, et je sors du coin sombre.

Dieu merci, Lincoln n'est pas arrivé 30 secondes plus tôt. Je vérifie mes cheveux, je presse mes lèvres l'une contre l'autre et je sais que j'ai l'air coupable. Je jette un coup d'œil à Jax qui fourre ses mains dans les poches de son jean et regarde ses pieds. Son visage est parfaitement impassible.

Mon Dieu, il sait comment allumer et éteindre un feu.

C'est un peu plus difficile pour moi, alors que c'est moi l'actrice. Je devrais pouvoir allumer et éteindre ma passion comme un interrupteur, comme si j'étais simplement dans une scène, mais je ne peux pas.

Parce que c'est la vraie vie. *Ma vie.* Et je brûle toujours pour lui.

— Je t'ai cherché, se plaint Lincoln en jetant un regard suspicieux à Jax.

— Je suis là, dis-je.

Ses yeux bleus se rétrécissent et, à moins qu'il ne soit plus bête qu'une poignée de cailloux, Lincoln doit savoir que nous étions en train de fricoter là-bas. Une rougeur embarrassée me réchauffe les joues et j'attrape la main de Lincoln.

— J'ai besoin d'un verre, lui dis-je en l'éloignant.

Je sens le regard noir de Jax s'enfoncer dans mon dos comme des couteaux pendant que nous nous éloignons, mais je m'en fiche. J'ai failli commettre une énorme erreur avec lui et la meilleure chose à faire est de m'éloigner le plus vite possible. J'ai besoin de me ressaisir et surtout de me protéger.

Jax Wilder ne sait que me faire du mal.

Peut-être que si je concentre mon attention ailleurs, cela m'aidera à oublier Jax.

Lincoln est un bon point de départ. Je ne veux pas nécessairement recommencer à sortir avec lui, mais ce soir, il sera une bonne distraction par rapport à l'ange déchu qui continue à essayer de m'attirer dans l'ombre pour me débaucher.

Nous nous dirigeons vers le bar et Lincoln nous offre du champagne à tous les deux. Il a un air boudeur et je sais qu'il peut devenir lunatique et puéril quand les choses ne vont pas dans son sens. Je lui dis « Hey » et je pose une main sur son bras.

— Merci de m'avoir invitée ce soir.

Son air maussade s'estompe.

— Je suis vraiment content que tu sois venue. Mais je ne sais pas pourquoi il est là.

Je ne réponds pas parce que je n'ai pas l'intention de parler de mon harceleur ou de mon attirance incontrôlable pour Jax.

— C'est bon. Oublions ça et amusons-nous.

La lumière revient dans les yeux bleus de Lincoln.

— Tu sais, je voulais te parler d'un éventuel projet.

— Oh ? dis-je et je bois une gorgée de champagne.

— Je viens de lire un très bon scénario et les producteurs m'ont proposé le rôle principal. David Fincher est en pourparlers pour réaliser le film, donc tu sais ce que ça signifie. Ce sera noir, noir, noir. Et, bien sûr, de l'or au box-office.

— Fincher ?

Cela attire mon attention. Je n'ai pas encore travaillé avec lui, mais c'est parmi mes objectifs. Je l'avais même dit à Lincoln lorsque nous sortions ensemble.

— Ils veulent que je les aide à choisir ma partenaire féminine et tu es la première personne qui m'est venue à l'esprit.

Je ne peux m'empêcher de sourire.

— Vraiment ?

— Je me souviens que tu disais vouloir travailler avec lui un jour et je pense que c'est le moment. Le film qui relancera ma carrière et qui nous réunira à nouveau.

Nous réunir ? Je fronce les sourcils tandis qu'une alarme interne se déclenche dans mon cerveau.

— Alors, je vais appeler Fincher moi-même et glisser ton nom.

— C'est très gentil de ta part, dis-je.

J'espère vraiment que Lincoln ne va pas essayer de raviver notre relation. Si on peut même l'appeler ainsi puisque le temps que nous avons passé ensemble était si bref. Je vais devoir préciser que si nous faisons ce film ensemble, ce sera uniquement en termes professionnels.

En y repensant, je me souviens à peine d'avoir été intime avec Lincoln. La moitié du temps, il était trop ivre et le reste du temps, nous étions dans des villes différentes. Tout ce dont je me souviens, c'est que c'était rapide et négligé.

Ce n'est certainement pas quelque chose dans lequel je veux m'impliquer à nouveau.

Surtout après avoir été avec un homme comme Jax. Il m'a appris à quel point le sexe peut être bon et je ne pense pas que quelqu'un sera jamais capable d'égaler le plaisir que je ressens quand je suis avec lui.

— Ne t'en fais pas, dit Lincoln. Tout va s'arranger.

Puis il me prend la main et m'entraîne vers la piste de danse à côté du DJ. J'avale le reste de ma boisson, laisse le verre sur une table et le laisse me guider dans la mer de gens en mouvement.

Je n'ai pas lâché prise comme ça depuis longtemps et ça fait du bien de rejeter la tête en arrière et de se balancer au rythme de la musique. Comme si je n'avais rien à faire dans le monde. Je chasse toutes les mauvaises choses de mon esprit et je bouge au rythme de la musique.

Lincoln me fait tourner autour de lui et je ne peux m'empêcher de rire. Nous nous sommes toujours bien amusés ensemble et je suis heureuse de voir qu'il semble aller mieux, qu'il a repris sa vie en main.

Lorsque la musique ralentit et qu'un rythme sulfureux envahit l'air, Lincoln me prend dans ses bras. Nos corps se balancent au rythme de la musique et j'attrape ses épaules, mais je le garde à distance. Je ne veux pas que cela se transforme en une danse sexy.

Jusqu'à ce que j'aperçoive Jax qui nous observe. Ses yeux sombres brillent d'une lueur impie provenant d'une torche tiki proche et je sens un frisson remonter le long de ma colonne vertébrale. Les bras croisés, il s'appuie sur un pilier du bar, tel un ange noir distant dans toute sa gloire.

Un ange courroucé qui s'apprête à annoncer l'apocalypse et à me frapper de son épée.

C'est dommage. Parce que je n'ai pas été ravie de ses discours et actes insensibles ces derniers temps.

Je redresse mes bras et les place autour du cou de Lincoln, m'appuyant sur son corps, bougeant avec la musique, espérant que Jax soit si jaloux que ça en soit insupportable. Je sais que c'est puéril, mais je ne peux pas m'en empêcher.

Le problème, c'est que mon petit stratagème se retourne contre moi et je souhaite instantanément que ce soit Jax qui me prenne dans ses bras, nos corps se mouvant au rythme de la musique.

Merde.

Pourquoi ne puis-je pas être heureuse en dansant avec Lincoln ? Il est beau comme tout et plutôt grand. *Ok, pas vraiment,* me dis-je, en me rappelant la façon dont Jax doit se pencher et courber son corps musclé pour m'embrasser.

La moitié de l'Amérique adore Lincoln Knight et mourrait pour avoir un morceau de lui. *Allez, Easton, détends-toi. Vis un peu.*

Soudain, les mains de Lincoln glissent vers le bas, s'enroulent autour de mon dos, et je ressens une sensation d'affaissement dans mon estomac. Il penche son visage lisse dans la courbe de mon cou et juste avant que ses lèvres ne touchent ma peau, Lincoln est arraché de moi et soulevé du sol. Il vole en arrière dans les airs, heurte d'autres danseurs, puis rebondit sur une table, atterrissant en vrac sur le sol.

Mon ange courroucé plane à proximité, le torse haletant, puis il hisse Lincoln et le plaque contre la surface de la table.

30

JAX

Si elle pense sérieusement que je vais rester là à la regarder se frotter à cet idiot, c'est qu'elle n'a rien compris.

Je ne voulais pas l'attraper avec une telle force. Et je n'avais pas réalisé qu'il était si léger que lorsque je l'ai lancé, il s'est envolé comme un homerun vers les gradins. Je suis tellement furieux, pris dans une brume de colère, que je ne vois pas clair. J'aurais probablement dû m'arrêter là, mais je ne le fais pas. J'attrape le col de sa chemise, le tire vers le haut et le plaque sur la table sur laquelle il a rebondi un instant plus tôt. J'entends la table craquer.

Merde.

Alors que Golden Boy reste allongé, l'air abasourdi, Easton m'attrape par le bras.

— Arrête ! hurle-t-elle.

Quelque part, un appareil photo émet un flash. Suivi d'un autre, puis d'un autre.

Oups. Ce n'est pas le genre de publicité que ces deux-là veulent et je me tourne vers les flashs, prêt à écraser tous les appareils photo que je vois.

— Comment as-tu pu faire ça ? s'écrie-t-elle.

Elle serre ses petites mains contre ma poitrine, ses yeux verts brillent.

— Va-t'en ! crie-t-elle.

— Easton...

— Pars ! Je n'ai rien à te dire !

Puis elle se tourne et se penche sur Lincoln.

— Tu vas bien ? lui demande-t-elle. Je suis vraiment désolée.

Je me retourne et je baisse la tête, je sais que je viens de merder royalement.

Génial, vraiment génial, putain. Je n'arrive plus à faire quoi que ce soit de bien quand il s'agit d'Easton.

Avant de partir, je passe par une porte latérale et me retrouve dans l'allée, à côté d'une benne à ordures. Je me dis que ça tombe bien et j'attrape mon paquet de Marlboro. J'allume une cigarette, inspire profondément, m'attendant à ce que cela me soulage, mais ce n'est pas le cas.

Tu as l'odeur d'un cendrier.

J'expire et je regarde la cigarette dans ma main. Elle ne me donne plus la même satisfaction qu'avant, alors à quoi bon ? Je la laisse tomber par terre, la broie avec ma chaussure et jette le paquet entier dans la benne à ordures.

À partir de maintenant, j'ai officiellement arrêté de fumer.

Je me demande si elle va rentrer chez elle après ce fiasco ou si elle va retourner chez Lincoln et passer la nuit à le réconforter ?

Cette idée me serre l'estomac.

Bon sang, j'ai vraiment tout gâché. Et je pensais que je gérais correctement. Quand elle est venue, qu'on était dans le coin sombre, qu'elle était dans mes bras, tout était rentré dans l'ordre. Nous étions si près de monter à l'étage...

Mais, bien sûr, Lincoln s'est pointé et tout est parti en vrille.

Elle ne peut pas aimer quelque chose chez ce type, me dis-je. *Le peut-elle ?* Je l'ai probablement aidé à la séduire en le balançant comme une poupée de chiffon, parce que maintenant Easton le dorlote. Il a 100 % de son attention alors que je suis seul dans une ruelle sombre.

Tu es un idiot, Jax. Il n'y a aucun doute là-dessus.

Et tu ne mérites certainement pas quelqu'un d'aussi extraordinaire qu'Easton Ross.

31

EASTON

Incroyable.

Je n'arrive pas à me faire à l'idée que Jax a pété une durite devant tout le monde et qu'il a fait un scandale. Je ne serai pas surprise de voir des photos et des vidéos sur Internet demain matin.

Après m'être excusée auprès de Quentin pour avoir perturbé sa fête, je m'assois sur un tabouret de bar et me sens complètement humiliée. Une vague de vertige m'envahit et je m'agrippe au rebord du bar pour me stabiliser. C'est *étrange*. Ce doit être une combinaison de l'alcool que j'ai consommé et du stress. Tout ce que je veux, c'est partir, mais Lincoln est tellement occupé à tirer parti de la situation que je dois rester là et attendre.

Après s'être fait à moitié tabassé, on pourrait penser qu'il a envie de sortir par une petite porte, la queue entre les jambes. Mais non, pas Lincoln. Il apprécie l'attention et les conversations. C'est le deuxième de mes ex-petits amis avec lequel Jax s'est montré violent. Ce qui veut dire qu'il s'en est pris aux deux hommes avec qui je suis sortie.

Je sais que c'est moi la vraie coupable, car j'ai fait exprès de l'énerver. Je savais qu'il nous regardait danser et je voulais qu'il s'énerve. Par vengeance de m'avoir dit qu'il ne faisait pas dans les relations sérieuses et pour avoir tenté de me faire monter à l'étage pour un petit coup rapide la seconde d'après.

Je ne pensais pas qu'il jetterait le pauvre Lincoln comme un sac de pommes de terre.

J'aurais dû m'en douter. Jax Wilder est imprévisible et une tête brûlée, une combinaison dangereuse. N'est-ce pas la raison principale pour laquelle il a été forcé de démissionner de la police ? Parce qu'il a pris les choses et la justice en main, qu'il a abattu trois hommes et qu'il a failli perdre la vie par la même occasion ?

Ses mots me reviennent soudainement : *Tu n'as aucune idée de ce dont je suis capable, Easton. J'ai été entraîné à tuer. Et je n'ai eu aucun problème à utiliser ce que j'ai appris pour éliminer mes ennemis. Je ne le regrette pas.*

Est-ce le genre d'homme avec lequel je veux être ? L'homme avec lequel je voudrais passer mes jours et mes nuits ? Un homme qui pourrait être mon mari et peut-être le père de mes enfants ?

Sans aucun doute, me dis-je. Cette pensée me frappe comme un éclair et c'est la vérité.

Quels que soient ses défauts, Jax Wilder est le seul homme qu'il me faut.

Et pour quelqu'un qui prétend ne pas savoir comment entretenir des relations sérieuses, Jax n'a eu aucun mal à se comporter comme mon petit ami lorsque nous étions seuls à Big Bear. Il a tout fait pour moi lorsqu'il a su que c'était mon anniversaire et a insisté pour faire un gâteau. Il m'a pris dans ses bras et m'a fait l'amour devant le feu, entre autres. Puis, lorsqu'il s'est réveillé en proie à un cauchemar, il m'a confié ses secrets les plus profonds et les plus noirs.

Il ne fait aucun doute que Jax Wilder a des démons, mais ceux-ci ne doivent pas lui faire oublier qu'il est un homme bon avec de bonnes intentions.

Je me demande où il est maintenant et mon regard scrute la foule à la recherche de mon mâle ténébreux, maudit et dangereux.

Au lieu de cela, je vois Lincoln se diriger vers moi et je réprime un soupir de lassitude.

— Easton, te voilà, dit-il en venant près de moi. J'en ai assez de cette soirée. Qu'est-ce que tu en dis ?

— Je suis tout à fait d'accord.

Je glisse du tabouret de bar, décidée à appeler Jax dès mon retour à la maison. Lorsque mes talons touchent le sol, je trébuche légèrement et Lincoln me tend une main ferme.

— Désolée, je marmonne. Je me sens un peu bizarre.

Je porte une main à ma tête en luttant contre le vertige.

— Tu as dû boire trop de champagne, dit Lincoln en passant mon bras dans le sien.

Mais non. J'ai bu deux verres. Je me penche sur Lincoln et je veux juste aller à la voiture et rentrer à la maison.

Sur le chemin de la sortie, lorsque nous passons devant le coin sombre où Jax et moi nous sommes embrassés, Lincoln s'écarte et m'y attire.

Il me prend au dépourvu et, une fois de plus, je me retrouve dos au mur, mais là, je suis avec la mauvaise personne. Lincoln pose une main de chaque côté de ma tête et s'approche, déposant un baiser sur mes lèvres avant même que je puisse cligner des yeux et encore moins le repousser.

Rien n'a jamais été aussi désagréable et je m'éloigne en fronçant les sourcils, luttant contre le vertige.

Ses yeux bleus se rétrécissent sur moi.

— Je pensais que tu aimais te faire tripoter dans ce coin, Easton.

Ma bouche s'ouvre à cette déclaration grossière et je m'appuie lourdement contre le mur.

— Désolé, s'excuse-t-il rapidement, sans aucune sincérité. Mais, tu ne peux pas nier que vous étiez pratiquement en train de…

— Ce ne sont pas tes affaires, dis-je d'un ton sec. Tu ne sais rien de Jax, alors laisse-le en dehors de cette conversation.

Il lève les mains du mur et recule d'un pas.

— Ouh, c'est qu'elle mordrait, dit-il en prenant cet air boudeur qu'il a si bien perfectionné. Tu m'as vraiment fait marcher pendant une minute, Easton.

— Qu'est-ce que tu veux dire ?

Mes mots se bousculent et je secoue la tête. *Qu'est-ce qui se passe ?*

— Je pensais que tu t'intéressais à moi. Que tu voulais faire ce film avec moi et peut-être même qu'on se remette ensemble.

Maintenant, en plus du vertige, la culpabilité m'envahit. Je ne voulais pas qu'il se fasse des idées.

— Lincoln, je suis désolée si tu penses que je t'ai induit en erreur. Ce n'était pas du tout mon intention.

Les mots sortent un peu dans le désordre et j'émets un faible soupir.

— Parce que la vérité, c'est que je suis amoureuse d'un autre homme, parviens-je à dire. Je suis amoureuse de Jax.

Cela fait du bien de le dire enfin à haute voix.

Et ce sont les derniers mots que je prononce avant de tomber et de m'évanouir dans les bras de Lincoln.

32

JAX

Après m'être fait des reproches pendant encore dix minutes, je retourne furtivement à l'hôtel. Easton m'en voudra peut-être, mais je refuse qu'il lui arrive malheur sous ma surveillance.

Je retourne au bord de la piscine, me faufilant dans l'ombre, à l'affût d'elle. Je les vois au bar. Ils discutent pendant une minute, puis on dirait qu'ils décident de s'en aller. Je les suis, assez loin pour qu'ils ne me voient pas.

Moment de vérité, me dis-je. Est-ce qu'elle rentre seule chez elle ? Ou va-t-elle chez lui ? Ou, pire encore, l'invite-t-elle à venir chez elle et à tester son grand lit ?

Le cœur dans la gorge, les jambes engourdies, je les suis. L'attente va me donner une putain de crise cardiaque.

Au moment où ils passent devant le coin sombre où j'ai perdu tout contrôle, Lincoln lui attrape la main et l'entraîne dans l'ombre. J'accélère le pas et je le vois s'approcher d'elle, les mains sur sa tête, les lèvres sur sa bouche.

C'est comme si quelqu'un m'arrachait le cœur.

Je me retourne et m'éloigne en trébuchant, incapable d'assimiler la douleur ardente qui me déchire. C'est aussi douloureux, si ce n'est plus, que la nuit où on m'a tiré dessus. Je n'arrive pas à croire qu'elle l'embrasse là où nous étions plus tôt, avides l'un de l'autre, il n'y a même pas une heure.

Je me sens complètement trahi. *Complètement détruit.*

C'est alors que mon téléphone portable sonne et que je le sors de ma veste. Le numéro indique Sharpe, alors je réponds, en espérant que ma voix ne craque pas sous l'effet de l'émotion. La musique continue de retentir et je me glisse à l'écart, dans une zone moins bruyante.

— Où es-tu bordel ? demande Logan Sharpe. En boîte de nuit ?

— Une fête vraiment nulle et je suis sur le point de partir.

— Désolé de l'apprendre. Quoi qu'il en soit, je viens de finir d'interroger Daniel Rogers et écoute ça... il a récemment signé avec Lincoln Knight pour qu'il joue dans son dernier film.

Une froideur s'insinue dans mon ventre.

— Il avait prévu de faire signer Easton, mais elle résiste.

— Oui, elle m'a dit qu'elle n'aimait pas le scénario.

— Il s'est dit qu'avec une telle star, il aurait un succès assuré. Quoi qu'il en soit, Knight était en perte de vitesse ces deux dernières années et ce devait être son grand retour. À condition d'avoir Easton, suite à l'histoire des *America's Sweethearts* qui s'est déroulée il y a quelque temps.

— Oui, je connais, dis-je d'une voix rocailleuse.

— On dirait qu'Easton leur a dit d'aller se faire foutre et qu'elle ne prendrait pas le rôle.

— C'est ça.

Je me sens agité, comme si quelque chose n'allait pas du tout. Je n'arrive pas à mettre le doigt dessus.

— Ce qui signifie qu'il n'y aura pas de grand retour pour le Golden Boy. Du moins, jusqu'à ce que Rogers et son partenaire producteur, un certain Leo Mancuso, trouvent le moyen de la faire changer d'avis ou de trouver une autre starlette avec un nom encore plus important et une plus grande attraction au box-office.

— Et ?

— Et ils veulent donc satisfaire leur Golden Boy jusqu'à ce

moment-là pour qu'il ne se sauve pas lui aussi. Sinon, ils se retrouveront dans une merde noire.

— Parce que le financement serait retiré, dis-je.

— Exactement. Alors, avec l'argent qu'ils ont récolté jusqu'à présent, ces clowns ont installé Knight dans une suite au Château Marmont, lui ont donné accès à un compte de dépenses... et lui ont mis à disposition leur voiture de fonction.

Mes yeux se ferment au fur et à mesure que les pièces s'assemblent.

— La voiture enregistrée au nom de Daniel Rogers, dis-je.

— Bingo. Lincoln Knight conduisait la voiture qui a essayé de renverser Easton. Nous avons lancé une alerte pour son arrestation.

— Il est *ici*, putain, dis-je et je fais demi-tour, me faufilant dans la foule, me dirigeant vers le coin où Easton et lui s'embrassaient cinq minutes plus tôt.

— Où es-tu ?

— Hôtel Sunset Tower.

Je m'arrête devant l'alcôve située entre la piscine et le restaurant.

Il est vide.

— Merde ! dis-je en me retournant, les cherchant du regard. Ils sont partis.

— Ils ?

— Easton est avec lui.

— Une idée d'où ils vont ? demande Sharpe.

La panique monte dans ma poitrine et j'essaie de l'étouffer. *Réfléchis, Jax.*

Je me précipite vers la sortie latérale et ouvre la porte. Elle se heurte au mur et quelque chose sur le sol de la ruelle attire mon attention. Je mets un genou à terre et ramasse un foulard argenté.

Je me rends compte qu'il appartient à Easton, et le parfum du jasmin me taquine le nez.

— Je pense qu'elle va avoir des ennuis, dis-je à Sharpe, et la première vague de peur véritable me submerge.

Je fourre son foulard dans ma poche et je trottine jusqu'au voiturier.

— Lincoln Knight et Easton Ross sont-ils déjà partis ?

— Oui, dit le jeune. Il y a cinq ou dix minutes peut-être.

— Ils sont partis, dis-je à Sharpe. Je te rappelle, dis-je, et je raccroche.

— Elle était ivre. Elle tenait à peine debout.

Ma tête bascule en arrière.

— Quoi ?

D'après ce que j'ai vu, Easton a bu deux coupes de champagne ce soir.

— Ouais, il la portait pratiquement. Elle va avoir une énorme gueule de bois demain.

Easton n'était pas ivre, ce qui signifie que Lincoln a dû lui faire quelque chose. Il a probablement mis quelque chose dans son verre. La fureur m'envahit alors que je saute sur ma Norton et qu'elle démarre au premier coup de pied. *Bonne bécane.*

J'ouvre l'application Mobistealth, priant Dieu, Saint Michel et tous ceux qui voudront bien m'écouter, pour qu'Easton ait son téléphone sur elle.

C'est le cas et je suis soulagé. L'application la montre sur l'autoroute 101 S, en direction du centre de Los Angeles.

J'envoie un message à Griff et Ryker.

— J'ai besoin de renforts dès que possible. Détails à suivre... direction DTLA.

J'envoie le message. Ensuite, je mets mon casque et mes gants, je fais vrombir le moteur et je m'engage sur Sunset Boulevard.

Téléphone en main, je regarde le point clignotant qui représente Easton sur le petit écran et j'essaie de trouver un plan.

Tout s'explique maintenant. Lincoln doit être à l'origine des appels et des messages. Tout s'est accumulé jusqu'à l'accident sur son film actuel, qui l'a effrayée et mise sur les nerfs pendant plus d'un mois. Elle a ressenti le besoin de s'entourer de personnes qu'elle connaissait déjà et avec lesquelles elle avait un certain niveau de confiance et de confort, comme Lincoln.

Ainsi, lorsqu'il reviendra dans sa vie, elle sera prête à reprendre là où ils s'étaient arrêtés.

Et, comme par hasard, un accident presque mortel sur son film en cours a entraîné l'arrêt de la production, ce qui a libéré son emploi du temps pour le film de Daniel.

Avec Lincoln en vedette.

Mais Easton a sa propre volonté et je suis sûr que Lincoln ne s'attendait pas à ma présence près d'elle. Elle a été assez intelligente pour m'engager pour la surveiller et la protéger. Maintenant, c'est le moment de vérité, et je rassemble toute la force et la concentration dont j'aurai besoin pour réussir.

Je vais la trouver et faire tomber cet enculé.

Une horrible pensée me traverse l'esprit et je contourne une voiture qui a failli changer de voie et me foncer dessus.

Et si j'arrive trop tard et que je la perds comme j'ai perdu Maddy ?

Cette pensée me rend malade et j'accélère, fonçant à travers la circulation de manière imprudente. Mais le temps presse.

Encore une fois.

Je ne pourrais pas supporter d'arriver cinq minutes trop tard comme je l'avais fait avec Madison.

Je ne pourrais pas supporter de trouver Easton étendue sur le sol dans une flaque de sang chaud.

Je chasse les idées noires de ma tête et me dirige vers le centre-ville.

33

EASTON

Je me sens dans les vapes et confuse. Je n'ai aucune idée de l'endroit où je me trouve, mais j'entends le bourdonnement de la circulation, j'ai l'impression d'être en mouvement et un flou de lumières passe au-dessus de ma tête.

Je lutte pour ouvrir les yeux. La dernière chose dont je me souviens, c'est d'avoir dit à Lincoln que j'étais amoureuse de Jax. Ensuite, tout est devenu noir et j'ai dû m'évanouir.

Lorsque j'ouvre enfin les yeux, je me rends compte que ma tête est appuyée contre la vitre du côté passager d'une voiture et que des lampadaires passent à toute vitesse au-dessus de moi. Je recule, essayant de me retourner sur le siège, mais je réalise rapidement que ma mobilité est limitée.

Je regarde vers le bas et je vois un lien enroulé autour de mes poignets. Je tire sur le plastique, mais je ne parviens qu'à l'entailler. Mon attention se porte sur le siège du conducteur, où Lincoln me jette un coup d'œil.

— Hé, marmotte, dit-il en souriant. Tu te sens mieux ?

Non, je ne me sens pas mieux. Je me sens somnolente, confuse et je ne comprends pas pourquoi mes réflexes et ma coordination semblent altérés.

C'est alors que je comprends.

Quelqu'un m'a drogué.

J'essaie de sortir du brouillard mental et de trouver des réponses, mais c'est difficile et j'ai du mal à m'asseoir.

Attends, j'ai les mains liées... et je suis avec Lincoln.

C'est Lincoln qui m'a fait ça.

Ma tête retombe contre la fenêtre.

Je ne sais pas combien de temps j'ai été dans les vapes, mais lorsque je reviens enfin à moi, je me sens plus lucide. La circulation est dense, typique même à 23 heures, et je vois un panneau indiquant le Staples Center et le Los Angeles Convention Center. Nous sommes près du centre-ville et je me demande où il m'emmène.

Lorsque nous nous engageons sur la 110 S en direction de San Pedro, le puzzle se met enfin en place dans mon esprit flou. Lincoln est mon harceleur. Celui qui a laissé tous ces horribles messages. Celui qui a essayé de me renverser et qui est à l'origine de la cicatrice de balle que j'ai sur le haut du bras.

Le foulard argenté qui entourait mon bras a disparu.

— Qu'est-ce que tu fais, Lincoln ?

— Easton, comment tu te sens ? Je suis désolé d'avoir dû faire ça, mais tu ne serais pas venue avec moi sinon.

— Qu'est-ce que tu m'as donné ?

— Ne t'en fais pas. Juste un peu de Diazepam. Mélangé à ton champagne, il altère seulement les fonctions motrices, les réflexes et la coordination pendant un moment. Tu seras un peu étourdie et confuse, mais ça devrait passer.

Un filet de peur glisse le long de ma colonne vertébrale. Il agit comme si nous étions en balade le dimanche et qu'il ne venait pas d'avouer qu'il m'avait droguée.

— C'est toi qui m'as laissé tous ces messages, dis-je alors que la situation et mon esprit s'éclaircissent.

Il tourne son regard bleu vers moi et me fait un demi-sourire.

— Je devais le faire, Easton. Tu me pardonnes ?

— Tu as essayé de me tuer, Lincoln !

Il se met immédiatement sur la défensive.

— Je ne voulais pas que la balle te touche. Pas vraiment. Le cascadeur a merdé.

— Tu es fou ? Tu as remplacé une balle à blanc par une vraie balle. À part me tirer dessus, quelle autre raison y a-t-il de faire ça ?

— Je ne sais pas ! crie-t-il, excédé. Je suis désolé, mais tu m'as mis en colère. Je me suis embrouillé. Je voulais te faire du mal pour avoir embauché ce type.

Je me mords la langue, ne voulant pas l'énerver davantage, car Lincoln est au bord de la crise. J'en vois les signes, de ses mains tremblantes aux choses incohérentes qu'il dit, en passant par son regard sauvage et désespéré.

Il prend une grande inspiration et tente de se ressaisir.

— Le plan était de t'effrayer et de te ramener dans mes bras. Là où tu dois être. Je suppose qu'il ne m'est jamais venu à l'esprit que tu engagerais un garde du corps et que tu coucherais avec lui. Parce que c'était ça, n'est-ce pas ?

— Ce ne sont pas tes affaires.

— C'est mon affaire, hurle-t-il.

La voiture fait une embardée et je m'agrippe à la portière d'une main, au siège de l'autre, et je m'accroche fermement. Il commence à agir de manière irrationnelle et imprévisible, ce qui m'effraie. Je pensais connaître Lincoln Knight, je croyais même pouvoir lui faire confiance, mais je me trompais.

Complètement.

Le mieux est sans doute de l'apaiser et de faire ce qu'il veut. Ensuite, quand l'occasion se présentera, je me sauverai.

J'aimerais que Jax soit là.

Mais il ne l'est pas. C'est à moi de me sauver.

— Lincoln, je suis désolée. J'essaie juste de comprendre.

— Comprends-moi bien, souffle-t-il. Après notre rupture, tu es devenue une star et tu m'as complètement oublié. Est-ce qu'il t'est venu à l'esprit de me recommander de jouer avec toi dans l'un de tes films ? Comme j'essaie de le faire en ce moment ? Tu n'as jamais assuré mes arrières et tu ne t'intéressais qu'à ta propre carrière alors que je luttais pour survivre.

Il me reproche la façon dont sa vie s'est effondrée, mais ce n'est pas ma faute.

— Comment aurais-je pu te faire jouer dans un film alors que tu ne pouvais même pas tenir debout ? Personne ne t'a forcé à aller à toutes ces fêtes et à sniffer de la coke, Lincoln. À un moment donné, tu dois prendre tes responsabilités...

— Tais-toi ! hurle-t-il. Tu n'as aucune idée de ce que j'ai vécu. J'ai touché le fond pendant que tu paradais dans toute la ville en buvant du champagne et en gagnant des millions de dollars. Parce que tout le monde *aime* Easton Ross, n'est-ce pas ? *N'est-ce pas ?*

Je me dis qu'il est en train de perdre la tête.

— Je ne sais pas de quoi tu parles, dis-je. J'ai juste continué à travailler dur et à faire de mon mieux.

— Easton ne se trompe jamais, hein ? Tu es tellement parfaite, ricane-t-il.

— Je ne suis pas parfaite. Loin de là. C'est juste que je ne me suis pas laissée entraîner dans tous les pièges hollywoodiens que tu as connus.

— Eh bien, c'est maintenant ta grande chance de m'aider, alors j'espère que tu es prête.

Je ne veux pas savoir ce qu'il prépare et je le regarde prendre la sortie, descendre sur San Pedro Street. Nous continuons à rouler dans le Fashion District, puis il tourne dans une ruelle peu fréquentable et se gare derrière un grand bâtiment en briques.

C'est extrêmement sombre et isolé.

Je déglutis difficilement lorsqu'il sort et fait le tour pour ouvrir ma portière. Je sais que je devrais m'enfuir, mais mes jambes tremblent et me lâchent presque à nouveau à cause des effets persistants du diazépam et de l'alcool.

Quel *enculé.*

Dans mon esprit, je peux voir le sourire d'approbation de Jax à ce mot choisi.

J'ai besoin de prendre mes repères et d'élaborer un plan pour m'échapper.

Lincoln me traîne jusqu'à une porte arrière, la déverrouille et m'entraîne à l'intérieur. *Où sommes-nous ?* Puis, je vois un panneau « DL Productions » et je fronce les sourcils. Daniel et Leo ont dû installer un bureau de production ici pour le nouveau film.

Le bureau est situé au cinquième étage et Lincoln et moi entrons dans un ascenseur. Il appuie sur le bouton marqué cinq et s'adosse à la rampe en croisant les bras.

— Il était mieux que moi ? demande-t-il en essayant de paraître nonchalant.

Je relève la tête des liens qui m'enserrent les poignets et je fronce les sourcils.

— C'est à cause des tatouages ? L'image de bad boy ? Parce que, tu sais, je suis moi aussi considéré comme un bad boy maintenant.

— Tant mieux pour toi.

Je triture les liens, mais il m'est impossible de les faire céder. Tout ce que je réussis à faire, c'est entailler ma peau plus profondément.

— Je suppose que je vais devoir te rappeler à quel point nous étions bien ensemble. Et pourquoi nous sommes faits l'un pour l'autre.

La terreur s'empare de mon cœur. Oh, mon Dieu, il a vraiment perdu la tête. *Tu dois sortir d'ici avant qu'il te fasse du mal ou qu'il te force à faire quoi que ce soit.*

Cette idée me rend malade.

Je me souviens immédiatement de toutes les fois où Jax et moi étions ensemble. Il était toujours si attentionné, même lorsqu'il me taquinait jusqu'à la limite. Même quand il était dur, rapide et brutal, il était toujours tendre.

Réfléchis, Easton.

Les portes de l'ascenseur s'ouvrent et Lincoln me guide jusqu'au bureau. Il ouvre la porte, allume une lumière et me pousse à m'asseoir sur une chaise. Puis il fait glisser une autre chaise et s'assoit en face de moi.

— Parlons un peu, dit-il en se penchant en avant.

Je regarde ses yeux bleus, à la recherche d'un signe de bon sens, mais je ne le trouve pas.

— Même si je déteste ça, tu es la meilleure chance que j'ai aujourd'hui de relancer ma carrière. Si on se remet ensemble, on pourra être ce couple en or que tout le monde aimait tant. Les offres d'emploi afflueront, je pourrai me désendetter et revenir au sommet. Tu piges ?

J'acquiesce, même si je pense qu'il est complètement fou s'il pense que je pourrais à nouveau avoir une relation avec lui. Je me dis qu'il faut *jouer le jeu.*

— Tu dois jouer avec moi dans le film de Daniel, car alors tout le monde me pardonnera d'avoir autant merdé et voudra retravailler avec moi. Techniquement, c'est une situation gagnant-gagnant pour nous deux.

Il pose une main sur mon genou et l'effroi m'envahit. Mon Dieu, s'il tente quoi que ce soit, je vais hurler. Mais comment lutter contre un homme avec les mains liées ? Mon cœur bat la chamade dans ma poitrine et mon estomac se retourne avec dégoût.

— Alors, voici ce qui va se passer, poursuit-il en pressant mon genou avant de se rasseoir. D'abord, tu vas signer le contrat pour tourner dans le film que Daniel produit avec moi.

Il tapote un dossier sur le bureau.

— Deuxièmement, nous allons annoncer au monde entier à quel point nous sommes amoureux et je vais emménager dans ton immense villa. Et troisièmement, tu feras tout ce que je veux, quand je veux. Si ça signifie assister à des événements sociaux à mon bras, alors tu auras intérêt à appeler ton équipe et à te faire belle. Si ça veut dire me sucer tous les soirs, tu te mettras à genoux sans poser de questions. Quoi que je veuille, Easton, sois prête à le faire.

— Tu es fou, murmuré-je.

— Peut-être, mais j'accroche mon wagon à ton étoile. Tu me dois bien ça.

— Je te dois que dalle !

Au moment où les mots sortent de ma bouche, Lincoln me donne un coup de poing dans la figure. Mon corps tout entier bascule sur le côté et j'ai un goût de sang au coin de la bouche. *Tu ne joues pas le jeu, Easton. Pourquoi suis-je si stupide ?*

— De toute façon, à partir de maintenant, tu vas faire ce que je te dis.

Lorsqu'il sort un pistolet de sa veste et le pointe sur moi, mon estomac se serre.

— Compris ? demande-t-il.

Les yeux rivés sur le pistolet qu'il tient à la main, je ne peux que hocher la tête.

Mais au fond de moi, je me souviens de tout ce que Jax m'a appris et à la première occasion, je vais saisir ce pistolet.

Et je n'hésiterai pas à l'utiliser.

34

JAX

Je sors de l'autoroute et remonte San Pedro Street avec détermination. Mon instinct me dit qu'Easton a des ennuis et qu'il faut la rejoindre rapidement.

Je consulte l'application pour la centième fois. Ils ont cessé de bouger et le point clignotant est fixe. Je me rapproche autant que possible, puis je gare la moto sous le surplomb ombragé d'un petit commerce. J'enlève mon casque et j'appelle Griff.

— Où es-tu ?

Au moment où les mots sortent de ma bouche, les phares d'une moto fendent la nuit noire. Je m'avance dans la rue et il s'arrête sur le trottoir.

— Ici même, dit-il.

Non loin derrière, Ryker apparaît, phares éteints, et son Expedition glisse jusqu'au trottoir.

Il en sort et nous remontons la rue ensemble. Ils sortent tous les deux leurs armes.

— L'application montre qu'elle est là-dedans. Quelque part, dis-je en désignant un immeuble en briques d'au moins dix étages. Séparons-nous. Je vais passer par l'avant. Griff va à l'arrière et Ryker cherche un escalier de secours et monte rapidement.

— Nous allons la trouver, m'assure Ryker.

— Ce sera facile, promet Griff.

Je veux les croire, mais j'ai cette horrible sensation d'enfoncement dans mes tripes. Comme si la prochaine fois que je verrai Easton, elle sera morte.

Je secoue la tête et je regarde mes hommes disparaître dans l'ombre, contournant le bâtiment. Ils font ce qu'ils savent faire de mieux.

Parce qu'ils sont les meilleurs des meilleurs. La pointe de la lance.

Griff et Ryker ont tous deux connu l'enfer, et je ne confierais ma vie ou celle d'Easton à personne d'autre qu'à eux.

Pendant ce temps, je trottine jusqu'à l'entrée principale et j'attrape la poignée de la porte. Elle tourne, s'ouvre facilement et je sens tous mes sens en alerte.

Je me glisse à l'intérieur, dos au mur, en avançant rapidement. Je tiens mon Glock près de mon corps, les deux mains sur la poignée, prêt à viser et à tirer en une seconde.

Un annuaire attire mon attention et je passe en revue les entreprises nommées à l'intérieur.

DL Productions, étage 5.

J'envoie un texto rapide « 5ème étage » à Griff et Ryker. Puis, ignorant l'ascenseur, je monte les escaliers en silence.

J'arrive, Easton. Tiens bon. S'il te plaît.

Arrivé au cinquième étage, je pousse la porte avec le canon de mon arme et me glisse dans le couloir. Je passe devant des portes sombres, les dégageant toutes au passage, m'attendant à ce que quelqu'un surgisse et tente de m'abattre.

Puis, j'entends la voix de Lincoln qui s'échappe d'une porte au bout de l'étage. Une petite lueur brille sous la fente de la porte. J'accélère le pas, me concentre sur ma cible et lève le Glock.

Au fur et à mesure que leur conversation se précise, je ressens une bouffée de rage et j'ai envie de le tuer.

Ou, au moins, lui faire du mal. *Très mal.*

— Alors, voilà ce qui va se passer , l'entends-je dire. D'abord, tu vas signer le contrat pour tourner dans le film que Daniel produit avec moi.

Il y a une pause et je m'approche de la porte du bureau où un panneau indique DL Productions.

— Deuxièmement, nous allons annoncer au monde entier à quel point nous sommes amoureux et je vais emménager dans ton immense villa.

Mes articulations blanchissent autour de la poignée du Glock et la gâchette me démange. *Essaye connard,* me dis-je.

— Et troisièmement, tu feras tout ce que je veux, quand je le veux. Si ça signifie assister à des événements sociaux à mon bras, alors tu auras intérêt à appeler ton équipe et à te faire belle. Si ça signifie me sucer tous les soirs, tu te mettras à genoux sans poser de questions. Quoi que je veuille, Easton, sois prête à le faire.

Ça n'arrivera pas, enculé.

— Tu es fou, murmure-t-elle.

Elle est encore en vie. Le soulagement m'envahit et la transpiration perle sur mon front. Il faut que j'arrive au bon moment, que je le prenne par surprise, car je ne sais pas s'il est armé et je ne connais pas la disposition de ce bureau. Je ne veux surtout pas mettre Easton en danger.

— Peut-être, mais j'accroche mon wagon à ton étoile, dit Lincoln. Tu me dois bien ça.

— Je te dois que dalle !

Attention, bébé, me dis-je. Quand j'entends la gifle et son souffle qui suit, j'ai envie de pousser la porte et de le faire tomber.

Pas encore, me souffle mon instinct.

— Quoi qu'il en soit, à partir de maintenant, tu vas faire ce que je te dis, dit Lincoln en ricanant. Compris ?

Je regarde par la fente de la porte et je vois l'arme qu'il pointe sur Easton dont les mains sont sur ses genoux, attachées par un lien en plastique.

Putain de merde. Mon cœur se loge dans ma gorge et la panique s'installe dans ma poitrine.

Des flashbacks indésirables me frappent de plein fouet. Des images d'il y a un an, lorsque Maddy se vidait de son sang dans mes bras. Des rêves cauchemardesques où j'élimine trois hommes et où un quatrième tireur imaginaire me tire en plein visage.

Je rassemble toutes mes forces et je chasse mes peurs. En même temps, j'ouvre la porte d'un coup de pied. Les yeux écarquillés par le choc, complètement pris par surprise, Lincoln se retourne, son arme pivotant dans ma direction. Au même moment, Ryker sort de l'ombre d'un autre bureau et attrape la chaise d'Easton, la faisant basculer vers le sol, et se déplace rapidement sur elle, la couvrant de son grand corps musclé, l'arme braquée sur Lincoln.

Lincoln tire un coup de feu qui passe à côté, me manquant complètement. Griff sort alors d'une autre pièce, heurtant les genoux de Lincoln et les pliant vers l'arrière avant de le faire tomber. Quelque chose se brise lorsque Lincoln s'écroule en poussant un cri à glacer le sang et que l'arme lui échappe des mains.

Se tenant les genoux, Lincoln ne bouge pas, il reste au sol et gémit. Griff attrape l'arme à quelques mètres et je me précipite vers Easton.

Ryker et moi remettons sa chaise en place et je prends son visage dans mes mains.

— Tu vas bien ? dis-je en passant mes mains sur elle, à la recherche d'une blessure.

Elle tressaille quand ma main glisse sur la blessure de son bras.

— Je vais bien. Juste une blessure par balle, confirme-t-elle et je l'attire dans mes bras, soulagé.

Je me rends compte que ses mains sont toujours liées et Ryker sort son k-bar militaire et coupe le lien.

Maintenant que je sais qu'Easton est en sécurité, je me tourne vers l'enfoiré qui a causé tout ça. L'adrénaline continue de circuler dans mes veines et je sens mon bras se lever de lui-même. Je fixe le cran de mire de mon Glock, verrouillant Lincoln comme cible.

— Jax, me dit Griff.

Mon doigt s'enroule autour de la gâchette et il serait si facile d'appuyer dessus. La terreur emplit le visage pathétique de Lincoln et il s'éloigne en tressaillant.

— S'il te plaît, gémit-il.

— Il n'en vaut pas la peine.

Griff est à nouveau la voix de la raison, et je sais qu'il a raison. Je jette un coup d'œil à Easton qui se tient debout, les bras entourant son ventre, les yeux verts écarquillés. Elle secoue légèrement la tête.

Il me faut un moment pour maîtriser ma colère et, au lieu de lui tirer dessus, je m'approche de ce type et lui assène un coup de crosse dans le visage.

Crunch. Il s'effondre avec un cri, le sang giclant partout. Je me tiens au-dessus de lui, n'éprouvant aucun regret, seulement de la satisfaction, tandis qu'il porte la main à son nez cassé. *Bonne chance pour être toujours beau gosse, Golden Boy*.

Puis, je me retourne vers Easton et elle se jette dans mes bras, son corps s'affaissant contre le mien avec soulagement.

— C'est fini, murmure-t-elle.

Mon cœur se serre à ses mots. C'est fini pour Lincoln Knight, mais j'espère que ce n'est pas fini pour Easton et moi.

35

EASTON

Après avoir remercié Griff et Ryker, je me mets sur la pointe des pieds et dépose un baiser sur leurs joues. Et ils sont tous les deux assez adorables pour rougir.

— Si jamais vous avez besoin de billets de première, faites-le moi savoir, dis-je et ils rient tous les deux.

L'inspecteur Logan Sharpe et une escouade d'officiers de la police de Los Angeles arrivent sur les lieux peu de temps après l'appel de Jax.

Les trois membres de l'équipe P.S. déposent leurs armes et se mettent à genoux, les mains en l'air, et s'identifient. Ces bad boys connaissent parfaitement la procédure à suivre pour faire savoir à la police qu'ils portent une arme.

La police entre en trombe dans le bureau, Sharpe sur les talons.

— C'est bon, déclare-t-il en leur faisant signe de se lever tous les trois.

Il jette un coup d'œil à Lincoln qui est assis sur la chaise où je me trouvais il n'y a pas si longtemps. Tête baissée et ligoté, il a l'air pathétique, mais je n'éprouve plus la moindre pitié pour lui.

Il a causé tout cela et je suis tellement soulagée que ce soit terminé.

Pendant que Jax et les autres parlent à Logan, Lincoln lève les yeux et me regarde.

— Tu as tout gâché, dit-il. On aurait pu régner en maîtres sur cette ville.

Dès que Jax l'entend me parler, il s'approche à grands pas. Il prend ma main dans la sienne et lance à Lincoln un regard cinglant.

— Tu as de la chance que je t'aie cassé que le nez. Je te conseille de te taire avant que je trouve quelque chose d'autre à te briser.

Jax me guide hors du bureau, loin de Lincoln, et je lui en suis reconnaissante. Il semble toujours être là pour moi quand j'ai le plus besoin de lui.

— Je te ramène à la maison, dit-il en me serrant la main. Griff et Ryker vont en finir avec les flics. Je ne suis pas vraiment leur personne préférée, ajoute-t-il.

Je me souviens qu'il m'a dit que les stigmates du « mauvais flic » durent toute la vie et je suis de tout cœur avec lui.

— Je ne te remercierai jamais assez, murmuré-je.

— Tu n'as pas à me remercier. Je suis juste content que tu ailles bien. Je ne me serais jamais pardonné si...

Sa voix s'éteint et il respire d'un coup sec.

Si j'étais morte comme Madison... Oh, mon Dieu, je ne pense pas qu'il aurait pu se remettre d'une tragédie similaire.

— Ramène-moi à la maison, dis-je.

Une fois de plus, je me retrouve à l'arrière de la moto de Jax, enveloppée dans son grand blouson de cuir. Le retour à la maison ne sera pas très agréable dans cette robe courte, mais je m'en fiche. J'enroule mes bras autour de sa taille et je blottis mon visage contre son dos.

— On peut prendre un Uber, si tu veux, propose-t-il. Je reviendrai chercher ma moto demain matin.

— Non, c'est bon.

Je resserre les bras autour de lui. Puis, d'une voix douce, je demande la chose que je désire le plus au monde.

— On peut aller chez toi ?

Je sens son corps se tendre, puis se détendre immédiatement.

— J'espérais que tu dirais ça, dit-il en serrant mes mains jointes dans l'une de ses grandes mains gantées.

Il démarre la moto et nous sortons du parking pour nous diriger vers East Hollywood.

Lorsque nous atteignons l'appartement de Jax, il est presque deux heures du matin. Et je n'ai jamais été aussi fatiguée. Pendant tout le trajet, je ne pense qu'à ce que je ressens pour cet homme. Comment en moins d'un mois, il est devenu tout mon univers.

Nous entrons et je retire sa veste, ne sachant pas trop où nous en sommes, mais voulant désespérément mettre les choses au clair et faire connaître mes sentiments.

— Jax...

— Easton...

Nous commençons à parler tous les deux en même temps et je souris.

— Toi d'abord, dit-il.

— En fait, j'ai une question. Comment as-tu su où j'étais ?

— J'ai placé un traceur sur ton téléphone.

Je cligne des yeux, complètement prise au dépourvu.

— Quand ça ?

— Quand j'ai mis mon numéro dans tes contacts, j'ai installé une application qui me disait toujours où tu étais, tant que tu avais ton téléphone, bien sûr. Ça enregistrait également une liste de tes appels, de tes mails et de tes textos.

— Oh. Eh bien, je suppose que je suis contente de ne pas avoir menti sur un message menaçant.

Il lève un sourcil.

— Qu'est-ce que tu veux dire ?

— Je voulais vraiment avoir une raison de t'appeler ces deux soirs-là, admets-je.

Un rire étouffé lui échappe.

— Tu n'as pas besoin d'une raison pour m'appeler, princesse. Je suis toujours disponible pour toi. Peu importe ce dont tu as besoin, ajoute-t-il à voix basse et mon estomac se retourne sous l'effet des sous-entendus.

Princesse. Ce terme affectueux me fait chaud au cœur.

— Je ne peux pas te dire à quel point je te suis reconnaissante, dis-je en me levant, posant une main sur sa mâchoire rugueuse. Tu m'as sauvé la vie ce soir.

Il enroule ses doigts autour de mon poignet, puis tourne sa joue dans ma paume et y dépose un baiser. Mes yeux se ferment et il me prend dans ses bras.

Son corps chaud est si agréable contre le mien. Je me sens en sécurité dans les bras de mon protecteur. Plus que tout, je veux lui dire que je l'aime. Qu'il est le seul homme que j'ai jamais aimé. Mais une partie de moi a peur qu'il ne soit pas capable de me répondre.

Jax se détache et me regarde.

— Tu avais raison à propos de Daniel. J'aurais dû t'écouter, mais je ne l'ai pas fait. Je crois que j'étais jaloux parce que tu le défendais et que je voulais lui faire porter le chapeau.

— C'est toi qui m'as appris à écouter mon instinct et c'est ce que j'ai fait. En plus, Daniel est trop égocentrique pour trouver un plan qui implique quelqu'un d'autre que lui.

Il sourit.

— Je promets de t'écouter à partir de maintenant.

Mon cœur s'emballe et je me demande si je dois comprendre autre chose. Qu'est-ce qu'il en déduit ? Qu'il veut un avenir avec moi ?

J'aimerais être assez courageuse pour dire tout ce qui me passe par la tête, toutes mes appréhensions, mes craintes, mes espoirs et mes souhaits.

Honnêtement, je pense qu'il vaut mieux savoir que d'être constamment confronté aux doutes et à l'anxiété. Je respire profondément et je décide de cracher le morceau. S'il me rejette, je saurai au moins que j'ai essayé. Je pourrais me rassurer en me disant que j'ai fait part de mes sentiments et que je n'aurais rien pu dire ou faire de plus.

— Tu avais raison sur un point aussi, dis-je, soudainement timide.

Il penche la tête et une mèche de cheveux lui tombe dans les yeux. Je lève la main et la repousse.

— Dès que je t'ai vu, j'ai eu envie de toi.

J'entends sa respiration rapide. Puis il prend mon menton dans sa main et l'incline pour que je voie ses yeux caramel.

— Pas autant que moi, dit-il.

Puis il se penche pour un baiser, déplace ses lèvres sur les miennes dans un baiser lent et sensuel.

Le baiser change, devient plus chaud et plus exigeant. Soudain, c'est comme si nous étions de retour dans ce coin sombre de l'hôtel Sunset Tower. Sauf que maintenant, il n'y a plus personne et qu'on peut très bien commencer à se déshabiller l'un l'autre.

Ma robe argentée et élégante est un tas à nos pieds et mes sous-vêtements suivent très vite. Il enlève son jean et son boxer d'un coup de pied et, dans ma hâte d'enlever sa chemise, je la déchire accidentellement. Je sens son rire étouffé contre mon cou et ça me chatouille.

— Tu vas devoir remplacer toute ma garde-robe si ça continue, dit-il.

Puis il me prend dans ses bras et me porte jusqu'à la chambre. Alors qu'il m'allonge doucement sur le lit et se glisse au-dessus de moi, je peux sentir la force puissante qui émane de son corps musclé. La façon dont ses muscles bougent et fléchissent. La façon dont ce corps est capable de tout faire. Et j'adore ça.

Je me lève, pressant mes seins contre lui, et je m'agrippe à ses biceps durs. Je sens un besoin frénétique m'envahir, je descends et j'enroule ma main autour de son excitation. Il soupire, mais je ne m'arrête pas, je continue à le masser jusqu'à ce qu'il ait du mal à se tenir sur ses coudes.

Je me dégage de sous lui, inversant nos positions pour qu'il soit sous moi. Sa tête sombre retombe sur l'oreiller et ses mains s'agrippent fermement aux draps.

Ma langue descend, s'arrêtant pour honorer chaque cicatrice sur son flanc, due aux balles qui ont failli mettre fin à sa vie, puis je dépose un baiser sur son ventre sculpté.

Lorsque je commence à faire glisser mes mains le long de son corps d'acier, il gémit. Je le prends dans ma bouche, faisant tournoyer ma langue, la déplaçant avec juste ce qu'il faut de succion jusqu'à ce que ses hanches se soulèvent du lit.

— Easton ! Putain ! jure-t-il en me tirant vers le haut. Je vais exploser.

Je réponds :

— Vas-y.

Et je redescends pour l'achever.

Une minute plus tard, il jouit et j'avale chaque précieuse goutte. Je remonte et j'embrasse la médaille de Saint-Michel sur son torse.

— Qu'est-ce que j'ai fait pour te mériter ? demande-t-il en me passant une main dans les cheveux, ses yeux caramel rivés sur mon visage.

— Je crois que c'est l'inverse, dis-je.

Mais c'est comme s'il ne m'entendait pas.

— Parce que c'est moi qui ne te mérite pas. Tu es bien trop bon pour une fille comme moi.

Soudain, mes yeux se remplissent de larmes.

— Jax...

J'essaie de les retenir, mais je n'y arrive pas et l'humidité chaude coule sur mon visage.

— Pourquoi tu pleures ? demande-t-il en essuyant les larmes.

— Parce que je ne veux pas vivre sans toi.

— Bébé, je suis là, dit-il en rabattant mes cheveux derrière une oreille. Tant que tu me voudras, je n'irai nulle part.

Je presse mes lèvres sur les siennes, puis je me retire et je regarde dans ses yeux bruns adorés.

— Tu es mon protecteur, mon guerrier, mon ange... et je t'aime.

Je ne sais pas trop à quoi m'attendre, mais plusieurs émotions fugaces passent sur ses beaux traits. Puis il m'approche, me serre près de son grand corps, entre ses bras musclés.

— Répète ça.

— Je t'aime, Jax.

Il me fait un grand sourire, puis penche son visage dans mes cheveux et presse ses lèvres contre mon oreille.

— Je t'aime aussi, murmure-t-il.

Mon cœur s'emballe et j'enroule mes bras autour de son cou. Lorsqu'il se retire et me regarde dans les yeux, je peux voir l'amour qui s'y reflète et je n'ai jamais connu une joie aussi pure.

— J'ai envie de toi, dis-je. Au plus profond de moi.

Jax se déplace entre mes jambes, écartant mes cuisses, et au moment où il me pénètre, j'arque mon dos, me rapprochant de lui le plus possible. Il tire mes hanches vers le haut, s'enfonçant plus profondément, se plaçant juste à la bonne hauteur contre moi pour que le plaisir fleurisse à chaque coup.

— Oh, mon Dieu, Jax, gémis-je en me redressant et en me pressant contre lui.

Il s'enfonce plus fort, plus vite, et juste au moment où je pense que je ne peux pas supporter un autre coup, mon corps tout entier explose dans une pluie de lumière chaude et pulsante. Il jouit une seconde plus tard, me remplissant d'une chaleur liquide, puis s'écroule à côté de moi, m'entraînant avec lui.

Les bras de Jax me serrent contre lui et je me blottis dans le creux de son épaule.

Je suis à la maison, me dis-je.

36

JAX

Pour la première fois depuis longtemps, je suis terriblement heureux. Et tout cela est lié à une certaine beauté brune aux yeux verts qui me dit chaque jour à quel point elle m'aime.

Je ne sais pas comment un raté comme moi a pu avoir autant de chance, mais je remercie le ciel chaque jour.

Easton ne se contente pas de me dire qu'elle m'aime, elle me le montre dans les plus petites choses comme dans les plus grandes. Grâce à elle, je suis un homme meilleur et je suis chaque jour reconnaissant d'être à ses côtés.

Aimer Easton a fait disparaître les ombres et les cauchemars.

Nous aimons passer du temps ensemble, apprendre de nouvelles choses l'un sur l'autre et nous soutenir mutuellement dans tout ce que nous entreprenons. Même si elle dit vouloir faire une pause dans sa carrière d'actrice, je l'encourage à suivre son cœur.

— Si cela te ramène à la comédie, vas-y. Si cela te mène ailleurs, je t'y accompagnerai.

Elle veut aussi que je sois heureux et adore me suivre au bureau de Platinum Security, où les affaires sont florissantes. Après ma bagarre à la soirée Tarantino avec Lincoln Knight, des vidéos ont circulé sur Internet et l'histoire a éclaté sur le fait qu'il était le harceleur d'Easton.

J'ai eu l'air d'un mystérieux chevalier en armure étincelante et l'attention a été un peu gênante. Mais, bordel, je l'accepte.

Et, apparemment, si Platinum Security est assez efficace pour Easton Ross, alors il est assez efficace pour tout le monde. Entre Easton et Logan Sharpe, les clients et les recommandations ont explosé, ce qui signifie que moi, Griff et Ryker avons été très occupés.

Je dois dire que cela fait du bien.

Mais la meilleure partie de tout cela a été d'apprendre à mieux connaître la femme que j'aime. Car quand je pense l'avoir cernée, elle me lance une balle inattendue. La vie quotidienne avec Easton est intéressante et me tient en haleine. Nous restons chez elle la moitié du temps et chez moi l'autre moitié. Je n'aurais jamais pensé qu'elle serait heureuse dans mon petit appartement d'East Hollywood, mais elle dit qu'il est confortable et qu'il lui fait penser à moi. Elle n'a même pas fait de changements, juste quelques ajouts, comme sa brosse à dents, une brosse à cheveux, un tube de rouge à lèvres liquide American Doll et une bouteille de Blanc de Blancs de Taittinger qui se trouve toujours dans le réfrigérateur.

Oh, et un flacon de Tom Ford Jasmin Rouge se trouve sur ma commode, j'adore l'ouvrir et le renifler parce qu'il sent tellement bon.

Easton dit que l'autre chose qu'elle aime dans le fait de rester chez moi, c'est la liberté. Pas d'équipe, pas de chef, pas d'entraîneur personnel, pas de conneries.

— Je n'ai plus à me soucier d'être parfaite, dit-elle. Et c'est un peu un soulagement.

Mais pour moi, elle est parfaite et je me fiche que ses cheveux soient coiffés en chignon sur le dessus de la tête, qu'elle ne soit pas maquillée et qu'elle porte les mêmes sweats et mon t-shirt pendant deux jours d'affilée.

N'ayant plus son chef Jacques à ses côtés, Easton s'est également rendu compte qu'elle aimait cuisiner. Cela fonctionne plutôt bien puisque mon idée de la cuisine consiste à commander une pizza. J'adore m'asseoir au comptoir et la regarder dans son joli petit tablier, le visage barbouillé de farine ou de n'importe quel autre ingrédient qu'elle mélange. Elle aime expérimenter et mélanger des choses qui pourraient m'effrayer au début, mais qui s'avèrent généralement délicieuses. Et puis, c'est toujours agréable quand elle veut mon avis et qu'elle glisse quelque chose dans ma bouche pour que je le goûte.

J'apprécie particulièrement. Et je suis heureux de dire que nous avons rejoué la scène de sexe torride sur l'îlot de la cuisine plusieurs fois depuis Big Bear.

Il y a cependant quelques avantages à séjourner chez elle. J'aime particulièrement me baigner à poil dans la piscine. Oh, et la douche à effet de pluie qu'elle a...

Je sens mon aine se resserrer quand je pense à toutes les heures interminables que nous avons passées sous la cascade, pressés contre les jets, la peau chaude et mouillée.

Lors d'un après-midi de farniente, elle me dit qu'elle est prête à se faire tatouer. Ma gentille fille devient vilaine sous mes yeux et j'adore ça. Nous montons à l'arrière de ma Norton et nous nous rendons au salon de tatouage où elle examine brièvement les tatouages affichés sur les murs et dans les classeurs.

— Je sais déjà ce que je veux, me dit-elle.

Je lève un sourcil.

— Et qu'est-ce que c'est ?

Elle attrape mon bras droit et le tourne à l'endroit où j'ai le « M ».

— J'en veux un comme ça, dit-elle. Mais avec un « J », pour toi.

J'adore cette femme. Je décide immédiatement de me faire un « E » sur mon autre bras et de le lui dire.

Un regard étrange passe sur son visage et je vois qu'elle réfléchit à quelque chose. Comme si elle voulait me dire quelque chose.

— Qu'est-ce qu'il y a ? Tu préfères que je fasse un « P » comme Princesse ?

— Ou un « A ».

Quand elle détourne le regard, je prends son menton dans ma main et je penche son visage vers le mien.

— Pour ?

— Pour Allison, dit-elle doucement.

Allison ? Puis, ses mots reviennent comme une traînée de poudre, depuis cette nuit lointaine à mon appartement où j'ai dit qu'elle n'était probablement pas à la hauteur de ses exigences : *Tu n'as aucune idée de qui je suis, Jax... Je ne sais même pas qui je suis.*

J'attends patiemment qu'elle continue.

— C'est le nom qui a été épinglé sur ma couverture quand ma mère m'a déposée au poste de police.

Elle pousse un petit soupir.

— Je ne l'ai jamais dit à personne, dit-elle.

Mon cœur se gonfle et je l'attire dans mes bras. Nous avons développé un lien incroyable en si peu de temps et il n'y a rien que nous ne puissions pas nous dire.

— Tu seras toujours Easton pour moi, dis-je en embrassant sa tempe.

— Parfois, j'ai l'impression d'être un imposteur.

Je m'écarte et je regarde son visage troublé.

— Pourquoi ?

— Parce que beaucoup de choses sur mon passé ont été inventées par un publicitaire. Rien n'est vrai.

— Je me fiche de ton passé et du nom que ta mère t'a donné pendant cinq minutes quand tu étais bébé. Ce n'est pas ce que tu es, loin de là. Tu es ce que tu es en ce moment, dans mes bras, en train de me regarder. Tu es une femme belle, forte et très impertinente qui a la capacité d'aimer si profondément. Qui a le pouvoir de me mettre à genoux d'un seul regard, d'un seul toucher.

Je me penche et l'embrasse à pleine bouche.

— Tu es Easton Ross, l'amour de ma vie.

— Mon Dieu, je t'aime.

Elle se hisse sur la pointe des pieds et repousse une mèche de cheveux sur mon front.

— Bien, dis-je. Maintenant, pose ton cul sur cette chaise et fais-toi encrer, bébé.

Elle me sourit et s'assoit dans le fauteuil en cuir. Lorsqu'elle entend pour la première fois le bourdonnement de l'aiguille, ses yeux s'écarquillent. Je prends son autre main dans la mienne, essayant de la rassurer.

— Ne t'en fais pas, lui dis-je. Une fois que c'est engourdi, on ne sent plus rien.

Elle tire sur mon bras et se crispe lorsque l'aiguille commence à percer la peau fine sur le côté de son poignet.

— C'est pas si douloureux, dit-elle en fronçant le nez. Puis son visage se crispe en une grimace. Sauf quand ça touche l'os.

— Oui, c'est le pire. Mais ce n'est pas pire que de se prendre une balle.

— C'est vrai, dit-elle. Et regarde tous les tiens.

D'un geste de la main, elle désigne mon bras, mon torse, mon épaule et mon cou, et je souris.

— Combien de temps ça a pris

Je regarde mon ami Xander, qui est un artiste extraordinaire, et je fronce les sourcils.

— Qu'est-ce que tu en penses ?

— Le Saint Michel a nécessité deux visites de cinq heures, dit-il, en se concentrant sur le lettrage du « J ».

— Dix heures ! s'exclame Easton. Dix minutes me suffiront, moi.

Alex et moi rions. Il ne lui faut pas longtemps pour faire une simple lettre cursive et en moins de dix minutes, il a enduit son poignet de pommade A&D et l'a enveloppé dans un film transparent.

Je suis le suivant et le fait d'avoir le « E » au même endroit que le « M » mais sur l'autre bras me semble tout à fait parfait. Je me sens complet maintenant que les deux femmes les plus importantes de ma vie sont marquées sur mon corps pour l'éternité.

Easton et moi échangeons nos places et je m'adosse à la chaise. J'ai toujours accepté la douleur qui accompagne chaque tatouage. Parce que, jusqu'à présent, ils représentaient tous quelque chose de sombre et de douloureux. Une horreur qui m'est arrivée et que, d'une manière ou d'une autre, je pensais mériter à chaque piqûre de l'aiguille.

Mais ce « E » sur le côté de mon poignet gauche représente tout ce qui est lumineux et beau dans mon monde.

Il représente l'amour de ma vie. Quelque chose que je n'aurais jamais pensé trouver ou même avoir la chance de recevoir. Et, bien sûr, quelque chose que j'ai toujours cru que je ne méritais pas.

Xander pose le dessin sur ma peau, puis reprend la machine et un faible bourdonnement emplit à nouveau l'air. Chaque fois que l'aiguille s'enfonce dans mes pores, je me délecte de la sensation, sachant que le résultat final est un lien plus étroit avec Easton.

— Je n'arrive pas à croire que tu te fasses tatouer mon initiale, dit-elle, le sourire aux lèvres.

J'acquiesce et elle me serre la main.

— J'en suis ravie. Mais tu sais ce qu'on dit quand les couples se font tatouer leur nom ? Que ça ne durera pas.

— Heureusement qu'on ne fait que la première lettre alors, dis-je en guise de taquinerie.

Easton rit et je la regarde admirer son nouveau tatouage sous son cellophane.

— Tu penses déjà à ce que tu voudras ensuite ? Parce que les tatouages sont sacrément addictifs.

— C'est ce que j'ai entendu dire, dit-elle avec une lueur dans ses yeux couleur de bijou.

Un samedi après-midi de septembre, Easton a senti que quelque chose n'allait pas chez moi. J'ai essayé de repousser la mélancolie qui m'envahissait, mais j'avais du mal à m'en débarrasser. Je lui ai dit que c'était l'anniversaire de Madison. Elle aurait eu 33 ans.

Au lieu d'être triste, Easton a dit que nous devrions célébrer et nous souvenir d'elle. Nous nous sommes arrêtés dans un petit magasin de fleurs et j'ai choisi un bouquet qui me rappelle Madison parce qu'il est lumineux et qu'il rappelle le soleil. Ensuite, nous nous sommes rendus au cimetière d'Hollywood Forever dans la berline Tesla Model S d'Easton.

La journée est ensoleillée et lumineuse, une journée parfaite de 26 degrés avec un ciel bleu flamboyant. Nous passons un peu de temps à nous promener dans le parc, parmi les monuments, les statues et les pierres tombales. C'est un endroit très pittoresque, avec des lacs, des bassins réfléchissants et même une vue sur le panneau Hollywood.

Lorsque nous atteignons la tombe de Madison, juste à côté de celle de mes parents, je m'incline et dépose le bouquet de fleurs sauvages dans le vase de marbre fixé à la pierre tombale. Pendant un moment, je reste assis là, Easton à mes côtés, tenant sa main, et je me souviens.

Mais cette fois, tous les bons souvenirs m'envahissent. Pas ses derniers instants.

— Parle-moi de ta sœur, dit Easton.

Je m'installe confortablement dans l'herbe verte.

— Elle était très gentille. Je me souviens qu'elle donnait toujours des cacahuètes aux écureuils et que cela rendait mon père fou parce qu'il y avait un million de coquilles dans l'herbe. Ensuite, quand il tondait la pelouse, ça se prenait dans le moteur et causait des dégâts. Je jure que tous les écureuils du quartier venaient quand elle s'asseyait là. Ils s'approchaient et lui mangeaient dans la main.

— Celle qui chuchotait à l'oreille des écureuils, plaisante Easton.

— Oui, c'est à peu près ça.

Ce souvenir me fait sourire.

— Elle était l'enfant du milieu, coincée entre Bastian et moi. La pauvre. Mais elle a toujours fait de son mieux pour nous suivre et elle adorait jouer dans la terre. En grandissant, c'était vraiment un garçon manqué, mais nous ne lui avons pas vraiment laissé le choix.

Je glousse en repensant à la dureté de son caractère.

— Nous la taquinions beaucoup, mais elle nous rendait la pareille. Je me souviens d'une fois où Bastian et moi avons essayé de jeter sa poupée dans les toilettes.

— Mais non ! dit-elle en riant et en me poussant le bras. De vilains frères.

— Oh, c'est pas fini. Pour se venger de nous, elle a mis toutes nos petites voitures dans une boîte et l'a enterrée quelque part dans le jardin. On ne l'a jamais retrouvée.

— Et elle ne vous a jamais dit où elle l'avait enterrée ?

— Non.

Nous avons tous les deux éclaté de rire.

— Je suppose qu'elle aimait vraiment cette poupée. Mon Dieu, on était des punks.

— Tu l'es toujours, dit-elle en me faisant un clin d'œil. Et je ne changerais ça pour rien au monde.

Nous nous embrassons doucement et mon cœur n'a jamais été aussi léger. Grâce à cette femme extraordinaire, c'est comme si un poids avait été enlevé de mes épaules.

— Je t'aime, Easton, dis-je.

— Je t'aime encore plus, dit-elle.

— Impossible, lui dis-je et je me penche pour l'embrasser à nouveau.

Plus tard dans la soirée, nous décidons de nous faire une soirée cinéma. Quand je lui demande ce qu'elle a envie de voir, elle hausse les épaules et me répond ce que je veux. Puis elle ajoute :

— Mais peut-être pas The Expendables encore une fois ?

Je ris et finis par emprunter un DVD à Griff. Lorsqu'elle me demande ce que nous allons regarder, je l'insère dans le lecteur et lui adresse un sourire timide.

— Tu verras.

Lorsque le générique de l'un de ses films les plus populaires commence, elle se couvre le visage de ses mains et se mord sa lèvre maquillée.

— Oh, non ! s'exclame-t-elle en riant.

— Tu y crois que c'est le premier film de toi que je regarde ?

Elle fait une drôle de tête et attrape la télécommande. Mais je la mets hors de sa portée et je lève un sourcil.

— Griff m'a assuré que tu ne faisais pas de scènes de nu. J'espère qu'il ne mentait pas.

Elle éclate de rire et se blottit contre moi.

— Seulement avec toi, m'assure-t-elle.

Je dépose un baiser sur sa tempe et plonge la main dans le bol de pop-corn posé sur mes genoux.

— Bien, lui dis-je.

Au fur et à mesure que l'histoire se déroule sur l'écran, ma nervosité augmente. J'ai un plan et j'ai de plus en plus de mal à me concentrer sur le film alors que je ne pense qu'à la femme blottie à mes côtés.

Bien sûr, elle est formidable dans le rôle et je pense que c'est une actrice très talentueuse. Mais je vais devoir le regarder à nouveau parce que mes pensées sont ailleurs. Je revois sans cesse le même scénario dans ma tête, j'ai mémorisé tout un discours et je prie pour que cela se passe comme je l'espère.

Lorsque le générique commence à défiler, je l'applaudis et elle rougit. Je me lève alors et me dirige vers la cuisine, en lui disant que je vais remplir nos verres. Au lieu d'une autre Budweiser pour moi, je prends une deuxième flûte de champagne.

Alors que je verse le champagne Blanc de Blancs dans les deux coupes, mon cœur commence à battre la chamade. Je fouille dans ma poche, en retire une bague et la fixe un instant. Ma main tremble et je déglutis difficilement.

Le diamant brillant, de taille carrée, est flanqué de deux émeraudes remarquables et brille sous la lumière de la cuisine. En le regardant, je sens mon cœur se serrer dans ma poitrine. Je suis sur le point de faire quelque chose que je n'aurais jamais pensé faire un jour.

Je vais demander en mariage une femme qui est sans aucun doute l'amour de ma vie.

Je laisse tomber la bague dans son verre avant de me laisser aller à la panique. Elle coule à travers les bulles qui pétillent et s'écrase contre le fond avec un doux tintement.

Après avoir pris une profonde inspiration, je retourne dans le salon et m'assois sur la table basse en face d'elle. *C'est parti,* me dis-je. Dans une minute, je serai soit l'homme le plus heureux du monde, soit...

Arrête. Fini les pensées sombres et moroses.

Je tiens son verre, en plaçant ma main de façon à ce qu'elle ne puisse pas voir la bague, et au moment où je regarde ses yeux émeraude, je sens une sensation d'apaisement m'envahir. Même si je suis en sueur et nerveux, rien ne m'a jamais semblé plus juste.

— Il y a quelque chose que je voudrais te dire, dis-je.

Son regard se lève pour rencontrer le mien et ses lèvres rouge vif se courbent en un sourire chaleureux.

— Tu ne veux plus jamais regarder un de mes films ? me taquine-t-elle.

— Quoi ? Non, dis-je en regardant la bague de fiançailles dans son verre, entourée de bulles.

— Tout va bien ? demande-t-elle.

Merde, je suis déjà en train de tout foutre en l'air. Et je veux tellement que ce soit parfait. Je respire à nouveau profondément et décide d'être moi-même et d'oublier le discours mémorisé.

— Easton, quand on s'est rencontrés pour la première fois, j'étais au bout du rouleau. J'avais la gueule de bois quand tu m'as appelé.

Elle ne semble pas du tout surprise par cette information. Encouragé, je continue.

— Il s'est passé quelque chose quand tu m'as engagé et que nous avons commencé à passer du temps ensemble. Quelque chose qui ne m'était jamais arrivé auparavant. J'étais dans un endroit si sombre, si infernal, et je croyais que je ne pourrais jamais aimer quelqu'un. Honnêtement, je ne savais pas comment faire, admets-je en posant mon verre.

J'attrape sa main et entrelace mes doigts dans les siens.

— Mais tu m'as appris à le faire. Tu m'as transformé, tu m'as guéri.

Je lui tends le verre et lorsqu'elle le prend, elle voit la bague de fiançailles. Ses lèvres rouge vif s'écarquillent de surprise.

— Je ne peux pas vivre sans toi, dis-je en posant un genou à terre.

Ses yeux émeraude s'écarquillent et je lui prends la main.

— Easton Ross, veux-tu m'épouser ?

Les larmes brillent et elle hoche la tête, ses cheveux corbeau se balançant contre ses épaules.

— Oui, dit-elle et elle tombe dans mes bras.

La coupe de champagne s'incline et des gouttes d'or coulent sur le sol. Nous rions, puis elle le redresse et nous entrechoquons nos verres. Elle boit à grandes gorgées, plonge les doigts dans le champagne et en retire la bague en diamant.

Je tends la paume de ma main.

— Je peux ?

Elle me rend la bague et je lèche l'excédent de champagne sur l'anneau de platine.

Easton me tend sa main gauche et je fais glisser la bague en diamant et émeraude le long de son doigt fin.

— Elle est sublime, Jax, dit-elle en l'admirant. Je l'adore. Et je t'aime, dit-elle.

Je lui dis « Je t'aime encore plus » et j'embrasse sa bouche dans un long et lent baiser.

ÉPILOGUE

Jax et moi sommes fiancés.

Mon cœur n'a jamais été aussi léger, aussi plein d'amour. Il est la famille qui m'a toujours manqué. Le foyer que j'ai toujours voulu. L'espace vide dans mon cœur que je n'ai jamais réussi à combler.

Je ne pourrais pas être plus reconnaissante.

Même si les temps sont parfois durs, Hollywood adore les belles histoires d'amour. Surtout lorsqu'il s'agit d'un bad boy repenti et d'une starlette. Les médias nous ont surnommés « Jaxston » et cela me fait rire. Jax n'est pas encore tout à fait à l'aise avec toute cette attention, mais il fait de son mieux.

Personne ne semble surpris par notre histoire d'amour et nos fiançailles. Sauf peut-être Griff et Ryker. Ils n'arrivent toujours pas à se faire à l'idée que leur meilleur ami va se marier et, malgré leurs taquineries, je sais qu'ils nous soutiennent.

Aujourd'hui, nous traînons au bureau de Platinum Security. Jax et Griff étudient une nouvelle affaire pendant que je feuillette des magazines de mariage. Je sais qu'ils s'inquiètent pour Ryker qui, selon eux, a une de ses « crises ». Jax s'est un peu confié sur ce qu'il sait du passé de Ryker et mon cœur a mal pour lui. Quelqu'un qui a servi son pays de façon si héroïque et qui a subi tant de pertes ne devrait pas supporter le syndrome de stress post-traumatique tout seul.

J'espère vraiment et je prie pour que quelqu'un vienne aider Ryker à sortir de l'enfer qu'il vit. Il faudra que ce soit une femme très spéciale et patiente, me dis-je, une vraie sauveuse, parce que notre pauvre Ryker est un désastre et fera probablement tout ce qui est en son pouvoir pour la repousser.

Je secoue la tête et tourne une autre page du magazine en papier glacé. Les robes sont magnifiques, les fleurs sont splendides et les lieux sont exotiques.

Malgré tout, je décide de rester simple. J'en ai fini avec les équipes et les gens bidons que je connais à peine. Quand j'épouserai Jax, ce sera le jour le plus spécial de ma vie et je ne veux que nos amis les plus proches soient présents. J'ai l'impression qu'il s'attend à ce que j'organise le plus grands des mariages, alors j'ai hâte de lui dire plus tard qu'il n'a pas à s'inquiéter d'une frénésie médiatique avec des hélicoptères qui tournent en rond alors que nous essayons de réciter nos vœux devant un millier de personnes.

Jax est direct, simple et discret dans la plupart des domaines, et il évite comme la peste les feux de la rampe et tout ce qu'il y a de glamour. Je pense qu'il appréciera ma décision. Ce qui est bien, c'est que je sais que, quoi que je veuille, il se pliera en quatre pour que cela se produise. Qu'il s'agisse d'une grande cérémonie, de vœux au tribunal devant un juge ou d'une fugue à deux, Jax ne veut que mon bonheur et je ressens la même chose pour lui.

En ce qui concerne la lune de miel, je pense que nous devrions faire quelques folies.

Je lève les yeux et regarde mon très beau fiancé parler de la meilleure façon de retrouver et de capturer un criminel en fuite dont la tête est mise à prix. Il m'arrive d'être nerveuse lorsqu'il prend en charge une affaire dangereuse, mais avec Griff et Ryker à ses côtés, ils forment à eux trois une équipe redoutable. Je me rappelle que c'est le criminel qui devrait s'inquiéter.

— Tu es toujours intéressé par l'idée d'amener un hacker... Griff s'arrête, me regarde et reprend. Je veux dire un informaticien à bord ?

— Carrément, dit Jax. Tu as quelqu'un en tête ?

— Oui, peut-être. Je viens d'avoir des nouvelles d'un ancien contact de la CIA. Je ne l'ai jamais rencontré, mais on dirait qu'il cherche du travail. Son nom est ShadowWalker. C'est à peu près tout ce que je peux te dire. À part le fait qu'il a été d'une aide précieuse quand j'avais besoin de retrouver des informations, ce type est un fantôme.

— Comment sais-tu que c'est un homme ? dis-je avec un petit sourire.

— Arf, dit Griff en passant une main dans ses cheveux parfaitement coiffés. Je suppose que tu marques un point.

— Il pourrait très bien s'agir d'une femme et, pendant tout ce temps, vous n'en aviez aucune idée.

Il hausse les épaules.

— Je suppose que j'aurais pu communiquer avec une femme incroyablement belle, mais j'ai l'impression que c'était plutôt un jeune homme de 20 ans qui vivait dans la cave de ses parents.

Nous rions et je vais m'asseoir sur le bord du bureau de Jax, m'installant à côté de lui. Il glisse un bras autour de ma taille et me regarde avec ses yeux bruns chaleureux.

— J'ai pensé à notre lune de miel, dis-je.

Ses yeux bruns s'échauffent instantanément.

— Oui ?

Le ton rauque de sa voix me fait frissonner. Je hoche la tête et presse mes lèvres rouges l'une contre l'autre.

— Tu penses plutôt à une ambiance tropicale ou à une ambiance européenne ?

Jax soulève ma main et dépose un baiser sur le dos.

— Tant qu'il y a un grand lit, peu importe où nous allons, princesse.

— Punaise, grommelle Griff, ses yeux bleus brillants se levant au plafond. Je sais pas si vous allez me donner une migraine ou me faire vomir.

Jax et moi échangeons un sourire.

— Attends que ça t'arrive, Griff, dit Jax en m'attirant sur ses genoux.

Il niche son visage dans mes cheveux et je glousse.

Griff nous observe un instant avec méfiance, puis secoue la tête.

— Il ne m'arrivera rien, nous assure-t-il. Je suis totalement immunisé contre les charmes des femmes. Mais elles ne sont pas immunisées contre le mien, ajoute-t-il avec un sourire malicieux.

— Parce que tu es trop canon, lui dit Jax en le taquinant.

— Peu importe, *Jaxston*, répond-il avec un rire dérisoire.

Je ris, passe mes bras autour du cou de Jax et dépose un baiser sur ses lèvres. Lorsqu'il relève la tête et approfondit le baiser, des papillons s'envolent dans mon estomac.

Je suis la femme la plus chanceuse du monde.

Les démonstrations publiques d'affection, je dois l'admettre avec regret, sont devenues monnaie courante ces derniers temps. Nous ne pouvons tout simplement pas nous empêcher de nous donner de l'affection.

— Excusez-moi, interrompt une voix féminine.

Nous regardons tous les trois vers l'entrée du bureau de Jax où se tient une magnifique femme aux cheveux roux foncés et dorés. Elle esquisse un sourire nerveux à fossettes.

— Bonjour, j'ai besoin de parler à quelqu'un au sujet d'une affaire possible.

— Bien sûr, dit Jax en massant mon genou avec sa main.

Nous devons avoir l'air très professionnels, me dis-je avec un petit sourire.

Elle tourne brièvement son attention vers moi et je vois l'éclair de reconnaissance passer dans ses yeux bruns. Elle baisse rapidement ses grands cils et semble enfin remarquer Griff qui n'a pas bougé d'un poil depuis qu'elle est apparue. Pour une fois dans sa vie, on dirait que Griff ne sait plus où donner de la tête.

Ils se regardent un instant trop longtemps et je peux sentir l'intérêt dans l'air entre eux.

Hmm, je pense. *Cela pourrait être intéressant.*

— Pour quoi exactement avez-vous besoin d'aide ? demande Jax.

— J'ai besoin d'aide pour trouver quelque chose. Et peut-être même quelqu'un. Je suppose qu'il n'y a personne ici qui soit particulièrement doué pour retrouver des objets perdus demande-t-elle.

Griff se lève.

— Moi, si, dit-il d'une voix bourrue et lui tend la main. Griffin Lawson.

Elle sourit, mais je peux lire la méfiance sur son visage. *Une fille intelligente.* Toute femme intéressée par Griffin Lawson doit être prudente. C'est un bourreau des cœurs.

— Je suis Lexi Ryder, dit-elle.

— Griff est le meilleur localisateur que vous puissiez trouver, déclare Jax.

— Pouvez-vous m'aider ? demande-t-elle à Griff, en tournant ses grands yeux bruns vers lui.

Je crois le voir déglutir.

— Parlons dans mon bureau, dit-il en lui faisant signe de le précéder.

Jax et moi les regardons traverser le hall et nous échangeons un regard complice.

— Il n'a aucune chance, dit Jax et je ris doucement contre son cou.

Puis, je pose mes mains sur son visage couvert d'une barbe sombre.

— Lorsque nous nous sommes rencontrés... je pensais ça aussi, admets-je.

— Je t'aime, dit-il, ses yeux noirs brillants.

— Je t'aime encore plus, Jaxon Wilder.

Lorsque nos lèvres se rencontrent, je remercie à nouveau Dieu d'avoir fait entrer cet ange déchu dans ma vie.

À VENIR: DARK RICHES

Le prochain livre de la série Platinum Security sortira bientôt ! En attendant...

CONTINUER LA LECTURE: MON PAPA SECRET

Il est l'homme dont j'ai toujours rêvé.

Mais je ne pourrais jamais être avec lui.

Je n'ai passé qu'une nuit avec William Hart.

J'ai perdu ma virginité, mais je savais que cela devait en rester là.

Je suis bien trop jeune pour lui.

Et il aime bien trop son célibat.

Je ne suis qu'une paysanne timide.

William est un avocat réputé et possède une vie mondaine bien remplie.

Notre histoire est vouée à l'échec.

Mais cela ne veut pas dire que je ne veux pas être avec lui.

Il pourrait avoir l'âge de mon père,

Mais je meurs d'envie qu'il m'approche.

Une erreur en suit une autre.

Et lorsque j'ai découvert que j'étais enceinte,

J'ai su que les ennuis commençaient...

Chapitre Premier : Olivia

Je m'appuyai sur les talons et examinai la rangée bien droite de pois gourmands derrière moi.

J'avais désherbé toute la matinée. Le soleil était au zénith, mais je n'avais presque pas vu le temps passer. C'était toujours comme ça dès que j'étais dans les champs, les coudes bien plantés dans la terre riche de la ferme bio dans le Connecticut.

Je me suis levée pour m'étirer, mes bras hâlés craquaient sous le soulagement. Puis j'enlevai un peu de poussière qu'il y avait sur mon jean avant de retourner aux granges. Il était l'heure de déjeuner.

Quand je suis entrée dans la cuisine, il n'y avait que Bridget.

- Salut, Liv, dit-elle.

Bridget était l'une des rares personnes au monde à m'avoir donné un surnom. Ma mère et mon demi-frère m'avaient toujours appelée Olivia. Je ne me souvenais pas vraiment comment mon père m'appelait car je l'ai peu vu avant qu'il décède. Mais ce n'était pas son genre de donner des surnoms. Ça, je m'en souvenais bien.

Bridget souriait en me voyant prendre un sandwich dans le frigo, puis je m'assis en face d'elle sur la table de pique-nique en bois. Je ne lui ai jamais donné la permission de me donner un surnom, Bridget était simplement le genre de personne qui donne un surnom à tout le monde. Elle avait déjà une bonne quarantaine quand elle avait démarré la ferme bio quelques années en arrière, et elle avait vécu une vie d'aventures et de voyages à un rythme effréné avant d'avoir l'idée d'acheter un lopin de terre pour produire des produits de haute qualité : fruits, légumes, beurre et autres.

- Salut, Bridget, dis-je. Les pois gourmands sont sublimes.

- L'été a été bon, rétorqua-t-elle.

Je me suis installée et commençai à entamer le repas que je m'étais préparée chez moi. Je louais une petite maisonnette à quelques kilomètres de la ferme, en bas de la route. Le loyer n'était pas cher dans ces terres si reculées, et j'appréciais la tranquillité.

Bridget me lança un œil inquisiteur.

- Tu as fait quelque chose d'intéressant le week-end dernier ? demanda-t-elle.

- Pas vraiment, répondis-je. Je suis restée à la maison à m'occuper du linge, ce genre de choses.

Bridget leva les sourcils. Elle n'en revenait pas qu'à vingt-deux ans, apparemment le meilleur âge de la vie, je passe tout mon temps à la ferme et à la maison.

Elle ne comprenait pas que je ne sois pas comme elle. Une vie de spontanéité et d'aventures sauvages ne m'intéressait pas. J'aimais le calme et la tranquillité de mon chez moi.

Enfin, j'imagine que certaines nuits sauvages m'intéresseraient. Comme tout le monde, non ?

C'est juste qu'elles apportent généralement plus de soucis que de bien-être.

- Il faudra que tu ailles en ville cette semaine pour aller rendre visite aux restaurateurs, annonça Bridget.

Je levai les yeux, étonnée. Bridget savait que je n'aimais pas me rendre à New York. Le bruit et l'agitation de la ville m'épuisaient, et les restaurateurs beuglaient toujours en disant qu'il leur fallait ceci ou cela sans avoir la moindre idée du fonctionnement d'une ferme.

- Je sais, ma belle, mais il faut que je rencontre le type qui me fournit l'engrais, répondit Bridget. Tu t'en sortiras. Danny du restaurant Givoanni's m'a dit qu'il t'aimait bien, et tu te débrouilles toujours bien pour les commandes.

- Très bien, devrais-je prendre le train demain ? Je pourrais demander à une amie si je peux dormir chez elle.

- Parfait, répondit Bridget.

Elle se leva et posa sa casquette de baseball bleue sur sa tresse blonde décoiffée.

- Et qui sait, si jamais tu croises Danny, il te fera peut-être visiter la ville, me dit-elle avec un clin d'œil.

Je laissai s'échapper un petit rire et baissa les yeux sur mon sandwich. C'était ça de travailler à la ferme avec seulement une poignée de collègues et une hippie pour patronne. Tout semblant de professionnalisme n'était pas de mise.

Ce n'est pas que j'étais timide ; c'est simplement que les blagues de Bridget et sa taquinerie constante me faisaient prendre conscience que je ratais sûrement quelque chose.

Est-ce que j'étais censée pouvoir obtenir un diner galant avec un homme juste avec un sourire timide et un clin d'œil ? Est-ce que je n'étais pas normale car l'idée de rentrer dans un bar pour me faire offrir un cocktail par un riche homme d'affaires me faisait rougir comme une tomate ?

Ce n'était pas de la timidité. Avec les gens que je connaissais bien, j'étais à l'aise et je parlais beaucoup. C'est juste le fait de rencontrer de nouvelles personnes qui me paralysait. Et quant aux hommes, j'étais un cas désespéré. C'est un peu comme si j'avais manqué un cours essentiel sur la rencontre amoureuse.

Je regardais Bridget qui s'en allait aux champs d'un pas assuré avec ses belles jambes élancées. Étrangement, elle réussissait à fréquenter des hommes malgré son âge et la campagne environnante.

Je me demandais ce que Bridget dirait si elle apprenait que j'étais toujours vierge. Elle m'ordonnerait probablement de sauter sur le premier fermier venu et de dégoter une botte de foin. Bridget était très libérée sexuellement, et elle bavardait toujours avec les autres filles de contraception et de sexologues contemporains.

Je ne pouvais jamais prendre part à la conversation. Dès que le sujet était abordé, je faisais mine de me souvenir que je n'avais pas désherbé un plant de légumes et que je devais y aller sur-le-champ.

Mais j'aimais beaucoup travailler à la ferme. Une fois que j'ai terminé mes études, mon demi-frère Richard m'a dit que je devrais me trouver un vrai boulot décent avec un salaire et une cotisation retraite. Cette idée m'avait intéressée un temps, mais quand j'ai vu l'offre d'emploi pour travailler dans une ferme dans le Connecticut, j'ai été intriguée.

Richard s'était moqué de moi et ma mère m'avait dit que c'était un choix un peu étrange, mais elle au moins était contente de savoir que je ne serai qu'à une demi-heure d'elle en voiture.

Cela faisait un an que j'avais ce boulot et je savais que j'avais fait le bon choix. La ferme était passionnante et on ne s'ennuyait jamais ici. J'adorais être au grand air ainsi que la sensation de fatigue après une longue journée.

Je finis mon sandwich et soupirai. Bri avait évoqué qu'elle aurait besoin d'aide au poulailler aujourd'hui. Je préférais bien mieux m'occuper des légumes que des animaux de la ferme, mais les pois gourmands n'avaient plus besoin de moi aujourd'hui.

Je me levai et réajustai ma queue de cheval. À mes débuts à la ferme, je pensais que le temps passé dehors ferait blondir mes cheveux et qu'ils seraient châtain clair, ou que j'aurais au moins quelques reflets. Mais ils sont restés toujours aussi sombre si bien qu'on aurait dit qu'ils étaient presque noirs. Cependant, ma peau avait bien bronzé, même en mettant de la crème solaire.

Je sortis de la grange et traversai les champs pour rejoindre le poulailler. Je voyais Bri au loin, avec la caisse à outils à ses pieds. Elle était l'as des réparations.

Même si nous n'étions que début Août, je regrettais déjà la fin de l'été. L'automne serait bien occupé mais ensuite l'activité à la ferme durant l'hiver était presque nulle. On devait toujours s'occuper des animaux, vendre quelques produits et rester en contact avec le restaurant, mais on avait beaucoup plus de temps libre.

L'hiver dernier, Bridget avait insinué à plusieurs reprises à quel point l'hiver était idéal pour « aller au-devant du monde ». Cet hiver, j'avais la sensation que cela serait bien plus qu'une simple insinuation.

La solution était toute trouvée. Si je voulais éviter les remarques entremetteuses peu subtiles de Bridget, il fallait agir. Au moins essayer de rencontrer quelqu'un. Me faire des amis.

Et peut-être même perdre ma virginité.

Mon estomac se nouait rien qu'à l'idée.

Je ne savais pas vraiment expliquer pourquoi c'était un tel problème pour moi.

Ma mère était très croyante et j'ai grandi dans le christianisme, mais je n'avais jamais fait vœu de chasteté ni choisi d'attendre le mariage pour avoir des relations. Il n'y avait rien de mal à ça et je respectais les femmes qui faisaient ce choix.

Je m'étais toujours demandé: pourquoi se marier ? Qu'est-ce que le mariage garantit ?

De mon point de vue, se marier ne voulait rien dire.

Ma mère était la troisième épouse de mon père et leur mariage n'a duré que quatre ans. Ma mère ne s'en est jamais remise. Et pendant ce temps, mon père flirtait à tout-va et ce serait probablement mis en couple avec sa quatrième épouse s'il n'était pas décédé dans un accident de voiture lorsque j'avais huit ans.

Alors ce n'est pas que j'attendais de me marier, car cet acte ne m'impressionnait pas particulièrement. Mais j'attendais bien quelque chose. Ou quelqu'un plutôt.

Je voulais quelqu'un en qui je puisse avoir confiance. Quelqu'un de mature et de respectueux. Beaucoup de mecs que j'avais rencontrés étaient des gamins immatures et impolis. Je ne leur aurais même pas confié mon sac à main, et encore moins mon corps.

Je chassai ces pensées douteuses en arrivant au poulailler. Certaines planches de bois étaient tombées à cause de l'usure. Bri et moi pouvions réparer ça en un clin d'œil.

- Je suis venue te donner un coup de main, lui dis-je.

- Bien, viens par là et tiens ça fermement.

Bri était une ado du coin qui travaillait quelques heures par jour, elle était discrète. Elle ne parlait jamais plus que nécessaire. C'est un trait que j'appréciais chez elle.

Durant l'heure suivante, Bri et moi ne parlions pas mis à part pour se donner les indications pour planter le clou.

Une fois terminé, j'ai nettoyé le poulailler et nourri les poules. J'ai également regardé s'il y avait des œufs à récupérer, mais il n'y avait rien. Elles pondent généralement le matin.

Puis je suis allée voir Bridget pour qu'on reparle de mon séjour en ville. Je devrais rencontrer trois restaurateurs et évoquer les commandes et les dates de livraisons pour le mois prochain.

Bridget voulait que je parvienne à vendre le maïs. Je n'étais pas très douée en affaires mais je lui ai dit que je ferai de mon mieux.

À la fin de la journée, je suis montée dans ma vieille Jeep pour me rendre dans la maisonnette à une chambre que je louais. Je me suis douchée et ai enfilé mon pyjama alors qu'il était à peine dix-neuf heures. Puis j'ai à nouveau vérifié l'heure du départ du train pour le lendemain.

Je voulais essayer d'avoir celui qui part en ville à neuf heures. Puis je rencontrerais les restaurateurs avant de me rendre chez mon amie Grace. Elle habitait dans un tout petit studio mais on avait déjà vécu ensemble pendant nos études et elle avait un matelas convenable.

Je me suis dit que je pourrais aussi dîner avec Richard donc je lui ai envoyé un message. Je n'étais pas très proche de mon demi-frère puisqu'il avait presque vingt ans de plus que moi (le fruit du premier mariage de mon père), mais on essayait de se voir assez régulièrement. Lui se sentait obligé, et moi je le faisais pour faire plaisir à ma mère. Cela lui permettait de pouvoir dire que j'avais une vraie famille, et que Richard était un peu comme un modèle paternel.

Mais ce n'était pas du tout le cas. Absolument pas. Je ne sais pas ce qu'aurait un bon modèle paternel, mais ce n'était certainement pas Richard avec ses discours condescendants et ses vantardises concernant son boulot d'investisseur banquier.

Grace m'inondait de messages pour me dire qu'elle avait hâte de me voir et qu'on allait tellement passer de bons moments.

Richard m'a répondu qu'il ne pourrait sûrement pas dîner avec moi. Il aurait fallu que je le prévienne plus tôt. Il n'était pas du tout disponible.

Cela voulait dire que j'aurais peut-être le temps de voir William. Je me mordais la lèvre en évaluant l'idée. On était déjà allés boire des cafés ensemble avant, quand on avait le temps.

William Hart : l'un des célibataires les plus convoités de New York, avocat réputé pour être sans pitié, et celui qui fut mon patron. C'était aussi un ami de fac de Richard.

Le simple fait de penser à William me donnait des papillons dans le ventre. Je posai mon téléphone. Il fallait cesser cette lubie d'adolescente. William me voyait comme une gamine et rien de plus.

Je flânais un peu dans la cuisine. Je cuisinais en fredonnant de vieilles chansons country.

J'ai préparé une salade de tomates avec des épinards, du fromage fondu et du pesto. C'était l'avantage de travailler dans une ferme bio : je mangeais toujours bien.

Je mangeai en lisant un roman policier. J'avais déjà lu d'autres livres de cet auteur et j'étais quasiment sûre de savoir qui était le tueur dès le troisième chapitre. Mais je le lirai quand même jusqu'au bout. Il n'y avait pas vraiment grand-chose d'autre à faire à la campagne.

Je suis allée me coucher tôt.

En me glissant sous la couette, j'entendais le chant des cigales et le cri lointain d'une grenouille-taureau, je me demandais si j'étais seule.

Sûrement.

C'est ce qu'il y a de terrifiant avec la solitude : on s'y habitue si vite qu'on ne se rend même pas compte qu'on s'y enlise.

Chapitre Deux : William

- Non, il faut que ce soit signé avant vendredi.

Je serrai le téléphone dans ma main et le mit devant la fenêtre du coin de mon bureau.

Je voudrais parfois pouvoir étrangler mes clients.

Bien sûr, j'adorais mon boulot et je me serais battu à mort pour chacun de mes clients dans l'arène sanglante et violente du milieu judiciaire, mais cela n'empêche pas que certains d'entre eux étaient des idiots.

- Ouais, j'en ai rien à faire qu'il soit aux Caraïbes, vous lui dites de signer le nouveau contrat de garde partagée ou il peut dire adieu à la moitié de ses investissements, et il s'agira de la moitié rentable, déclarai-je.

L'assistant du client en question hésitait et bégayait en mentionnant des changements d'horaires et des télécopieuses, et j'essayais de ne pas frapper le mur de mon poing.

Je voulais demander à l'assistant s'il savait combien de fois un homme aussi riche que mon client avait réussi à sauvegarder la plupart de ses intérêts (sans parler des maisons en bord de mer) en divorçant de sa seconde épouse (qui l'avait initialement épousé uniquement pour l'argent) tout ça parce qu'il avait eu une liaison avec une bimbo de station à essence.

Parce que ça n'arrivait pas si souvent que ça. Et oui, je suis bon.

Et oui, la plupart de mes clients étaient des enfoirés, mais des enfoirés fortunés qui payaient le prix fort pour obtenir les services de Maître William Hart. Et je me plaisais à imaginer que je méritais parfaitement ce tarif horaire exorbitant.

L'assistant a fini par dire qu'il verrait ce qu'il pourrait faire.

- Bien, répondis-je.

Je raccrochai et retournai à mon bureau.

Je me laissai tomber dans mon fauteuil en cuir et résistai à l'envie de me servir un petit verre du whisky qui se trouvait dans le bar.

Je n'en étais pas arrivé là en buvant pendant mes heures de travail. Ce whisky était destiné à mes clients uniquement. C'était surtout des hommes un peu vieille-école avec leur nœud papillon et leur regard perdu qui voulaient conserver leur richesse considérable.

Pour les clients, je demandais à ma secrétaire de préparer des Cosmopolitans.

Maintenant que tout cela est dit, je préférais les clientes. Je détestais les clichés, mais la plupart du temps, les femmes avaient commis moins d'impairs concernant le droit marital. Ou du moins, elles cachaient mieux leurs péchés.

De plus, il faut l'admettre, une fois, je me suis un peu amusé avec une cliente un peu étrange. Seulement lorsqu'elle fut officiellement l'ex de son mari, et qu'elle ne me payait plus. Question de principes, enfin.

Cependant, mes activités nocturnes ne se limitaient bien entendu pas à mes clientes. Au fil des années, j'avais acquis une telle réputation que je pouvais faire le difficile. La plupart d'entre elles comprenaient qu'elles devaient partir de chez moi dès l'aube et de ne pas trop me solliciter ensuite.

Je regardais ma montre. C'était quasiment la fin de la journée, ce qui voulait dire que je pouvais partir dès à présent et aller boire un verre de vin avec quelqu'un. J'étais épuisé et un petit remontant serait le bienvenu.

Quel est le nom de la propriétaire de la galerie d'art que j'ai rencontrée il y a deux semaines ? Francesca ?

Et puis Francesca était sympa, mais c'était un peu répétitif.

Tout me semblait répétitif ces derniers temps.

Ce n'était pas quelque chose de spécifique, mais plutôt une impression d'ennui derrière mes habitudes du quotidien. Une petite question me taraudait : encore ça ? Est-ce que ce n'est pas un peu lassant à force ?

C'est peut-être moi qui vieillis.

Mais non, les hommes comme moi ne vieillissent jamais. Les hommes comme moi deviennent élégant avec l'âge. On restait svelte et en bonne santé en faisant des matchs de tennis au club et en se prenant des vacances reposantes sur nos yachts privés. On aiguisait nos dents sur les adversaires dans la salle de tribunal et on gagnait des salaires de plus en plus gros. On restait jeune dans le cœur en agissant comme la jeunesse et en recherchant le plaisir dans toutes les choses de la vie.

J'avais peut-être quelques cheveux gris et j'étais peut-être pas loin de fêter mes quarante-deux ans, mais je n'avais jamais été aussi bien.

Je me levai brusquement de mon fauteuil et desserrai ma cravate en me dirigeant à nouveau à la fenêtre.

J'avais parmi les meilleurs points de vue sur la ville. Le bâtiment où je travaille était juste après le parc et mon bureau donnait côté sud. Je pouvais voir l'immensité de Manhattan qui s'étend à perte de vue, grouillant d'âmes à la recherche de leur destin.

Eh bien, moi je l'avais trouvé. J'avais été reçu à l'Université de Yale alors que je venais d'une petite ville perdue à l'est, dans l'Idaho, avec pour bagages mon intelligence et une bourse d'étude. Après quatre ans à New Haven, j'ai appris une chose : je voulais être le meilleur, et j'allais tout faire pour y parvenir. Je me fichais de qui je devrais écraser ou de ce que je devrais exiger, emprunter ou voler, j'allais vivre la vie que je voulais. Et il n'y avait pas de marche arrière possible.

J'avais deux boulots pendant que je faisais mes études de droit et j'ai réussi à obtenir mon diplôme en étant major de promo. Toute cette rigueur a fini par payer quand on m'a offert un boulot dans le plus prestigieux cabinet d'avocats familial. Je fus l'un des plus jeunes de l'histoire de la boîte à devenir associé.

Tout ce dont j'avais rêvé quand j'étais fils d'ouvrier habitant en Idaho était devenu une réalité. Tout ce que mes camarades de Yale possédaient de plus que moi, je l'avais maintenant moi aussi. La maison de campagne, les séjours au ski, les montres Rolex. Tout.

Alors comment pouvais-je m'ennuyer ?

Je glissai les mains dans les poches de mon costume sur mesure. Je ne voulais même pas songer à la fameuse et terrifiante « crise de la quarantaine ».

C'était un ennui de passage. Il s'évaporerait dès que je me retrouverais au lit avec une belle femme. Ou dès que je prendrais des vacances. Peut-être que mon prochain voyage sera dans les contrées sauvages de l'Alaska. Ou alors je pourrais retourner au Chili. Ça faisait des années que je n'étais pas allé en Australie.

Je fus tiré hors de mes pensées par le délicat toc-toc de ma secrétaire à la porte.

Déborah Watson était l'employée la plus compétente que j'avais.

Elle respectait toujours les délais et ne prenait quasiment jamais de congés, et elle était impitoyable lorsqu'il s'agissait de repérer les techniques d'évitement de mes clients.

- Je viens de recevoir un appel de Spencer Ryan, dit-elle.

Mes oreilles se dressèrent en entendant ce nom.

- La star de cinéma ? Celui qui est marié à la star de la pop ? demandai-je.

- Kate Burns, oui, c'est le gros lot.

- Est-ce que le divorce est garanti ? demandai-je alors.

- Ça n'est pas encore paru aux infos, mais selon son assistant, ils pensent diffuser la nouvelle durant la journée.

Je sifflotai. La majorité de mes clients étaient riches, mais pas célèbres. De temps en temps, j'avais bien une petite starlette d'Hollywood. C'était des cas toujours compliqués et l'un des deux époux a généralement signé un arrangement prénuptial, ce qui rend les choses d'autant plus compliquées, mais il faut admettre que j'aimais bien ce genre de cas. Ou plutôt, j'adorais révéler au grand jour les personnalités toxiques qui se cachaient derrière les portes closes de la célébrité.

- Il va faire le tour des meilleurs avocats, annonça Déborah, mais nous sommes certainement en tête de liste.

Mon ennui se dissipait peu à peu et laissait place à l'avocat. Je sentais quasiment mes dents s'aiguiser et le goût du sang.

Je n'avais pas choisi le droit simplement pour l'argent. J'aimais vraiment mon boulot. J'adorais tout, surtout la lecture des longs dossiers jusqu'à ce que je connaisse l'affaire sur le bout des doigts et que je devienne une arme redoutable. Je prenais plaisir à détruire peu à peu l'avocat minable qui me faisait face. Et aussi horrible que cela puisse paraître, j'adorais réduire en miettes la façade que représente le mariage.

Personne ne peut faire de promesses éternelles. Les êtres humains ne sont pas assez bons pour être loyaux et fidèles dans tous les domaines pour une seule personne et pour le reste de leur vie. Ce n'est pas parce que j'étais doué pour révéler cette vérité au grand jour que cela faisait de moi quelqu'un de mauvais.

- Que pensez-vous ? demanda Déborah, est-ce qu'on prend Spencer ou on tente de se porter partie civile pour Kate ?

À l'instant où j'ai rencontré Spencer Ryan, même s'il ne m'avait pas embauché pour le défendre, je n'aurais pas eu le droit de représenter Kate. Si je rencontre son époux, elle ne pourra pas m'avoir comme avocat.

Je n'aimais pas qu'on m'assigne un camp. J'aimais pouvoir choisir. C'était une fierté pour moi de représenter le client qui avait ne serait-ce qu'un tout petit peu plus de moralité.

Mais au final, ce n'était pas important. Peu importe le parti que je choisissais, je finissais gagnant. (On dit que personne ne peut sortir gagnant d'un divorce, mais je vous assure que cela est faux.)

- Pour être honnête, moi je suis fan de Kate Burns, avoua Déborah. J'ai adoré son dernier album et je suis sûre qu'elle sortira de nombreuses chansons pour se venger de sa rupture après tout ça.

Je souriai, l'idée d'une revanche musicale me plaisait beaucoup.

- Et Spencer Ryan alors ? demandai-je. Il était sur le point d'obtenir un Oscar l'an dernier.

Déborah haussa les épaules.

- Je crois qu'il est un peu démodé, me confia-t-elle, et en plus il était sur un tournage pendant huit mois l'an dernier et je suis quasiment sûre que Kate avait la garde de leur enfant pendant sa propre tournée. Donc il ne pourra pas se vanter d'avoir été le père idéal.

Déborah haussa à nouveau les épaules et réajusta ses lunettes.

- Je suis Kate sur Instagram, avoua-t-elle.

J'acquiesçai et retournai m'asseoir à mon bureau.

- Voilà qui est réglé, répondis-je. Garde Spencer sous le coude pour un éventuel rendez-vous, mais contacte d'abord l'assistante de Kate.

- Très bien, confirma-t-elle.

Elle se retourna et m'adressa un sourire malicieux en sortant.

- Je me demande si elle voudra bien me signer un autographe, dit Déborah.

Puis elle sortit en douce.

Je souriai car je savais que Déborah ne serait pas bête au point de demander un autographe à un client célèbre. Elle était l'exemple même du professionnalisme.

Je regardai rapidement mon écran d'ordinateur pour vérifier mes emails avant d'attraper ma mallette.

Un nouveau client d'Hollywood me divertirait pendant un temps, mais je me demandais si cela pourrait complétement anéantir cette sensation d'ennui.

Et j'en connaissais la réponse. Durant toute ma vie, il m'a fallu un objectif à atteindre. C'est ce qui me rendait heureux, la quête incessante de quelque chose qui se trouve hors de ma portée.

J'avais réussi à obtenir la plupart de ce que j'avais souhaité.

Il me fallait à présent simplement partir en quête de quelque chose d'autre.

Lis le livre: Mon Papa Secret

DU MÊME AUTEUR

Papa sait mieux:

Mon Papa Secret || Oui papa, je suis prête || Mon papa interdit || Mon papa milliardaire || Le meilleur ami de mon père || Enceinte du mauvais garçon || Vilain petit secret || Un papa pour Noël

Amour interdit:

Le voisin d'en face || L'ex de ma meilleure amie || Flirt au bureau || Deux fois dupe

INVITATION À REJOINDRE LA NEWSLETTER DE KELLY

Kelly Myers écrit une romance contemporaine. Elle essaie d'apporter ce sentiment qui vous fait vous sentir connecté aux personnages de ses livres. Ses histoires ont des personnages qui font que leurs partenaires se sentent vus, entendus et compris.

Une fois que vous aurez lu son livre, vous ne l'oublierez pas et vous n'arrêterez plus de chasser ce sentiment jusqu'à ce que vous preniez son prochain livre.

Elle vous invite donc ici à vous abonner à sa newsletter et à rester informé des dernières informations sur les versions à venir ou les promotions à prix spéciaux.

Cliquez ici pour vous inscrire à la newsletter!

Si vous souhaitez la contacter, envoyez-lui un e-mail à:
kellymyers@kellymyerspublishing.com

Printed in France by Amazon
Brétigny-sur-Orge, FR

27948469R00173